Gli struzzi 633

www.einaudi.it

ISBN 978-88-06-19050-7

Elena Loewenthal
Scrivere di sé
Identità ebraiche allo specchio

Einaudi

Indice

p. VII *Premessa*

Scrivere di sé

3 Prologo. Risalire la corrente

I. Perché sono nudo, io! Parola di Adamo

11 1. Due parentesi
13 2. Adamo, infatti, è nudo
21 3. Io sono ebreo!
25 4. Io...
29 5. Digerire l'identità?

II. Sei tu che assomigli a me o sono io che assomiglio a te? (Arthur Miller a suo padre)

35 1. Due guadi
40 2. Osmosi
43 3. Un invadente *alter ego*
48 4. Tu sei, Roth, il meno riuscito dei tuoi personaggi
50 5. Che cosa vede quando mi guarda, Mr. Newman?
51 6. Un americano di mezza età
56 7. Bianca come un giglio?
63 8. Quando parlo di me, non riesco a tenere le distanze

69 III. Umberto Saba e quella cosa dolorosa

70 1. (Auto)ritratto
91 2. Fisiologia
117 3. La malattia

135 IV. Credo di avere un'idea di ciò che può essere la solitudine ebraica

137 1. La storia consumata
142 2. La memoria estranea: quanti 20 gennaio?

p. 145 3. Il 20 gennaio di Paul Celan
154 4. La barriera della solitudine
157 5. Perché solo Celan?

v. Rimpianti: non aver imparato l'ebraico

163 1. Il silenzio intorno a casa
165 2. La madre: luogo di vita e di morte
166 3. Yaakov Shabtai e la metempsicosi
170 4. Amos Oz e la capinera
175 5. Che fa lo scrittore?
178 6. Lo scrittore è ancora errante

183 Una specie di epilogo. Di cosa mai scriviamo quando non scriviamo di noi?

187 *Bibliografia*

Premessa

Questo libro ha, come ogni altro, la sua piccola storia. Sembra remota, e invece seguendone la traccia sommaria mi rendo conto di quanto sia vicina, anzi presente. Nel febbraio 2001 partecipai a un convegno dedicato a Giacomo Debenedetti, nel centenario della nascita: era promosso dalla Casa delle Letterature del Comune di Roma con l'intento di disegnare un ritratto a tutto tondo del grande critico. Mi fu affidato il compito di affrontare il *coté* ebraico del personaggio. Ne uscirono delle divagazioni frutto di letture e pensieri sparsi: per me si trattava di un campo affatto nuovo. Cesare Segre mi consigliò di proseguire lungo questo cammino: non dimentico le sue parole.

A poco a poco, ma con una specie di serena irruenza, dalle letture affiorò Umberto Saba: il poeta eletto di Giacomo Debenedetti – critico eletto di Umberto Saba. Tornavo cosí a lui dopo il tempo, quello sí remoto, del liceo. E fu un bell'approdare, denso di scoperta e di nostalgia – per quanto le due cose possano apparire in contraddizione.

Queste divagazioni continuarono dunque dopo l'occasione del convegno, con una meta, per quanto vaga: cercavo il modo ebraico del critico e del poeta. Lo cercavo nello scambio di lettere e parole intercorso per lunghi anni fra l'uno e l'altro: il loro rapporto, conflittuale e sfumato, indifferente e sofferto a tratti alterni, con quel pezzo di identità. Era una ricerca intima degli aspetti piú sommessi – e fors'anche scabrosi – del loro essere; era soprattutto una ricerca molto personale – nel mio modo, nel mio mondo ebraico.

Grazie alla gentilezza e alla disponibilità del personale tanto del Fondo Manoscritti Autori Contemporanei di Pavia quanto dell'Archivio Contemporaneo «Alessandro Bondanti» presso il Gabinetto Vieusseux di Firenze, potei leggere in originale la loro lunga, alterna corrispondenza. Il contatto diretto, fisico, con le lettere di Saba e quelle di Giacomo Debenedetti fu per me un'esperienza indimenticabile, di cui non posso che essere grata a chi me la concesse. Sono passati alcuni anni, me lo ricordo come fosse appena ieri. Anche perché da allora e attraverso il lavoro di questi anni – su tutt'altri lidi – è come se quelle lettere e quelle parole mi avessero sempre accompagnato. Stavano in un angolo della scrivania, senza invadenza – ma presenti.

Quelle lettere, l'ebraismo sofferto e negato, occulto e raccontato, filiforme e denso di Umberto Saba, cosí come si riflette nelle sue prose e nella sua poesia, è l'occasione di questo libro. Il punto di partenza e forse di arrivo. O meglio, il perno di queste divagazioni scaturite da altre divagazioni: nulla di conclusivo e men che meno sistematico. Piuttosto la ricerca – consapevolmente vana – di una definizione, il ritrovare, alla fine della strada, non meno dubbi e domande di quanti ne affollassero il principio.

Il tema è, a voler essere categorici, quello dell'identità – ebraica – nello specchio della scrittura. Non uno studio sull'autobiografia, piuttosto una scomposta ricerca del sé in luoghi letterari alquanto sparsi: dalla Bibbia a Philip Roth, da Amos Oz a Giuseppe Flavio. Mi sono lasciata condurre da queste letture con uno spirito alquanto arbitrario, comandata dal principio della ciliegia: una tira l'altra. Non come l'uva, a grappolo. È un percorso circolare, intorno a Saba, al suo prima e al suo dopo, guidato esclusivamente dal mio istinto di lettrice. Al di fuori di ogni ragionevole sistematicità o anche solo coerenza documentaria.

Cercavo dunque tracce e modi dell'identità ebraica o, per essere piú precisi, di quel che l'identità dice – o tace – di sé quando si guarda nello specchio della scrittura. Cosí la strada è diventata inevitabilmente un'indagine intorno a quell'imprescindibile narcisismo che significa parlare di sé – piú o meno consapevolmente – sulla pagina scritta; non tanto (se non in qualche specifico caso) nell'autobiografia quale dichiarato genere letterario, quanto piuttosto in quel tessuto autobiografico che sta dietro, dentro la scrittura. Cercavo, in sostanza, le coordinate dell'identità ebraica nel come e nel perché autori e persone di epoche e mondi fra i piú diversi si sono espressi – davanti allo specchio. Sulla pagina bianca.

Sul filo di queste letture disperse sono emersi modi diversi e financo contrastanti d'interpretare l'assillo sul «chi sono?»: un uomo nudo. Un fantoccio del fato. Un padrone, stanco, delle proprie scelte. Un eletto. Un rassegnato. Un poeta. Un uomo terribilmente solo. Le risposte sono quasi infinite. Per questo, naturalmente, questo libro non ha alcuna ricetta ebraica da regalare. Non fornisce una risposta. Nemmeno una. Si limita a constatare quanto un'identità «forte» e tenace come quella del popolo d'Israele resti pur sempre complessa, plurale, problematica. Stravolta dall'eterno faccia a faccia con il destino, eppure sempre viva. Perplessa sul futuro, per quanto fondata sulla speranza. Fiduciosa in una promessa divina, sconfortata dal tempo che sembra passare invano. In parole povere, è un'identità che non può che declinarsi al plurale.

È quasi superfluo – per quanto da parte mia doveroso – aggiungere a questo punto quanto sia personale questo libro. Lo dimostra, se non altro, il fatto che la prima persona non scomparirà, dopo questa premessa. Cercavo me stessa: il mio percorso di vita, studi, sentimenti. Lo specchio che stava dietro ogni specchio, ogni pagina, ogni figura, era quello del mio foglio bianco. Fitto delle domande che riempiono le mie giornate piú o meno da quando so di essere al mondo: che cosa sono? Da dove vengo? Dove sto andando? E perché proprio a me? Per questo non ho esitato a usare la prima persona, quasi questo libro fosse una specie di autobiografia.

In fondo è cosí. Non mi era mai successo prima d'ora di scrivere qualcosa di tanto personale, intimo. Sono stata molto invadente con le mie letture, a volte prepotente. Con Umberto Saba soprattutto: l'ho fatto mio. E non soltanto lui.

Spero che mi perdonino: Saba e gli altri. Perché questa è una piccola storia d'amore. Per ciò che il destino mi ha inflitto e regalato. Per il mio passato e il futuro che aspetta, chissà chi e che cosa.

E con le storie d'amore, anche le piú bislacche e sconclusionate come la mia, ci vuole un pizzico d'indulgenza. Spero che l'abbia anche il lettore di buone intenzioni: gli sarò comunque grata.

E. L.

12 del mese di Sivan 5767

Scrivere di sé

Prologo

Risalire la corrente

«Le mie opere sono le mie autobiografie. Non riesco a scrivere drammi che non rendano conto della mia situazione, al momento. Non so come altro fare, per scrivere».

Questa frase di Arthur Miller è tutto fuorché trasparente. Sotto l'apparenza di un essenziale, inequivocabile manifesto letterario, si nasconde qualcosa d'altro. Il commediografo dichiara di non sapere e di non riuscire, prima ancora di cominciare a scrivere: in altre parole, la condizione della sua arte prende le mosse da un impedimento. Questa sequenza di negazioni al presente indicativo è la premessa – capovolta – all'inizio della frase: la sua poetica «le mie opere sono le mie autobiografie» è dunque la conseguenza di due impossibilità.

Non posso e non riesco a fare altrimenti. Che a scrivere di me. Cosí è e non potrebbe essere altrimenti.

L'idea che la letteratura nasca da un'impotenza di fondo è di per sé sconcertante: creare un'opera sarebbe di conseguenza il frutto di una limitazione e non di una facoltà. A voler andare probabilmente troppo lontano di qui – ma tanto vale, ormai è evocato –, viene in mente il principio cabbalistico della creazione del mondo come atto «limitativo» di Dio, che si contrae per lasciare posto all'esistenza. L'universo si concepisce cosí come un'eccezione all'onnipresenza e all'onnitutto divino: come un «non» radicale e ineludibile. La creazione risulta dunque come l'esercizio di un meno e non di un piú: la costruzione di un limite all'infinito Sé. Meno Dio eguale mondo: per far nascere l'essere, il creatore deve difettare.

Ma torniamo alla poetica di Miller, il quale dichiara di non poter fare a meno di scrivere di sé, quando scrive, altrimenti «non sa» come scrivere. Egli non dice che altrimenti «non ha» da scrivere, che gli viene cioè a mancare la sostanza del suo lavoro, l'argilla con cui modellare. La sua «situazione», il suo «momento» non è la materia con cui lavora, è il modo che gli permette di prendere la penna in mano.

È davvero cosí: queste parole sono assai meno trasparenti di quanto non sembrino, ermetico è il manifesto letterario che enunciano. Esso ci dice che il poeta – o il drammaturgo, o il narratore – scrive non per sé e non di sé, bensí attraverso di sé: l'io diventa il filtro che rende possibile la metamorfosi dall'esperienza alla scrittura. La poetica potrebbe essere la piú semplice di tutte, soprattutto se si declina in una frase cosí breve e indicativa, invece che in pagine di riflessioni dense di riferimenti, fitte di ardui incroci: Miller non riceve eredità letterarie, non si riconosce in nulla e nessun altro, come scrittore. Se non in se stesso. E, soprattutto, si riconosce in una limitazione di fondo, radicale: quella di non riuscire a fare altrimenti.

È una dichiarazione d'intenti quasi paradossale. Dietro l'apparente trasparenza, essa nasconde forse persino un tranello: «Le mie opere sono le mie autobiografie»! Questa è la conseguenza della limitazione, benché si presenti come la premessa nella frase: l'ordine è capovolto, certo. Letto il seguito della frase, la definizione assume quasi il tono di un'*excusatio non petita*: «Mi dispiace ma, date le (mie? Soltanto mie e non forse di chiunque si ritrovi a scrivere, a creare un'opera?) limitazioni, le mie opere non possono fare a meno di essere le mie autobiografie». Se non che, posta all'inizio della frase, in un presente cosí assertivo, questa (auto)definizione sembra tutt'altro che mortificata, anzi. Lascia quasi trasparire quel punto esclamativo che ho posto io, per enfasi argomentativa.

La poetica di Miller, in sostanza, appare come un improbabile insieme di inadeguatezza e orgoglio. Di coscienza dei limiti e prepotenza di sé. Se vi piace bene, se no è cosí lo stesso: le mie opere sono le mie autobiografie. Esistono «attraverso» la mia autobiografia.

(Auto)biografie?

Miller usa il plurale. Questo plurale a me sembra un buco della serratura: non puoi fare a meno di dare una sbirciata. Miller ci dice, con questo plurale, che un individuo può possedere piú di una autobiografia. Il numero è, anzi, teoricamente infinito, variabile a misura di quella capacità creativa, tutta personale, scaturita dalla limitazione: non riesco a scrivere se non passando attraverso me stesso, ma posso scrivere quanto voglio. La creazione è un processo – teoricamente – sempre aperto e mai concluso. Cosí come l'autobiografia, anzi, «le autobiografie». Miller non dice, infatti, «ogni mia opera è un pezzo della mia autobiografia», dice qualcosa di profondamente diverso. Ci offre un'interpretazione camaleontica del sé, continuamente riscritto a ogni prima pagina di un dramma, di un romanzo, di un testo qualsiasi.

Autobiografia infinita?

Forse. Ma anche qui, dietro l'apparente trasparenza il messaggio è decisamente piú complesso, profondo. Perché Miller non dichiara di avere scritto le proprie autobiografie; dichiara che esse sono, che esistono cioè, dentro le sue opere. Non dice: «Quando scrivo, scrivo le mie autobiografie»; dice piuttosto: «Io scrivo (drammi, romanzi, testi qualsiasi) e, quando ho scritto, ne risultano una, cento, mille, infinite autobiografie». In altre parole, la scittura diviene una specie di complicata caccia al tesoro, da condursi attraverso l'angusto buco della serratura, nella filigrana delle pagine: l'autobiografia, anzi le molte, infinite autobiografie vanno cercate nelle sue opere. Non sono lí, evidenti, programmatiche. Sono il risultato inevitabile, eppure implicito, cioè nascosto, di una condizione creativa che è fatta, prima di tutto, di un'incapacità, di una limitazione. Quella di non poter scrivere che attraverso se stessi.

In sintesi: non riesco a scrivere se non rendendo conto della mia situazione. Non saprei come altro fare, per scrivere. La mia arte si fonda sul filtro dell'io, attraverso il quale tutto passa, per potersi depositare sul foglio. Ne consegue che dentro tutte le mie opere si celano tutte (no: tutte, tranne quelle che sono ancora da scrivere) le mie autobiografie.

Altro che banale, il manifesto letterario del commediografo americano. In queste tre righe si suggerisce un'idea di scrittura come tortuoso percorso interiore: un gatto che si rosica continuamente la coda ma non può fare altrimenti, non riesce a fare niente d'altro. E, al di là dell'apparente compostezza, della formale simmetria che guida il suo ragionamento, emerge una visione drammatica dell'arte come necessità che nasce dall'inettitudine. Non sono capace che di parlare di me, eppure non posso fare a meno di cimentarmi. L'autobiografia, anzi le autobiografie, diventano una specie di dannazione.

Forse è proprio cosí. Forse davvero in queste poche parole si cela, anzi si declina nel modo piú esplicito possibile, quel sempre misterioso rapporto che lega la scrittura all'io, l'invenzione al sé.

Quanto c'è, sempre e inevitabilmente, di noi, in quel che buttiamo sulla pagina? Quanto nascondiamo, quanto cerchiamo di nascondere e invece salta all'occhio della mente come una beffarda lingua di carta?

L'enigma è tutto racchiuso nel succinto manifesto letterario del commediografo americano: l'impari confronto fra la licenza poetica, cioè la vertiginosa libertà d'inventare, e la congenita inettitudine dello scrivere, che per cogliere la realtà ha bisogno di affondare nell'io. È la lotta – anzi l'amplesso – fra limiti e talento. Soprattutto quel confronto impossibile fra il Sé e l'Altro, scrivendo: quanto siamo capaci di inventare davvero e quanto invece ci limitiamo a osservare dentro, attraverso di noi?

Il dilemma se la scrittura sia esperienza comunicativa o introspettiva assume uno spettro di colori tutto particolare, sotto il filtro dell'identità ebraica. Fors'anche data la condizione storica d'Israele, un popolo rimasto per secoli e millenni in balia della Diaspora, con i libri come zattera. Terreno di vita, nel senso piú letterale che si possa concepire. «Le mie opere sono le mie autobiografie» è un presente storico per il popolo ebraico. La sua storia s'è fatta soltanto attraverso l'autobiografia o, meglio, quella scrittura che, come per Miller, passa necessariamente attraverso lo scrivere di sé: niente guerre da combattere, territori da conquistare, sovrani da spodestare né inni nazionali da cantare, per secoli e millenni. Soltanto una, cento, mille, infinite autobiografie.

Tuttavia, al di là di questa notazione storica e assumendo ancora una volta come punto di partenza la poetica del commediografo (ebreo...) americano Arthur Miller, il confronto fra la scrittura e l'identità – fra il sé e l'altro, insomma – può diventare un terreno d'indagine dell'identità stessa. Il rapporto, cosí bene seppure enigmaticamente espresso da Miller, fra necessità e libertà nella scrittura, è in fondo il paradigma stesso dell'identità ebraica cosí come di ogni altra. A ben guardare, si torna infatti, immancabilmente, all'enigma stesso dell'esistenza: in bilico fra destino e volontà. Fra libero arbitrio e circostanze ineludibili, possibilità e necessità. Qui sta, forse, tutta la faccenda: nella gestione del tuo DNA (genetico, culturale, affettivo), nello spazio di libertà che esso ti concede, nelle limitazioni che t'impone. Non riesco, non so... ma le mie opere sono!

Ascoltando la scrittura, senza mai dimenticarne la doppia vocazione, comunicativa e introspettiva, creativa e ripetitiva del sé, nella filigrana delle parole si disegna inevitabilmente l'identità. Non può essere altrimenti, come dice Miller: le mie opere sono le mie autobiografie. Il discorso vale, piú o meno, per tutti: da Adamo a Philip Roth, passando per me stessa.

Tentare un'esplorazione dell'identità ebraica attraverso lo scrivere di sé – vuoi in un'autobiografia dichiarata, vuoi soprattutto in quelle, infinite, implicite che stanno annidate in una pagina qualunque – esige innanzitutto un atto di sincerità. Che s'impone a maggior ragione quale diretta conseguenza delle parole di Miller con cui ho scelto di iniziare questo libro (sí! Ho scelto deliberatamente di iniziare con una frase compromettente come la sua. Non perché non sapessi «come altro fare»). In parole povere, esso è né piú né meno che una delle tante, infinite autobiografie che potrei scrivere, se non fossero già contenute nei libri che scrivo, in quelli che leggo. In quelli che non potrei mai né scrivere né leggere.

Perciò, ho scelto – ancora una volta «scelto» con intenzione deliberata, forse riuscendo a evadere o forse piuttosto andando incontro a quel destino d'identità che sta impresso nella scrittura – di usare la prima persona, accantonando ogni presunzione di distacco ermeneutico. Attraverso il mio pronome personale, un po' come fa Miller con le sue autobiografie, cercherò di individuare le coordinate dell'identità ebraica nello scrivere (di sé, inevitabilmente). Sarà un'indagine frammentaria, guidata dall'arbitrio delle mie predilezioni e da un orientamento affatto dispersivo entro il panorama storico e letterario dell'ebraismo. Senza alcun obiettivo di esaustività, senza alcuna coerenza critica. Una prima occhiata all'indice, insomma, svelerà in questa rassegna piú le assenze che le presenze; ci saranno Saba e Leon Modena, Giuseppe Flavio e Amos Oz. Qualcun altro, certo. Ma moltissimi mancano, manca soprattutto l'obiettivo di condurre una storia sistematica dell'autobiografismo ebraico. Non è questo il mio intento; è piuttosto quello di provare a individuare sporadici tratti dell'identità ebraica in ciò che alcuni autori – di epoche e impronte assai diverse fra loro, cosí come diversissimo è il loro grado di aderenza all'ebraismo e di consapevolezza in proposito – raccontano di se stessi, piú o meno esplicitamente.

Se, come ha detto Miller, scrivere significa inevitabilmente scrivere non tanto di sé quanto piuttosto «attraverso» di sé, allora, seguendo a ritroso il corso di quest'opera di distillazione minuziosa e invisibile, risalendo oltre il setaccio del sé per il quale le parole sono passate, qualcosa dovrà pure risaltare. Si tratterà, in altre parole, di passare al microscopio della lettura quella specie di feccia densa, quelle bucce coriacee rimaste al di là della pagina: materia troppo grezza per diventare letteratura, ma pur sempre ingrediente, per me prezioso, di quell'«io» che è l'identità al singolare.

Sarà dunque una lettura – affatto personale e arbitraria – fra le righe del testo, in quello spazio bianco che non è l'opera letteraria, bensí ciò che essa porta irrimediabilmente con sé: la traccia dell'autobiografia. La presenza del soggetto invisibile o anche soltanto implicito, dell'io scrivente.

Scomponendo e accostando, proverò a capire che cosa significa essere ebrei – ieri, oggi – ascoltando l'eco incerta di queste cento, mille, infinite autobiografie ancora da scrivere. Misurando, con gli approssimativi strumenti dell'affinità e dell'intuizione, la coscienza di sé: in altre parole, il proprio essere e sentirsi ebrei degli autori che ho attraversato, senza mai eludere la domanda radicale, quella che trasforma in dramma la nostalgia e la speranza, l'orgoglio e la memoria dell'identità: perché dietro il come e il quanto ci sentiamo ebrei, aleggia sempre, immancabilmente, il «perché». Perché noi? Perché io? Perché proprio a me è toccata questa storia?

Capitolo primo

Perché sono nudo, io!
Parola di Adamo

1. *Due parentesi*.

Questo libro sta racchiuso tra due frasi. Potrebbe, anzi, esaurirsi cosí. Lo scrivere di sé ebraico è lo spazio fra due parentesi tonde, una che apre e l'altra che chiude. Prima e dopo non v'è nulla: non ancora né piú. Tutto ciò che è stato scritto e che ancora si scriverà di autobiografico viene compreso in quello spazio: dall'epigrafe funebre alla narrazione fluviale. Non c'è via di scampo a queste due parentesi, esse sono l'alfa e l'omega dello scrivere di sé, il dare e l'avere. La potenza e l'atto. Anzi: l'*alef* e la *taw*, un capo e l'altro dell'alfabeto ebraico. In mezzo a queste due consonanti fondanti troviamo ovviamente la lettera centrale. L'ebraico è una lingua dalle straordinarie potenzialità descrittive: il mondo prende corpo, parlandone. Anche l'alfabeto, che enuncia se stesso con una perfetta simmetria: la *alef* a un capo, la *taw* all'altro, in centro la lettera di mezzo. Ne risulta l'acrostico AMT – *emet*, cioè «verità». La mappa dell'alfabeto contiene dunque la sua stessa ESSENZA, in perfetta corrispondenza fra parola e cosa (*davar* del resto significa tutte e due). È una geometria concettuale che posso traslare con disinvoltura allo scrivere di sé: c'è una *alef*, c'è una *taw*, che sono le due parentesi in opposizione; tra di esse ancora una *mem*, la lettera perfettamente centrale, nell'ordine dell'alfabeto.

È la *mem* di *Mah*: «Che cosa?» Il punto di domanda è implicito, ma necessario. Ineludibile.

Di quel *mah* proverò ora a seguire qualche traccia.

Le due parentesi, una che apre e comincia l'altra che chiude e termina, sono frontali ma in fondo concordi. Tanto Adamo quanto Woody Allen ci dicono piú o meno la stessa cosa: da quell'assunto non c'è modo di uscire. Tutto l'autobiografismo ebraico non è altro che l'interpunzione compresa fra questi due dettati: essi sono l'ABC e anche la Z dello scrivere di sé, al di fuori di essi nulla è stato scritto né potrà mai esserlo.

Dicono quasi la stessa cosa.

«Di che religione siete?», domanda un interlocutore di passaggio all'attore che, in *Scoop*, veste i panni di un illusionista da strapazzo improvvisatosi, suo malgrado, detective.

«Beh, – risponde questi con finzione d'incertezza, – sono nato ebreo ma poi mi sono convertito al narcisismo».

Non esiste una biografia piú completa di questa, per chi abbia deciso, a un certo punto della propria vita, di metterla per iscritto. La scrittura di sé è una dichiarazione di narcisismo: onesta, se non altro. Ma inequivocabile. Non è null'altro che questo: l'attestazione di essersi, al narcisismo, convertiti. Quale altra ragione potrebbe mai spingere a un procedimento che è in fondo l'esatto opposto di quello che guida la scrittura d'invenzione? Invece di osservare, esserci. Anzi, osservare se stessi, attraverso quello specchio impagabile – spietato e deformante ma anche infinitamente compiacente – dell'Io?

Scrivere di sé non è altro che votarsi al narcisismo come fede autentica. Anzi, come una fede che, in quel momento, sostituisce ogni altra possibile.

Questa fede non contraddice affatto il manifesto letterario di Arthur Miller, secondo cui scrivere è necessariamente un progetto autobiografico, che passa attraverso l'io: il narcisismo è comunque alla radice dell'opera letteraria. Questa è inevitabilmente uno specchio.

E cosí, con quest'ultima parola sull'autobiografia, Woody Allen non fa che lasciare la propria: un testamento forse comico, certo verissimo. Sincero sino all'iperrealismo. Che cosa resterebbe piú da aggiungere, all'autobiografia di Woody Allen?

Nulla; la sua dichiarazione è una *summa*, contiene tutto ciò che è ammesso dire di sé di fronte a uno specchio – passato e futuro già compresi. Sono diventato narcisista. Lo ero anche prima, ma la conversione ha azzerato ogni altra fede: di fronte allo specchio, solo quella esiste. Lo specchio è, naturalmente, la propria storia.

2. *Adamo, infatti, è nudo*.

Anche Adamo, la prima volta che prende la parola, lo fa per raccontare la propria storia. Per noi l'ha affidata alla pagina scritta, benché questa storia venga prima di ogni narrazione e di ogni pagina bianca. Se, come dice Umberto Saba, lo scrivere è «un (parziale) arresto di sviluppo (che non comporta, con tutta necessità, una nevrosi, ma le è quasi sempre congiunto)» [Saba 1991*b*, p. 38, lettera a Flescher del 14 marzo 1949], tutto si spiega. Assume anzi una coerenza formidabile. Se avesse potuto, Adamo avrebbe scritto. La sua è un'autobiografia in un mondo tutto nuovo, fatto ancora soltanto di voci, piú che di parole.

Adamo, infatti, è nudo.

Nel momento in cui scopre questa evidenza, che s'è fatta colpa, in quel momento scrive – anzi detta – la prima autobiografia della storia. Tanto basta. Se il narcisismo s'inventa in quel fatidico istante in cui il primo uomo si rimira allo specchio (specchio che nel caso specifico è, come vedremo, la voce di Dio), con esso nasce, immediatamente, anche il bisogno di declinarlo, scandirlo – il narcisismo. Dire di sé – prima ancora di scrivere per la semplice ragione che la scrittura era ancora da inventare.

Adamo è dunque il primo convertito della nostra storia. Dal paradiso terrestre al narcisismo. Nel succinto, essenziale ma mai carente racconto biblico tutto – o quasi tutto – gioca a favore di questa lettura. Seguendo il testo per filo e per segno, la storia diventa il prologo di questa autobiografia primaria. Archetipica ma anche speculare a quella di Woody Allen: una specie di identità lega queste due vite, e in fondo tutte quelle di chiunque abbia di lí in poi mai osato prendere la penna in mano guardandosi allo specchio. Con la coscienza piú o meno vaga di scrivere non per distacco – che dovrebbe essere la grammatica della narrativa – ma per contemplazione di sé. Se, come in fondo è, la scrittura è un esercizio di pudore, di necessario nascondimento del sé – per lo meno per quel che riguarda la cosidetta scrittura d'invenzione –, a rigore l'autobiografia rappresenta il contrario di tutto ciò. Lo è: è la cosa piú spudorata che si possa immaginare. E proprio per questo, per questa sua natura di scabroso svelamento, l'autobiografia è necessariamente una sonda dell'identità. Oltre che dell'Io.

Da Adamo in poi. Fino a Woody Allen.

Non dimentichiamo che l'uomo è la piú corporea fra le creature, la piú materiale. Lo spirito insufflato nelle narici è la postilla alla sua fabbricazione, l'unica che richieda al Creatore della materia prima. Tutto il resto del creato si fa, semplicemente, attraverso la parola: «Dio disse», e fu. All'Eterno basta scandire, affermare la realtà, perché essa diventi tale.

Ma con l'uomo no. Per l'uomo, ci vuole materia: «E l'Eterno Iddio formò l'uomo polvere dalla terra e soffiò nelle sue narici un afflato di vita, e l'uomo divenne anima viva» (*Genesi* 2,7). Non a caso, di lí a poco Adamo si guarderà allo specchio, constatando di non essere trasparente e invece piuttosto denso: nudo. Concreto. Non un'ombra che passeggia in un luogo irreale, incapace di lasciare alcunché dietro di sé. Nella sua nudità, Adamo scopre anche l'impronta del proprio piede su quella terra con cui Dio gli ha dato forma. E sostanza.

Scopre, soprattutto, di essere un Io. E di poterlo, di doverlo, dire.

Ma torniamo un momento – eterno – indietro. All'uomo ancora spaurito e smarrito in un creato che non sa cosa sia, perché ancora nessuno l'ha detto, a parte Dio.

L'uomo è certamente la piú materiale delle creature – sotto questo punto di vista è l'ultima, la piú umile, perché di per sé già creata di seconda mano, con ciò che era preesistente. Non è la gittata di un'idea, parola che si fa corpo; è cemento di materia, carne ricavata da terra. Cioè, come se ciò non bastasse, polvere. È un assemblaggio, insomma. Financo equivoco, ed ecco perché: creato con la polvere e dalla terra. Parrebbe un destino segnato, quello di essere un'appendice al suolo, una radice al contrario. Invece, Adamo è anche il piú volatile, il piú mobile fra gli esseri del nuovo creato. Appena fattolo, «Iddio lo prese e lo posò» (2, 15), cioè lo spostò verso una diversa destinazione. È il giardino dell'Eden, d'accordo. Comunque sia, Adamo è il primo sradicato della nostra storia e di quella di tutte le creature. Legato com'è alla terra, che è sua madre, nutrice, fattrice, Adamo è tuttavia condannato, prima ancora che alla cacciata dal Paradiso, a un'erranza pressoché congenita.

Nonché condizionata, come presto si vedrà, dagli eventi.

Postolo nel giardino, infatti, Iddio gliene mette a disposizione «ogni albero». Potrà mangiare qualunque frutto, tranne che, come ben si sa, quello della «conoscenza del bene e del male» (2, 16). Dio articola con chiarezza estrema la ragione di quel divieto: «Il giorno del tuo mangiare da esso, morirai per certo» (2, 17). Che forse, e per onore di parentesi, andrebbe tradotto diversamente. Il testo ebraico consente una versione non meno dell'altra: «Il giorno del tuo mangiarne, avrai la morte come certezza».

Il racconto prosegue lungamente – sempre in rapporto alle essenziali misure del testo biblico, dove nulla è mai superfluo e tanto invece nascosto fra le righe del testo – con l'opera divina di popolamento del giardino. Anche Adamo collabora, dando il nome gli animali. Tutto avviene attraverso un discorso indiretto che forse dà la giusta misura storica alla vicenda però, a ben guardare, attesta anche una coerenza piú profonda. Fin qui, l'uomo parla per dettato divino. Adamo è una figura pre-storica che il racconto delle origini disegna in modo impersonale. Il primo uomo parla, ma non ha ancora una voce propria. Declina i nomi degli animali non per competenza – e tanto meno del sé. Adamo ancora non si conosce, non è ancora una persona. Rimane uno strumento di Dio, buono per nominare.

Finita quest'opera congiunta – che è il contraltare minuto alla nominazione precedente (Dio crea con la parola, a grandi linee; Adamo è incaricato di dare il nome a specie e sottospecie – derivati, insomma), arriva la donna.

Lei è sul limitare delle risorse divine. Tutto pare completato, esaurito, «ma per l'uomo non trovò aiuto che gli stesse di fronte» (2, 20). Fra tutto ciò che è stato fatto in basso e nominato da Adamo non c'è nulla di confacente, di adatto a stare accanto – anzi di fronte, come dice esplicitamente l'ebraico – a lui. Iddio deve trovare un espediente, aguzzare l'ingegno, raspare sul fondo della propria inventiva. Cosí, anestetizza Adamo e ne preleva quella materia – diversa – con cui è fatta la donna. La cosidetta «costola» evoca un materiale minerale rigido, piú pietra dura che terra. Eva è fatta di una polvere densa, cristallizzata ormai nel corpo del maschio.

Cosí diversi. Eppure, quando la vede, Adamo esclama «Questa è la volta!» (2, 23).

Ossa del suo osso, carne della sua carne, Eva appare però radicalmente «altra». Nasce in modo diverso, con una materia diversa. Questa differenza originaria si trasforma comunque ben presto in un'identica, indistinguibile condizione: «Ed erano tutti e due nudi, l'uomo e la sua donna, e non si vergognavano» (2, 24).

Tale comunanza di nudità azzera non una, ma due differenze originarie. La prima è la distanza fra il modo e la materia con cui l'uno e l'altra sono stati creati. Adamo raccogliendo dal basso una manciata di terra, Eva con una precisione chirurgica che penetra nella carne e ne preleva una «dura madre». La seconda è non meno fondamentale. Archetipica e gravida di conseguenze a breve, cosí come a lungo, anzi lunghissimo termine.

Adamo conosce il divieto. L'unico che gli sia stato imposto. Sa che c'è un solo albero il cui frutto è proibito: quello della conoscenza del bene e del male, grazie al quale si ottiene la garanzia della morte.

Eva no. Lei, al tempo di quell'ordine, non esisteva ancora. Non può averlo udito. Lo saprà, certo, poco dopo. Ma per sentito dire. Per interposta persona, insomma.

Non è una differenza da poco. Forse spiega persino il seguito della storia.

Ma è ora di tornare all'autobiografia di Adamo.

Trascuriamo i rapporti brevemente intercorsi fra Eva e il serpente. Anzi, fra la donna e il serpente. Ancor piú genericamente, la donna si chiama per il momento soltanto «Uoma». Cosí la definisce Adamo, proprio perché è carne della sua carne, osso del suo osso (2, 23). Il nome Eva comparirà solo in seguito, dopo la caduta. Solo dopo che Adamo l'ha «conosciuta» (4, 1) e la donna ha generato. Solo allora lei diventa nominabile, degna cioè di un nome proprio e non semplicemente di un tiepido suffisso H che, aggiunto alla parola «uomo», la renda femminile. È anzi come se il nome di Eva, che in ebraico significa alla lettera «presente», fosse il premio riconosciuto alla donna per la sua opera dolorosa di fattrice, resa possibile dalla trasgressione al divieto, con conseguente cognizione (del bene, del male e della nudità) e cacciata dal Paradiso terrestre.

Vedete? Anche questa tardiva nominazione è segno che con la cacciata dal Paradiso terrestre la donna acquista qualcosa, invece di perdere. L'uomo no. Adamo era e Adamo resta. La donna, invece – radicalmente e archetipicamente diversa com'è da lui – ha, in piú, un nome.

Torniamo allora ancora lassú, nel giardino dell'Eden. La trasgressione si è appena consumata. Attraverso un'enfasi dei sensi che è forse un accorgimento narrativo, piú probabilmente la sostanza della storia. La donna «vede» che l'albero è «buono a mangiarsi» (3, 6), agguanta il frutto e ne offre al suo uomo. Consumato il boccone, a entrambi «gli occhi si spalancano» (3, 7). Forse prima i due vedevano a occhi chiusi. Certo è che quel frutto dà loro un sesto senso, una vista quale prima non avevano.

Si accorgono.

«Che sono nudi» (3, 7).

Poco dopo, o forse contemporaneamente, in perfetta sintonia sensoriale, entrambi odono – ecco, è proprio il frutto proibito che crea il plurale del verbo. D'ora in poi, da quell'istante fatale in cui gli occhi si spalancano all'unisono, Adamo ed Eva fanno la stessa cosa, insieme. Che cosa sentono? «La voce del Signore Iddio che passeggia per il giardino nella brezza del giorno».

Quest'immagine è una sfida ai sensi. Li chiama. Li provoca. Sentire una voce che passeggia. E poi guardare – anzi guardarsi – e vedere di essere nudi.

«E si nascose Adamo con la sua donna, dal Signore, dentro un albero del giardino» (3, 8). Dentro un albero: l'ebraico biblico usa una preposizione inequivocabile, profonda, che indica «nel mezzo», come un affondo.

Lí dentro, in quell'antro buio, i due scoprono la vergogna. Quella che poco prima non avevano. Quel gesto è dapprima inconscio: si nascondono dal Signore, senza motivo apparente. La consapevolezza viene in seguito, lí dentro, in attesa che Dio, come certo prima o poi farà, li trovi.

In realtà, prima di scorgerli, Egli li chiama. È la sua voce che passeggia.

«Dove, tu?» (3, 9)

Adamo risponde. Eccome. Dall'antro della vergogna, da dentro l'albero in cui si è nascosto, egli risponde.

Questa è la sua autobiografia: «La tua voce ho sentito nel giardino e ho avuto paura. Perché sono nudo, io! Cosí mi sono nascosto» (3, 11).

Eccola qui.

Questa frase contiene tutto. È la sua storia: passato, presente, futuro. È una biografia articolata, a suo modo armoniosa. Equilibrata, con un centro sintattico e concettuale.

Adamo dice di sé quel ha fatto sino a ora. Ho sentito, ho temuto. Mi sono nascosto. Tra un'azione e l'altra c'è il suo autoritratto. Che è qualcosa di ben di piú di un abbozzo, di una pennellata sulla tela intonsa.

Quella nudità è la sua condizione. È l'unica identità che egli riconosce in sé. È un'affermazione forte, decisa. Sicura al cento per cento.

Qualcosa ce lo dice al di là di ogni dubbio.

Adamo si guarda qui per la prima volta nello specchio dell'Io, si riconosce e, con un'archetipica misura di narcisismo, declina se stesso. Quel se stesso che esiste da quando lui s'è accorto di essere nudo. Prima di allora, la sua coscienza non c'era: Adamo era soltanto un'appendice parlante della voce divina. Un grumo di polvere. Non una persona.

Quella frase, che è solo all'apparenza un inciso di causa, «Perché sono nudo, io!», è in realtà un capolavoro letterario, ricco di espedienti retorici e di *pathos*. Innanzitutto il crescendo e la suspense che esso comporta: perché... nudo... io. Questa è la sostanza letterale delle tre parole. Il verbo essere, che in ebraico mai esiste, è implicito nel pronome.

Già, il pronome.

La storia, in fondo, sta tutta lí. L'autobiografia non è altro che un'iterazione di questo pronome. Sentirsi dire: «Io».

Oltre al climax creato da questa frase, con l'Io in cima, oltre alla sua centralità perfetta nell'autobiografia di Adamo, al suo riferimento all'essere piuttosto che al fare, qualcos'altro ci dice che questa è inequivocabilmente la prima scrittura del sé.

Perché è la prima volta, in tutta la Bibbia, che compare il pronome «Io». E per di piú nella sua forma enfatica *Anokhi*, decisamente piú rara del blando *ani*: quest'ultimo, al confronto, appare come una contrazione cui manca qualcosa. Manca infatti di quel narcisismo che è la misura, per l'appunto, dell'autobiografia, e che sta tutto implicito nel *khi* con cui il pronome prosegue in questa forma. *Khi* che significa, se a sé stante, una conferma causativa, affermativa, enfatica, appunto. Insomma, se *ani* significherà, d'ora in poi, semplicemente «*io*», *anokhi* allora sta per «*io, sí*», «*io, eccome*», o semplicemente «Io» con la maiuscola (l'ebraico non conosce le maiuscole, che vanno quindi dedotte dal contesto concettuale, proprio come qui). Per intenderci, Dio userà il pronome enfatico all'esordio dei comandamenti, per esempio: *anokhi* è insomma l'io per le grandi occasioni.

Come questa, che è la prima in cui compare. Il pronome in prima persona.

Qui, Adamo inventa questa parte del discorso. Inventa, anzi la prima persona. Sta raccontando di sé.

Dio non l'ha mai usata, nemmeno creando il mondo. Non c'è un solo «io» in tutta l'opera dell'inizio. Dio nomina le creature, ma non se stesso. Non gli serve la consapevolezza dell'Io, per fare il mondo.

Toccherà a Adamo inventarla, raccontando di sé.

Eccolo, il peccato originale nella sua forma originaria: la nudità. Che è peccato ma anche una condizione tale da giustificare la prima persona. La chiama in causa, e con ciò la inventa.

Sono nudo, e vale la pena dirlo.

Adamo si guarda allo specchio, per riconoscere questa nudità e contemporaneamente se stesso. Dentro l'albero, sotto il fragile, fallace riparo che si è trovato, lui si guarda allo specchio. Trova, finalmente (anzi, già!) qualcosa da dire di sé. Tutto ciò che, all'alba della storia, valeva la pena di essere detto: ho udito. Ho avuto paura. Mi sono nascosto. Sono nudo: io!

Il pronome non è associato infatti ad alcuna azione. Compare là dove non c'è alcun verbo (l'essere è implicito), ma «soltanto» una condizione: quella di essere – nudo.

Io, sono nudità.

C'è soggezione, in questa frase. C'è l'eco di quella paura scaturita dal rumore di Dio, cioè della sua voce, a spasso per il giardino.

Ma c'è, soprattutto, enfasi. È la mia colpa, l'essere nudo.

Ammetto di avere sbagliato, sapendo di sbagliare. Dichiarando me stesso scandendo tutta la mia dicibile autobiografia, riconosco di sapere chi, che cosa sono. Quanto meno, dimostro che la faccenda mi interessa. Questa consapevolezza, poi, desta in me la paura di Dio: cosí, alzo le mani in segno di resa – al sapere di essere nudo, e dunque di avere sbagliato.

Ma prima della paura e della soggezione viene il bisogno di raccontarsi. Questo dice, inequivocabilmente, il pronome enfatico *anokhi*, prima voce del narcisismo ebraico, indice di ogni successiva, voluta o meno, autobiografia. Il bisogno di articolare ciò che Adamo, guardandosi, trova nello specchio.

3. *Io sono ebreo!*

Giona è figlio di Adamo. Dal primo uomo ha ereditato, in linea perfettamente diretta – quasi che non ci fossero, fra l'uno e l'altro, generazioni intermedie o scatti di DNA – il lessico e la morale. L'incertezza e le paure.

Quando Dio lo chiama, il niente affatto aspirante profeta dal nome volatile (significa «colomba») se la dà a gambe levate piú che può, nella direzione opposta a quella indicata dal Signore. Senza mezzi termini, la Bibbia riferisce di questa sua fuga dall'Eterno verso Occidente. Via nave. Imbarcatosi come passeggero pagante, Giona si dirige lontano. Con un accento beffardo, il racconto insiste su questo suo allontanamento «dalla faccia del Signore» (1, 4).

Se non che, arriva puntuale la bufera che dichiara ai quattro venti la colpa di Giona. I marinai hanno un bel pregare ciascuno il proprio dio, un bell'alleggerire quanto piú possono il carico: Giona sa di essere lui, quel peso della colpa insopportabile che prima o poi farà affondare la nave. Sa bene che quel contrattempo atmosferico è il castigo per una colpa soltanto sua.

Però tace. Anzi, fa proprio come Adamo: si nasconde anche lui dentro un albero. L'albero è il ponte piú basso della nave, dove Giona dorme malgrado la bufera. È un torpore simbolico, quello che avvolge il profeta scampato (per il momento) a Dio: difficile immaginarlo cosí, placidamente assopito fra i sussulti della tempesta. Questo sonno non è una sfida al destino, piuttosto un maldestro tentativo d'indifferenza che è già condito di rassegnazione. Tanto Adamo quanto Giona si nascondono, o fanno finta, sapendo che inevitabilmente, prima o poi, Dio – o il destino – li troverà; e allora non ci sarà piú modo alcuno di sfuggire.

L'incontro con questo destino – che ha il volto di Dio – rappresenta, in un caso e nell'altro, l'ispirazione all'autobiografia. Quando Dio trova Adamo, quando i marinai scovano Giona che dorme in fondo alla nave, allora in quel preciso momento scatta il racconto di sé.

E se nel caso di Adamo la domanda, quasi timida, di Dio, era un semplice «Dove sei?», per Giona la faccenda è decisamente piú esplicita. Trovatolo, i marinai gli rivolgono una sfilza di interrogativi. Lo costringono a declinare la propria storia, gli chiedono un'autobiografia: «Dicci, su, perché a noi questa sciagura? Quali sono le tue opere? Donde vieni? Qual è la tua terra? A che popolo appartieni?» (1, 8).

Giona risponde quale degno figlio di Adamo: posto di fronte al proprio destino, invece di rinnegarlo lo racconta. Dopo il sonno e il nascondimento, dopo l'illusione di poter andare lontano, inosservato, viene la consapevolezza. Non c'è piú modo di fuggire e allora, invece di blande parole, di scuse improvvisate, Giona dichiara la propria identità senza mezzi termini.

«Disse loro: – Ebreo son io! L'Eterno Dio dei cieli io temo, colui che ha fatto il mare e la terraferma» (1, 9).

Quanto assomiglia alla confessione di Adamo, questa frase. Nell'accostamento quasi paradossale fra l'enfasi del sé e il timor di Dio, Giona usa due volte il pronome «io», in questa breve frase. La prima è nella forma assertiva di *anokhi*, la seconda è il semplice *ani*, che forse sarebbe persino superfluo e dunque non a caso il profeta lo incastona nelle sue parole. È un'autobiografia, questa, tutta al presente. Giona non ha passato, perché il suo passato è inconfessabile. Forse è in quel preciso momento che egli impara a temere Dio davvero: prima, pur scappando a gambe levate, non lo temeva. Ne aveva paura. Il racconto biblico, infatti, con la sua essenzialità sempre significativa, non dice che Giona fuggiva lontano da Dio perché gli incuteva terrore. Scappava «dalla sua faccia», ripete. Il timore di Dio viene, invece, quando il profeta incontra il proprio destino: di lí in poi comincia la sua vera storia.

In altre parole, l'autobiografia di questo piccolo profeta assonnato e intorpidito è la cosa piú profetica che egli abbia mai detto o fatto. È il titolo di testa dell'autobiografia ebraica, che viene subito dopo quella di Adamo.

Il primo uomo si nasconde. Ha paura. Ascolta. È nudo!

Il secondo si nasconde. È ebreo! Ha paura.

Adamo si dichiara dopo che ha ascoltato la voce di Dio passeggiare per il giardino. Giona si dichiara per farsi ascoltare. Il suo destino ebraico inizia lí, in quel preciso momento. Con il suo, anche il nostro, in fondo.

Anche Abramo infatti viene dichiarato «ebreo». Non è lui a dirlo, bensí la sua stessa storia. La parola che, in quei tempi cosí antichi era certo prematura, compare con un significato ben preciso. Noi ebrei, da allora in poi, ci chiamiamo diversamente. Nessuno direbbe mai, in ebraico: «Sono un *ivrí*». A mo' di scherzo del destino, per segnare la nostra antichità, per marcare il territorio giú negli abissi della storia, siamo i «figli d'Israele». Figli, e non padri. Figli, e non madri.

Essere *ivrí*, come Giona e Abramo, è una cosa leggermente diversa. Sta, come dice la parola stessa, dall'altra parte, *ever*: sulla sponda opposta di un fiume. Sotto un albero. Nella pancia di una nave sconquassata. Altrove. Dall'altra parte.

«Sono ebreo!», dichiara Giona con il punto esclamativo. Cioè, piú o meno: cari marinai, io sono dalla parte opposta alla vostra. Dormo mentre siete svegli. Temo il Dio che ha fatto il mare e la terraferma, mentre voi adorate i vostri inutili idoli. Maliziosamente, ma forse in sintonia con qualche retropensiero di Giona stesso, lo stare dalla parte opposta (questo significa la parola «ebreo») è anche una malcelata e lontana aspirazione, quella di tenersi lontano da Dio che ti chiama: «Sono sempre altrove».

Questo voleva Giona, infatti, sino a un minuto prima: fuggire via dalla faccia di Dio. Oltre il confine del suo campo visivo. Niente da fare, ovviamente: Dio ti trova in qualunque altrove tu sia. Ma nulla m'impedisce di leggere, fra le righe di quel «sono un ebreo, io!» una ironica e forse nostalgica allusione a quel passato di Giona ch'egli sta per rinnegare – i tempi in cui cercava di stare il piú possibile «dall'altra parte» dell'Eterno –, andando ora davvero incontro al proprio destino. Cioè a Dio che lo chiama.

Sto dall'altra parte.

D'ora in poi, se non altro, starò dall'altra parte: infatti mi chiamo «ebreo».

In questa autobiografia che è una dichiarazione d'intenti, piú che una retrospettiva sul passato già vissuto, sta la vera dignità profetica di Giona. Egli annuncia qui quel destino cui d'ora in poi andrà incontro – volente o nolente, con slancio o rassegnazione, con fermezza, titubanza e fors'anche un briciolo di rimpianto per quel tempo ormai remoto in cui si prendeva la libertà di scappare dalla faccia di Dio. Di tentare di scappare, quanto meno.

Quel destino di «stare dall'altra parte» è il marchio della differenza cosí costante nell'identità ebraica. La vicenda di Giona ne è un simbolo vertiginoso, in questa sua oscillazione tra fuga e consapevolezza. Fra illusione di libertà e rassegnazione ai codici che la tua storia ti ha imposto prima ancora che tu esistessi.

Lo so, Dio, sono ebreo. Sto, starò dall'altra parte. Giona è ambiguo almeno quanto la nostra coscienza, continuamente sfidata dall'aderenza a un destino difficile. Scomodo, nel migliore dei casi. Ispirato da un timore che nell'ebraico ha volto di visione: il verbo «temere» è quasi identico a quello che racconta l'opera degli occhi, eppure è radicato nel profondo di tutti i sensi e ancora piú giú, dentro di noi.

Alzando gli occhi al cielo, vediamo il nostro timor di Dio e tutta la storia, di lí in poi. A cominciare dalla sua voce che passeggia nel giardino. Per finire, forse, nella foschia grigia che la cenere solleva dopo che si è depositata per terra precipitando al suolo dalle ciminiere di Auschwitz.

È un destino irrimediabilmente dall'altra parte.

Sul versante opposto di ogni certezza assodata. Di ogni solida conquista. L'unica garanzia è il senso di provvisorietà: lo sa bene anche Giona ora che sta per partire, armi e bagagli, per ubbidire a Dio. Porterà la sua parola alla città di Ninive, ma le sue fatiche non serviranno a nulla, nulla gli garantiranno. Se non una piantina di ricino e una felicità passeggera: dura appena lo spazio di un giorno e poi tutto svanisce. Questo è il destino.

4. *Io...*

L'autobiografia biblica ha ancora due profeti, Geremia ed Ezechiele, per testimoni. Due brevi passi della loro avventura con Dio e gli uomini, che però sono cruciali per l'acquisizione dell'io. Il loro, il nostro. Qui, la prima persona non è un ignaro riflesso condizionato, quanto piuttosto l'inequivocabile consapevolezza che il proprio vissuto, passato, presente o anche futuro, faccia parte della storia. È cosí, armati di tale coscienza, che i due raccontano la propria vocazione, la prima chiamata di Dio, che viene accolta non con torpore o afasia, bensí con discernimento critico: sia esso fatto di slancio o di dubbio.

È come se, tanto Geremia quanto Ezechiele, si sentissero anche loro «dall'altra parte» rispetto alla voce divina. Sono ebrei anche loro, nel porsi in termini dialettici e non di cieca ubbidienza, nei confronti della vocazione. Ancora una volta, va da sé che questo atteggiamento critico, contraddittorio o per lo meno controverso nei confronti della voce divina è il nucleo stesso – intellettuale e sentimentale, ma soprattutto di fede – dell'intera tradizione ebraica. Che non tace e, anzi, parla a fiumi, proprio nel suo porsi «dall'altra parte» rispetto a Dio prima ancora che rispetto al prossimo. L'altro da sé è, prima di tutto, il cielo. In altre parole, con la fede e il suo oggetto (cioè il soggetto per eccellenza, Dio creatore) esiste un rapporto piú dialettico che di sottomissione. L'Eterno è il nostro primo Altro da sé. Dal momento in cui Adamo si scopre nudo e comprende di aver mancato nei confronti del cielo. Da quando Giona scappa e altri profeti s'interrogano sull'opportunità della vocazione. Da allora, Dio sta dall'altra parte: non dentro di noi, bensí oltre.

Questo altro da sé è anche ciò che dà all'autobiografia – atto essenzialmente narcisistico – una giustificazione. Che rende lo scrivere di sé degno di essere articolato, e poi sentito.

Anche Geremia scandisce un «io sono» che non è meno incisivo di quello di Giona e Adamo. Anzi, condivide con il primo uomo la natura riduttiva di quell'«io sono». Come il nostro archetipo, cosí Geremia si definisce con un gesto di ritegno. Si schermisce, dichiarando la propria identità, benché nel suo caso sia probabilmente spinto da falsa modestia, oltre che da quella stessa paura di cui sono animati (nel vero senso di questo verbo) tanto Adamo quanto Giona. Dichiara ciò che non è, ciò che non sa.

Parlare per riduzione. Per sminuirsi. O meglio per tentare, sapendo che è invano, di nascondersi. Ma è tutto, ovviamente, inutile. La vocazione di Geremia si apre infatti con un attestato di predeterminazione: Dio gli comunica che l'ha reso profeta ancora prima di formarlo dentro il ventre: «Ti conobbi, – dichiara la voce dal cielo, – prima» di ogni prima. Prima del dentro e prima del fuori: «Prima che uscissi dall'utero ti consacrai [...] profeta per le genti» (1, 5). La parola di Dio è qui di un'esplicitezza quasi spietata, nel suo estremismo: Geremia non può decidere per sé perché Dio ha già deciso per lui; raccontandoci questo il profeta pone l'occhio del Signore dentro ogni ventre, in ogni parto.

Siamo tutti determinati da quel che il Signore ha impresso, prima di ogni prima, nel nostro DNA. Possibile? Anche se ce la mettiamo tutta per stare «dall'altra parte»? L'illusione che Dio sia l'Altro da sé si spezza di fronte a questo assunto uterino: Egli è dentro il nostro DNA prima ancora del concepimento. Questa evidenza, che nelle parole divine si fa verità, desta inequivocabilmente piú sgomento che fiducia. Una fiducia che sarebbe in fondo ragionevole: perché non abbandonarsi a questa predeterminazione senza cercare lo scontro frontale con il destino? Senza opporre una vana resistenza al nostro codice, sia esso di natura o di Dio?

Ma il profeta, e quanti di noi dopo di lui, reagisce a questa asserzione con un gemito lungo, che la Bibbia fedelmente attesta: «Ahh» (1, 6).

È quasi straziante, questa interiezione.

Dopo, viene un articolare di parole che tale in fondo non è. «Signore Iddio, ecco... non ho saputo parlare».

Lo vedi, Dio, che non sono capace di parlare? Come farei a fare il profeta? Se ti ho risposto con un gemito invece di un verbo?

L'«io sono» di Geremia è, ancora una volta, un attestato di pochezza. «Perché un ragazzo sono, Io!» Il pronome è, tanto per cambiare, l'enfatico *anokhi*. È il solito Io dell'autobiografia, la voce del narcisismo che impone la maiuscola. Geremia si guarda attraverso le parole del Dio che lo chiama, e nello specchio trova soltanto un ragazzo incapace di parlare.

Questa dichiarazione d'inadeguatezza è l'arma con cui Geremia risponde al destino. È tutto ciò che, per il momento, egli ha da dire di sé.

Sono un ragazzo, Io!

A questa autobiografia del ritegno Dio replica: «Non dire: sono un ragazzo, Io!» (1, 7) cui fa seguito un'investitura di pieni poteri, unita all'imperativo dell'obbedienza. Piú o meno:

> Andrai ovunque ti dirò di andare.
> Dirai quel che ti comanderò di dire.
> Sarò con te, sempre.

A prova di questa fedeltà che l'Eterno assicura al profeta recalcitrante c'è un gesto cruciale. Intimo e simbolico al tempo stesso: Dio «toccò la mia bocca e disse a me: ecco, ho messo la mia parola nella tua bocca» (1, 9).

Dopo il destino, il Signore inietta nell'uomo la sua parola. Geremia racconta tutto questo in prima persona, come dal profondo abisso del tempo: tutto sembra molto lontano. È un'autobiografia che si fa storia in senso lato, grazie a una misura ampia del tempo: Geremia è qui presente e passato. È «ragazzo» ma anche voce narrante, pronome personale.

Il racconto di questo esordio sfuma poi nel seguito del libro biblico, per lasciare spazio alla profezia stessa. Qui è Dio che parla, per bocca del profeta. La vera, autentica prima persona torna piú avanti, dopo molti anatemi e parabole.

Siamo al capitolo venti. È uno dei tanti lamenti che pronuncia Geremia. Se non che, egli qui si lamenta di se stesso. E risponde, magari tardivamente, alla divina presunzione di aver tutto decretato in anticipo. La sua invettiva è l'eco della sconcertante ma ormai remota confessione di Dio: ti conobbi prima di ogni prima. Ti diedi la vocazione quando ancora eri dentro il ventre di tua madre. Geremia dà per assodata questa assoluta predeterminazione. È rassegnato all'evidenza di avere Dio fin dentro le fibre della propria storia. Alla radice e prima di ogni cosa. Eppure, come altro da sé. Come intrusione. Infatti protesta, Geremia. E forte: «Maledetto il giorno in cui fui fatto nascere! Il giorno in cui mia madre mi partorí non sia benedetto! Maledetto l'uomo che annunziò a mio padre: ti è nato un figlio maschio, gioisci di gioia! [...] Perché non sono stato fatto morire dall'utero, cosí che mia madre fosse la mia tomba e il suo ventre una gravidanza eterna?» (20, 14-17).

L'implicito ma evidente destinatario di questo dramma è colui che in quel ventre tutto aveva già fissato, ovviamente: non può essere altri che l'Eterno. Il rimpianto di essere nato torna al mittente. Ma questo grido straziato non è tanto un *miserere* d'impotenza; pare piuttosto una specie di amaro riscatto: ecco, vedi, Tu che vai fiero di avermi fatto profeta ancora prima d'essere stato concepito, guarda quale disastro hai combinato! È come se, con questo lamento, Geremia ridiventasse paradossalmente padrone del proprio destino.

Con ciò, l'uomo torna «dall'altra parte», recupera quella dimensione dialettica e non di fatale obbedienza nel suo rapporto con Dio. Di obbedienza inscritta nel DNA molto prima di essere concepiti e messi al mondo. Non posso fare nulla, ma vorrei che non fosse cosí.

L'ipnosi delle parole, imposte a fior di labbra con quel gesto che sancisce la vocazione, s'interrompe per un istante.

5. *Digerire l'identità?*

Se Geremia viene appena sfiorato dalla parola celeste e tanto basta per renderlo profeta, Ezechiele vive un'esperienza diversa, decisamente piú invasiva, della vocazione. Tutto comincia con una serie di immagini che si susseguono davanti ai suoi occhi. Alla vista si alterna l'udito: dopo i colori, ecco i suoni. Il primo capitolo del libro si conclude con questo intreccio dei sensi.

All'attacco del secondo muta la prospettiva: «E disse a me». La voce divina impone all'io narrante di alzarsi in piedi. Ezechiele, infatti, poco prima era caduto faccia a terra, prostrato dalla visione. Da quella posizione, aveva udito una «voce parlante» che poco dopo distingue.

La voce parla, indica per filo e per segno la missione che attende Ezechiele. Infine, comanda al profeta: «Spalanca la tua bocca» (2, 8): «e mangia quel che ti do».

Il cibo in questione è «un rotolo di libro», «scritto dentro e dietro».

Ezechiele non se lo fa dire due volte: «Aprii la bocca e mangiai quel rotolo. E disse a me, figlio dell'uomo ciba il tuo ventre e le tue viscere colma di questo rotolo che ti do, mangiai e fu nella mia bocca come miele, tanto era dolce» (3,3).

La chiamata di Ezechiele è tutta obbedienza: è un pieno, non un vuoto. Ezechiele mangia il libro e ne racconta al passato, ma come se avesse ancora in bocca quel gusto amabile. Il suo tracciato ha tutt'altra vividezza rispetto a quello di Geremia. Quello di Ezechiele è un passato indigerito: la sua vocazione è in fondo un eterno rimasticare quel dolce boccone che gli riempie la bocca e lascia un'infinita nostalgia. La nostalgia il profeta la cova con l'ubbidienza al dettato divino. Geremia invece lo sputa fuori, quel dettato, a un certo punto della propria storia.

Entrambe queste autobiografie, cosí come l'inciso di Giona, sono incroci pericolosi con il destino, vuoi rinnegandolo invano, vuoi abbandonandosi ad esso come fa Ezechiele con il suo muto masticare le parole.

Parole da rimasticare poi per tutta la vita che rimane.

Rimasticare... rimuginare. Perché no? Oltre che uno slancio di narcisismo, l'autobiografia è anche un bolo che torna in bocca. Sono, ero. Sarò. Rivisitare la propria storia è un raccontare se stessi, a se stessi e agli altri. I figli d'Israele, da Adamo nudo/archetipo in poi, ne hanno da raccontare. Quando il sé incontra il noi – una specie di altro da sé, che sta dalla parte opposta, insieme – allora l'autobiografia diventa storia. Questa misura di «noi» che è implicita in ogni ebraico scrivere di sé – anche il piú apparentemente solitario, come quando è Umberto Saba a parlare – è il racconto di un'identità. Un'identità che da sempre o quasi sperimenta un modo tutto speciale, tutto suo, di articolare il rapporto fra l'io e il noi. La comunanza di destino è il collante stesso dell'identità. Siamo ebrei solo e soltanto in quanto partecipi di questo destino comune. Anelli di una catena. Unici ma imprescindibili da tutti gli altri. In bilico tra autosufficienza e condivisione, l'identità ebraica non conosce altra storia che questa. Sono dall'altra parte: questo significa il mio nome comune, «ebreo». Lo stesso significato vale per Abramo, Giona, Leon Modena, Giuseppe Flavio, Philip Roth, Umberto Saba, Arthur Miller.

Questa consapevolezza di destino – o, per dirla in termini teologici, di elezione (che appunto, non è un privilegio né una presunzione di superiorità, bensí soltanto la consapevolezza di un destino, cioè di un mestiere impartito dal cielo, e in quanto tale ineludibile) – si situa in una posizione qualunque fra la rabbia che sputando rinfaccia di Geremia e l'obbedienza masticatrice di Ezechiele. Fra l'una e l'altra esiste un'infinità di opzioni. O, meglio, di posizioni. Di equilibri possibili. Anche dentro l'una e l'altra di queste due (auto)biografie profetiche. Ognuno di noi, nella sua storia di anello, rifiuta e accondiscende al proprio destino. Lo sente via via come una benedizione e un fardello insopportabile. Sa di essere nato molto, molto tempo dopo quel destino stesso. Sa anche che questo destino esige da lui una quota arbitraria di libero arbitrio, di responsabilità nelle proprie scelte. Di corpo a corpo tenace e sofferto. Questa è la partita, sin dai tempi di Abramo.

Sí. Lui.

Colui cui l'Eterno dice: «Guarda il cielo e conta le stelle, se puoi contarle... cosí sarà il tuo seme. [...] Ed egli credette all'Eterno e questi glielo ascrisse a giustizia» (*Genesi* 15, 5-6).

Sí, Abramo è benemerito per aver prestato fede a queste parole. Per averne fatto cifra di vita, di obbedienza e intemerata fedeltà. La Bibbia ha cura di aggiungere quella frase insidiosa, insidiosissima. Ovvio che si debba credere alle parole di Dio. Perché mai dovrebbe essere un merito cosí alto? «Giustizia», lo definisce la Bibbia. La stessa parola si usa per indicare la beneficenza: rettitudine e generosità vanno di pari passo. In altre parole, il testo ci dice qui che Dio fu generoso una misura in piú del dovuto, di fronte a questa obbedienza spirituale di un ancor giovane Abramo.

Visto a millenni di distanza, questo plusvalore che l'Eterno concede alla disposizione d'animo del patriarca trova la sua spiegazione. Perché mai questa fiducia nel cielo dovrebbe essere ascritta a merito? Il fatto che Abramo creda alla parola divina dovrebbe essere scontato. Quella parola non si mette in discussione, non se ne protesta la verità. Tutt'al piú se ne fugge.

Abramo allora non poteva saperlo, noi sí: che quella promessa era, diciamo cosí, un poco azzardata. Ed è per questo, forse, che Dio si compiace della fiducia di Abramo, gliene fa un merito.

Le stelle del cielo?

Ma andiamo! Siamo e siamo sempre stati uno fra i popoli piú piccoli, meno numerosi di tutta la terra. La nostra esiguità è irrimediabile. A volte è stata uno scudo, a volte una minaccia terribile. Ma è un'evidenza che nessuno potrà mai negare.

La promessa divina, d'accordo, sí, è coniugata al futuro. Ma quale, quanto remoto? Ha ancora da venire, quel pezzo di futuro. Se mai verrà. Quella giustizia, anzi benemerenza che Dio accorda ad Abramo era invece assai lungimirante: ammiccava infatti alla futura non risposta di questa promessa. Dio gliene fa merito perché entrambi (forse) sapevano che la promessa sarebbe rimasta una chimera. Che il popolo ebraico – quello che sta sempre dall'altra parte – era destinato a numeri minuscoli.

Da allora, infatti, questa promessa è rimasta muta.

Impervia è invece la nostra storia: la disegna tutta quel *berit*, il patto fra Abramo e Dio. La condizione, l'impegno di Dio è questo: ti renderò numeroso come le stelle del cielo e i grani di sabbia. Da parte sua Abramo ipoteca tutta la discendenza nell'osservanza della legge. Prima la circoncisione – emblema e memoria del sangue che sigla il loro accordo – e poi tutto il resto.

Come la mettiamo, allora?

Con questa storia che è l'incontro iniquo fra questi due impegni: uno al futuro (ma quale?), l'altro al presente? Fatale, tremendamente fatale, questo scarto di tempo: tu osserva la legge. Io ti prometto che ti renderò numeroso. Obbedienza in cambio di un futuro ipotetico. Noi congiunti al patto sin da quell'allora lontano. Lui, cioè l'Eterno, che indugia e sino a ora si è quasi beffato di questa storia: l'ha, anzi, miniaturizzata!

La nostra identità è il frutto di questo scarto, in bilico su questa bilancia cosí squilibrata: una legge prepotente da osservare, una legge incisa con fuoco nero e fuoco bianco. Un cielo da contemplare senza mettere troppo a fuoco la vista, per non provarci nemmeno, a contare le stelle lassú. Sono troppe.

Capitolo secondo

Sei tu che assomigli a me o sono io che assomiglio a te? (Arthur Miller a suo padre)

1. *Due guadi.*

Adamo è nudo. I profeti asseriscono o con altrettanta assertività negano. L'io dell'uno e degli altri è imperativo. Anzi s'esclama nella forma piú enfatica che l'ebraico conosca. Persino l'asimmetria fra promessa e speranza, fra dettato divino e realtà storica, è un modo chiaro, inequivocabile per riconoscersi in quanto ebrei. Siamo quelli la cui storia mostra qualche grinza, trasformiamo in rassegnazione e persino in forza questa millenaria incongruenza: siamo destinati a essere molti (come dichiara la promessa divina formulata ad Abramo), ma per ora siamo pochi. Comunque qui, fermamente presenti. L'identità ebraica è forte perché altrimenti non esiste, si dissolve nell'assimilazione, è costante perché la costanza è l'unica sua arma di sopravvivenza. Anche Adamo, nascosto nel giardino, non ha altro modo per passarla liscia (piú o meno liscia – diciamo con una lesione sopportabile quale l'esilio dal giardino e la scoperta della morte) se non confessando se stesso a pieno titolo, dal basso della sua nudità. Solo questa esposizione totale d'identità gli consente un castigo commisurato alla continuità della specie che inaugura, in altre parole, la sopravvivenza. L'«io sono» degli inizi è necessariamente esemplare, indubitabile. Solo tanta certezza di esistere può garantire la mutazione dell'«io sono» in «io sarò». Lo stesso discorso vale per patriarchi e profeti.

In seguito tutto si fa piú complicato.

Piú sottile.

Sofferto in modo diverso.

Ambiguo, in fondo.

L'identità diventa piú sfuggente, meno totale. L'«io sono!» si tramuta ben presto in un «chi sono?» dalle quasi infinite sfaccettature. Il punto interrogativo in fondo alla frase è il parafulmine di quelle innumerevoli rifrazioni – di luce e di ombra – che l'immagine di sé rimanda da uno specchio. La domanda che questo parafulmine fa svettare e rifrange continuamente non pregiudica, però, la certezza di appartenenza. È il contenuto dell'identità a meritare il punto interrogativo, non il fatto di riconoscersi in essa.

Ma guardandoci l'io si assottiglia, si complica: assume chiaroscuri all'apparenza superficiali, e invece l'ombra è profonda. Tridimensionale, sfaccettata. Guardandoci, sí: sulla parete, liscia solo all'apparenza, di uno specchio che riflette il nostro io. Dentro il volto degli altri.

Certo, la Bibbia non si pone la questione dell'identità. La Bibbia *è* l'identità stessa, le sue fondamenta: la sua grammatica sta in queste pagine, nell'infinità di volte in cui queste pagine sono state cantate dentro una sinagoga, sono state sfogliate, lette e ripetute senza mai stancare la memoria. L'essere ebrei parte e giunge lí, dentro il tessuto del testo sacro. Nessuno mette in discussione il proprio io, nella Bibbia. Se proprio si trova a prenderlo fra le mani, ebbene, lo dichiara. La Torah disegna i confini dell'identità, ne detta i contenuti per filo e per segno.

Poi ci sono due guadi, nella storia.

L'uno è il canone, che nella tradizione distingue ciò che è stato scritto su divina ispirazione da tutte le altre parole del mondo. Zittita la soffiata della trascendenza, la Bibbia si ferma: i maestri chiudono il testo sacro nel momento in cui il *ruach* divino si tace e piú non dice. La Bibbia stessa è come un lento digradare verso questo silenzio, partendo dal Pentateuco, che segna il massimo grado d'ispirazione, passando per i profeti, che ascoltano il cielo già in lontananza, e finendo negli agiografi – loro udivano ormai soltanto l'eco di quella voce che al Sinai era stata nitida, stentorea.

Poi piú nulla. Altro non resta che macinare quelle parole irripetibili.

Il guado del canone, dunque, separa ciò che sta prima da ciò che sta dopo l'alito della parola divina. Scrivere sotto dettatura dell'Eterno è qualcosa di immensamente distante da ciò che si può ascoltare altrove – dentro e fuori da se stessi.

E un altro ancora, di guado: un varco di tempo da oltrepassare. La data è certa, ma non segna né circoscrive, e in questo senso è assai approssimativa. Il 70 dell'era volgare indica la distruzione del Tempio a Gerusalemme da parte dei Romani, la fine dell'autonomia nazionale per il popolo d'Israele. L'inizio della seconda, lunga – quasi eterna – Diaspora: quella per antonomasia, e non la breve parentesi babilonese narrata nella Bibbia stessa.

La Diaspora, il vivere cioè in una condizione di esilio sparpagliato ai quattro angoli del mondo, scompiglia il passato, moltiplica le domande. Sarebbe questa, la strada verso la promessa fatta da Dio? Vivere ai margini del mondo, eppure rinchiusi fra le mura di un ghetto? La Diaspora è una sfida all'identità, scompagina ogni territorio esistenziale.

Questi due guadi dànno ombra e luce all'identità. Creano la profondità, traducono dalla matematica all'algebra (segni + e segni –), dalla geometria piana a quella solida. L'identità, dopo questi guadi, perde il punto esclamativo, diventa una questione, magari implicita come è rimasta per quasi duemila anni, fino all'incontro/scontro con la modernità, la psiche, l'io. Lo specchio del narcisismo.

Il sé di prima era indicativo, nel passato cosí come nel presente e nel futuro ancora ignoto. Poi divenne qualche cosa d'altro, un modo verbale piú possibilista e meno certo. O meglio, certo ma soggiogato a un condizionale futuro, alla consapevolezza di vivere, magari per millenni, in una condizione transitoria, destinata comunque a mutare.

La domanda sul «chi siamo? Chi sono?» si infittisce. La presenza del sé nel racconto, nella preghiera, nel dettame della legge studiata sino allo spasimo, diventa inevitabilmente qualcosa di piú sottile, inafferrabile. In fondo, dopo le imperative, per quanto succinte, autobiografie bibliche, il parlar di sé si fa qualcosa di molto diverso dall'autobiografia. Di piú timido e incerto. In un continuo gioco di domande, puntini di sospensione, dissimulazioni – che sono null'altro se non modi diversi per cercare di capire come mai siamo qui, come mai questo destino sia toccato a noi. A me. E non a te.

In fondo, però, tutto rimanda alla radice, a quei due passaggi che sono l'iniziazione a un'identità cosí complicata da richiedere, invece di un punto esclamativo, tanti giri di parole: il guado del testo sacro che si chiude. Quello dell'esilio si apre e non si chiude piú.

Da allora, l'identità non può fare a meno dell'interrogazione: chi sono? Che cosa sono? Che cosa so di me? Dopo quello che mi è successo, nella storia.

L'irripetibilità di questi due eventi – se non altro perché, malgrado sia passato molto tempo, sono ancora piú che presenti – è ciò che ispira l'interrogazione. Che sarà di me, dopo quel che mi è successo tanto tempo fa? Il seguito di una storia cosí imprevedibile come quella di un Dio che chiude per sempre il proprio libro e di un tempio che si spegne nel rogo di una città creduta eterna (se non altro, perché di lí era cominciata la creazione e lí era successo tutto o quasi quel che era degno di essere narrato) diventa l'ispirazione di un'identità necessariamente problematica.

Diventa necessario, allora, guardarsi allo specchio.

Il narcisismo è lo strumento d'interpretazione, ciò che rende accettabile l'estinzione del punto esclamativo: persa la natura assertiva, inequivocabile, piana, dell'identità, lo specchio è l'unica strada per entrare nel profondo. Guardarsi, ascoltarsi raccontare di sé. Sfuggire alla superficialità della mera privazione (non abbiamo piú il punto esclamativo!) e creare il problema: come mai? Che cosa siamo adesso, senza? Guardandosi, magari di sottecchi, si varca il confine di quella geometria piana che ha perduto le sue coordinate, dopo quei due fatali guadi della storia.

Quanto c'è dunque di noi stessi in quel simulacro dell'io che troviamo dentro lo specchio – cioè che leggiamo nello specchio del libro, di un libro? Nel racconto, il piú delle volte sincopato, dell'identità?

La presenza del sé è quasi il contrario dell'autobiografia: misurata, scomposta, niente affatto sistematica. Non racconta, cerca invece di interpretare il racconto – proprio o altrui. Non è uno strumento di affermazione, se non con se stessi – questo è il narcisismo. Nel gioco di dissimulazione, a volte ci si espone in piena consapevolezza, a volte lo si fa senza volerlo: il tessuto del racconto è complesso, variegato. L'io appare e sparisce, si porta in primo piano quando non sfuma nello sfondo. Lo sguardo davanti allo specchio è mobile, curioso, indagatorio: tenta sempre lo slancio oltre la superficie. Del vetro – delle parole. «Io voglio il distacco; però non riesco a scrivere se non in prima persona» [Ginzburg 1999, p. 112]. Dopo il tuffo nell'io e nel noi di *Lessico famigliare* «avevo il problema della prima persona... Eh, avevo un disagio a usare "io"; e però lo usavo...» [*ibid.*, p. 142]. La prima persona è l'inevitabile specchio dello scrivere.

Lo specchio, ovviamente, ci mette del suo. Al punto che resta difficile distinguere l'origine dalla destinazione, l'immagine dalla fonte, il somigliante dal somigliato: questo esercizio di continuo confronto è anch'esso un modo per capire chi si ha davanti – e dentro lo specchio.

Scrivere di sé – cioè il moto perpetuo dello sguardo che vaga fra lo specchio, oltre e dietro lo specchio – è inevitabilmente un intreccio di esperienze, un'osmosi continua fra invenzione e vissuto. Fra verbale della realtà e fantasia al lavoro. Questo e altro è la narrazione, ma è questo ciò che m'interessa qui: come si combinano la finzione e la verità delle cose (o, meglio, la presunta tale, sempre diversa a seconda di come la si guardi e come la si veda riflessa nello specchio dell'io), quando si scrive di sé.

2. *Osmosi*.

Questa osmosi fra invenzione e vissuto, fra creatività all'opera e inevitabilità della memoria, fra lo spaziare della fantasia e i confini dell'io, è il meccanismo che rende lo scrivere di sé uno strumento inevitabile per comprendere l'identità: propria e altrui. Nostra. In altre parole, come si declina l'identità ebraica dentro questo scambio di informazioni che avviene durante il processo di scrittura, fra l'esperienza e l'ispirazione? Questo scambio rappresenta il mio punto d'osservazione, il momento da cui tentare di estrarre alcuni elementi utili alla descrizione dell'identità.

Insomma, che cosa ha da dire questo specchio che è la scrittura, a proposito dell'essere ebrei? È uno sguardo particolare, da cui non può che trapelare qualcosa di nuovo. Anzi di vecchio e di nuovo: che cosa appare, nell'immagine di sé che la scrittura produce attraverso lo specchio? Che questo scambio fra autobiografia e invenzione sia conscio o istintivo, non muta la natura delle cose, non distorce un'immagine che già lo specchio di per sé pensa a sfaccettare, se non a deformare; sei tu che assomigli a me o sono io che assomiglio a te? Lo sguardo è comunque obliquo, si focalizza apparentemente su qualche cosa d'altro: il tema esplicito, il centro dichiarato della narrazione.

Non è l'autobiografia tradizionale che mi interessa, ma quella prepotenza dell'io cui accenna – seppure in un contesto ben diverso – Natalia Ginzburg: il non poter fare a meno di usare la prima persona, lottare per cercare di espungerla, trovarla dove meno te la aspetti.

Nel caso di Coleman Silk, per esempio, è la disperazione della malinconia, è la consapevolezza di avere quasi tutto alle spalle, ormai.

La narrazione di sé, dei propri dilemmi, dei dubbi e delle certezze, del modo in cui ci si sente dentro il destino, o fuori di esso, è sempre obliqua, e in questo senso è il contrario dell'autobiografia: del mettersi, cioè, a tavolino per raccontare la propria vita. Nello scrivere di sé avviene l'opposto: è la propria vita che racconta qualche cosa d'altro. Nel caso che qui m'interessa e mi spinge a scrivere, questo «qualche cosa d'altro» è l'identità ebraica.

Ammetto la compartecipazione, che è anche la mia ispirazione qui: condivido il destino. In questo incrocio di somiglianze in cui piú non si distingue l'origine dalla destinazione, m'intrometto anche io. Questa intromissione è ciò che mi spinge a indagare. A guardare. A guardare chi (si) guarda.

In questo incrocio sempre trasversale di occhiate, in queste infinite rifrazioni dello specchio, in questa pratica di sofferto e inevitabile narcisismo (guardarsi è una necessità, prima ancora che compiacimento), c'è un momento in cui il gioco si fa estremo. È un momento emblematico, esemplare, proprio perché è portato cosí all'eccesso: ne risulta una combinazione, anzi una coincidenza fra opposti che non può fare a meno di essere significativa.

Due scrittori si rimbalzano la storia, quasi si fossero messi d'accordo, e invece cosí non è.

Arthur Miller un'autobiografia l'ha scritta. S'intitola *Svolte* (*Timebends*), e ha piú di seicento pagine, una buona parte delle quali è dedicata alla sua tormentata storia con Marilyn Monroe: il ritratto di lei che emerge, anzi si tuffa fuori dalla pagina, è formidabile. Ma non è lui. La sua autobiografia non è un ritratto di sé. Anzi, è un processo di continua metamorfosi:

> Quasi sin dall'inizio, senza saperlo, ho cercato di ricostruire la mia vita, diventando di volta in volta mio fratello, mio padre, mia madre, rivestendo forme e volti altrui per mettere alla prova la vista da angolazioni diverse dalla mia. E, sia detto per inciso, talvolta mi ci volevano anni per potermi spogliare, e con fatica, da questi camuffamenti per ritrovare di nuovo me stesso. In breve, nel momento stesso in cui siamo piú vulnerabili alle impressioni, siamo anche piú inclini a cadere in spaventosi equivoci sul loro significato. Quindi, come minimo, la vita non perderà mai il suo mistero [Miller 1988, pp. 17-18].

Al contrario di quel che ci si aspetterebbe (forse), l'autobiografia, nel senso canonico di genere letterario, è per Miller un lungo, faticoso ma inevitabile esercizio di camuffamento: essere altro da sé, almeno sulla pagina scritta. Eppure, è sempre lui a dirci che ogni suo libro non è altro se non un'autobiografia. Tutti, a eccezione di uno: l'autobiografia.

Questo capovolgimento di intenti è molto interessante: ci spiega, in fondo, quanto sia sempre obliquo, indiretto, il parlar di sé di uno scrittore. Mai cercarlo dove ci si aspetterebbe di trovarlo. Anzi.

Pertanto, come leggere allora un'autobiografia? Come un romanzo mascherato? No. Forse, piuttosto, come una proiezione del sé, ma sfigurata dal vivere. Miller ci racconta soprattutto degli altri, come li vede e li sente, mettendosi nei loro panni. Parla meno di sé: l'io dello scrittore si trova assai piú all'interno degli altri suoi libri, quelli d'invenzione. L'autobiografia dichiarata risulta essere, di fatto, lo sguardo dello scrittore sugli altri: su coloro che hanno partecipato della sua vita, ma NON sono lui.

Scrivere di sé si può quindi definire come la radiazione di fondo dell'inventiva letteraria, piuttosto che il progetto di un racconto veritiero, fondato su ciò che siamo, su ciò che siamo stati. L'io va cercato dove «finge» di non essere.

Tutto ciò invita o, meglio, quasi costringe a un approccio di lettura diverso da quello istintivo, naturale. L'occhio sulla pagina si sofferma in un modo nuovo. Piú vigile, piú smaliziato. Cerchiamo l'autore? Va rintracciato dove, a rigore, non dovrebbe trovarsi. Dove, tutt'al piú, dovremmo cercare noi stessi, come dice Amos Oz: non siate guardoni, leggendo, la letteratura non è un pettegolezzo intorno a chi l'ha scritta. Non cercate l'autore nei personaggi, nelle parole e nei sentimenti detti. Cercate voi stessi, ché questo è il mestiere del lettore. Miller ci dice invece un'altra cosa: se proprio avete voglia di trovare lo scrittore, andate a cercarlo dove non dovrebbe esserci: dappertutto, fuorché là dove afferma di scrivere di sé, là dove racconta, dice lui, la propria vita.

Quella vita, afferma Miller, è fatta dagli altri. Il sé è un'altra cosa.

L'autobiografia come terreno dove misurare la propria capacità d'immedesimarsi negli altri è quasi un paradosso. Ma Miller è molto chiaro in proposito. E convincente, decisamente: questo libro è un caleidoscopio di voci, tutte dissonanti l'una dall'altra. Marilyn è ritratta dentro i suoi panni, e cosí tutti gli altri personaggi: non sono il riflesso dell'autore, bensí corpi autonomi in cui egli pare calarsi di volta in volta.

3. *Un invadente «alter ego».*

Per Philip Roth il discorso pare molto diverso. La sua presenza, dentro i libri, è lontana da quella di Arthur Miller. Lui non ci dice che le sue opere sono tutte autobiografie mascherate, e nemmeno che la sua autobiografia è una simulazione letteraria nel tentativo di diventare altro da sé – un fingere di non essere quel che sei, e provare a metterti invece nei panni degli altri personaggi che compongono la storia della tua vita.

Philip Roth scrive – semplicemente? – di vita, di amore e di morte. Che il sesso sia (o forse fosse, perché anche il sesso non è eterno, finisce e lascia spazio) il filo conduttore fra queste semplici cose è un altro discorso. Ma resta innegabile che la scrittura di Roth abbia la concretezza delle cose – quella concretezza che accomuna la vita, l'amore e la morte – e non quella delle persone, o dei personaggi chiamati, di romanzo in romanzo, a interpretare queste «cose».

Philip Roth non ha (ancora?) scritto un'autobiografia, per lo meno, non nel senso in cui Miller intende l'autobiografia. Quella di Roth s'intitola *I fatti* [Roth 1989] ed è esattamente ciò che dice: come i suoi libri sono costituiti di «cose», cosí la sua autobiografia (molto parziale) è di «fatti».

Ma non è questo il punto. Perché di fronte al paradosso

di Miller, il quale dice «cercatemi ovunque, fuorché dentro la mia autobiografia», Roth ne espone uno affatto speculare. Perché lo scrittore, con lui, fa di piú. Va oltre. Non si limita a depistare il suo lettore invitandolo a una smaliziata caccia al tesoro piena di trabocchetti: prova a trovarmi, se ci riesci! È, apparentemente, piú aperto. Piú diretto. Il che non fa che complicare ulteriormente le cose, perché questa sincerità è tutt'altro che semplice da affrontare, per il lettore stesso.

Philip Roth, infatti, con metodo e tenacia, quasi con accanimento, si è costruito una biografia dentro i suoi libri: «Tu sei, Roth, il meno riuscito dei tuoi protagonisti. Tu hai il dono non di impersonare la tua esperienza ma di personificarla, di incarnarla nella rappresentazione di qualcuno che *non* è te stesso. Tu non sei un autografo, sei un personificatore» [*ibid.*, p. 156]. Cosí egli ha creato, sul filo dei suoi romanzi, non un'autobiografia, beninteso, bensí la biografia di qualcun altro. Quel qualcun altro è, naturalmente, Nathan Zuckerman, di solito definito *tout court* l'*alter ego* dello scrittore.

Zuckerman è colui che dice: «C'è sempre un altro testo, un controtesto, diciamo, accanto a un'autobiografia. È probabilmente il piú manipolabile di tutti i generi letterari» [*ibid.*, p. 164]. E che commentando l'autobiografia del suo biografo (anzi, del suo personificatore), dice senza mezzi termini: «Scommetto che hai scritto tante di quelle metamorfosi di te stesso da non sapere piú chi sei e chi sei stato. Ormai non sei altro che un testo ambulante» [*ibid.*, p. 156].

Sei un testo ambulante: questo Zuckerman rinfaccia a Roth. Dati i connotati di entrambi, questa definizione non è da prendersi alla leggera. È un'amara confessione, piú che un'accusa, detta com'è da un personaggio di carta al suo autore, da un *alter ego* a un *idem ego*, in un gioco estremo, raffinatissimo, di rifrazioni.

Allora Roth ha scritto la propria autobiografia sotto la maschera di Nathan Zuckerman, voce narrante che attraversa molti suoi libri?

Il fatto è che Zuckerman, presenza costante e sempre un

poco in ombra (osserva la realtà in disparte, e la scrive), non è propriamente il suo *alter ego*. È, almeno secondo me, qualcosa di diverso. Roth è uno scrittore concreto – cose, fatti; Zuckerman, aleatorio com'è, sempre un poco a margine, sembra intimidito dalle cose e dai fatti. Quasi spaurito, a volte. Ma immancabilmente attento, forte di una memoria formidabile e di un'altrettanto formidabile attenzione ai particolari. Zuckerman non è una maschera, non è un surrogato dell'io di Philip Roth. È una costruzione, anch'egli: letteraria, sofisticatissima. È la biografia che Roth si è costruito a uso dei propri libri, o meglio delle cose e dei fatti contenuti nei romanzi. Non è un personaggio, non è un riflesso, non è un camuffamento. È una biografia. Un'auto-biografia nel senso che Roth se l'è costruita da sé e per sé, ma che non è la sua. E che ha ben poco a che vedere con quella vera, ch'egli ha scritto e «battezzato» con il nome di «fatti». O almeno questo vorrebbe farci credere.

Zuckerman incontra i personaggi e le «cose» che sono dentro i romanzi. Osserva e ascolta, sopravvive sempre e puntualmente alle storie raccontate. Non fa nulla per modificare queste storie: è come il fedele scudiero di un destino che piega, scuote, solletica, atterrisce, uccide. Alla fine, resta lui:

> – Dunque, non dimentichi di tenere il becco chiuso sul mio posto segreto. L'unica volta in cui un segreto filtra, signor Zuckerman, è quando lo andiamo a spifferare.
> – Ho capito.
> – E... Ehi, signor Zuckerman! Il libro.
> – Che libro?
> – Il suo libro. Me lo mandi.
> – Come se l'avessi già fatto, – dissi. – È già spedito –. E ripresi la traversata della distesa di ghiaccio. Lui era alle mie spalle, sempre con la trivella in mano, mentre io mi allontanavo lentamente. La strada era lunga. Anche se ce l'avessi fatta, sapevo che i cinque anni di vita solitaria nella mia casa erano finiti. Sapevo che, se e quando avessi terminato il libro, sarei dovuto andare a vivere altrove [id. 2001, pp. 385-86].

È veramente un *unicum*, questa figura. Un'ombra, ma non dello scrittore. Sembra la risposta al dilemma, anzi alla provocazione di Miller: scrivo un'autobiografia, ma non cercatemi lí. Lí, cercate gli altri, chiunque altro. Io sono altrove. Come Roth: i due scrittori sono altrove.

Che cosa dicono, allora, di se stessi questi due scrittori? E dove? Questo ormai lo sappiamo: non dove l'istinto e la ragione portano a cercarli. La scrittura resta, comunque, una tenace opera di deviazione nei confronti del lettore: lo costringe a misurarsi con quel che non vede, non trova, né cerca. A fare i conti con un'autobiografia che è un camuffamento in panni altrui, con un *alter ego* che risulta l'*alter ego* di qualcun altro, non dello scrittore. Che è, per meglio dire, un io altro da quello che scrive. Una costruzione raffinata e discreta.

Stando cosí le cose, come si fa a captare lo scrittore, dentro questo guazzabuglio, questo illusorio gioco di specchi?

Roth è il prototipo, il simbolo della scrittura ebraica contemporanea. Lo è a maggior ragione dopo un increscioso episodio, narrato in quella sua parziale autobiografia che in fondo tale non è. Roth a un certo punto scrive: «Non credo di essermi sentito fuori posto solo per il fatto di essere ebreo» [id. 1989, p. 62]. Sta parlando dei suoi anni all'università. Qualche tempo dopo, siamo nell'aprile del 1959, lo scrittore pubblica sul «New Yorker» un racconto che scotta. Si tratta di *Difensore della fede*, la storia di alcune reclute ebree che durante la guerra cercano di ottenere un trattamento di favore dal loro sergente nonché correligionario. Il testo è destinato a suscitare un piccolo pandemonio. Roth ha al suo attivo già alcuni racconti a tema ebraico, ma assolutamente «innocui», e anzi pubblicati in parte su «Commentary», prestigiosa rivista ebraica. In questo caso viene contattato per un chiarimento dalla lega antidiffamazione: l'incontro si risolve amabilmente ma, qualche anno piú tardi, siamo nel 1962, Roth accetta l'invito a una tavola rotonda presso la Yeshiva University di New York. La serata viene raccontata dallo scrittore con dovizia di particolari e sentimenti: viene pesantemente attaccato, accusato di fomentare lo spettro dell'antisemitismo. L'esito è drastico: «Non scriverò mai piú sugli ebrei» [*ibid.*, p. 125], conclude esterrefatto Roth.

Quello fu in realtà, aggiunge qualche riga piú in basso, «il vero inizio della mia schiavitú»: il non potere, cioè, fare a meno di scrivere di ebrei. «Ma lo scontro alla Yeshiva, anziché indurmi a non trattare piú temi ebraici in narrativa, dimostrava come non mai quanto forte fosse quella rabbia aggressiva che rendeva la questione dell'autodefinizione dell'ebreo e della fedeltà alla causa ebraica cosí incandescente. Il gruppo nel cui seno mi ero un tempo sentito tanto sicuro era esso stesso fanaticamente insicuro» [*ibid.*, p. 126]. Grazie a quell'aspro scontro, l'ebreo integrato e comodo scopre la confusione giudaica, l'inestricabile groviglio di fede e dubbi, di sicurezza e fragilità che compone l'identità d'Israele. Tutto ciò lo magnetizza.

Se Roth è, merito anche della serata alla Yeshiva in cui viene quasi messo in croce, l'espressione piú tenace delle ossessioni ebraiche, antiche e moderne, Miller è decisamente piú americano e meno ebraicamente ossessionato. Lo è a tratti, in certi momenti della vita. Come quando sta per sposare Mary, la prima moglie di confessione strettamente cattolica:

> Sentii un tumulto levarsi in me, una rabbia alimentata in parte dal lungo, soffocante viaggio in treno da New York, il cibo insapore e scondito di quella casa, l'idiozia di dormire in una torrida stanza ammobiliata, l'orrenda atmosfera di assillante rimprovero che emanava da quell'uomo della mia razza in croce sulla parete [Miller 1988, p. 83].

Anche il suo rapporto con la scrittura è in qualche modo spensierato. Merito dell'atmosfera in famiglia, fra le mura di casa:

> Quando sentii per la prima volta – probabilmente solo dopo che ebbi lasciato la famiglia per andare al college – definire gli ebrei «il popolo del Libro», pensai che si riferisse ai libri in generale anziché alla Bibbia, e quella descrizione, per lusinghiera che fosse, mi suonava del tutto nuova. Cresciuto tra ebrei sino all'età di vent'anni, non ne ricordavo alcuno, salvo mia madre, che avesse mai letto qualcosa. Negli appartamenti dei miei amici nella 110ª Strada non c'erano libri sugli scaffali, ma solo soprammobili – damine di porcellana con crinoline settecentesche, statuette di cavalli, il piccolo olandese con gli zoccoli che si

apprestava a turare il buco nella diga col dito, un secchio sopra il pozzo, talvolta un busto di Lincoln... Tuttavia si imparava molto presto che bisognava rispettare i libri: erano tutte Bibbie spurie, sia pure in piccolissima misura, avevano la loro parte di santità [*ibid.*, p. 23].

Scrivere, dunque, come sforzo per smentire quella soluzione di continuità che aveva messo a tacere l'ispirazione divina, nell'ultima pagina della Bibbia. Scrivere per azzardare un altro testo sacro.

Anche Roth la pensa, piú o meno, cosí?

4. *Tu sei, Roth, il meno riuscito dei tuoi personaggi.*

Crescere ebrei a Newark negli anni Trenta e Quaranta, dice Roth – scuola ebraica inclusa –, appariva come un modo perfettamente legittimo di crescere ebrei. «Crescere ebrei come crebbi io e crescere americani mi sembrava la stessa cosa» [Roth 1989, p. 119].

Sembrava, per l'appunto. Lo scontro alla Yeshiva University di molti anni dopo dà corpo all'equivoco. E la scrittura di Roth, da quel giorno in poi, o meglio da quando Zuckerman fu inventato, si situa tutta in quello iato fra l'apparire e l'essere. Sembrava, per l'appunto, ma non era affatto la stessa cosa.

L'autobiografia di Roth è una cosa molto particolare. Intanto è affatto parziale. È racchiusa negli anni compresi fra una vaga infanzia e il giorno in cui Roth decide di inventare Zuckerman. *Alter ego*, voce dissonante, personificazione, alterità. L'autobiografia di Roth copre questo spezzone di vita. Forse perché da Zuckerman in poi tocca a lui, raccontarla?

Non credo, troppo semplice.

È come se, invece, Zuckerman sostituisse Roth. È un sostituto di autobiografia. Un surrogato. Questa funzione è chiaramente espressa nello scambio di lettere che «avvolge» il racconto. Il libro inizia con una missiva che Roth indirizza al «Caro Zuckerman», in cui l'autore gli spiega le ragioni del testo. Egli invoca un bisogno di trasparenza, l'impulso a chiarire che c'è «un significativo divario fra lo scrittore autobiografico che si ritiene che io sia e lo scrittore autobiografico che sono in realtà» [*ibid.*, p. 9]. Vuole, spiega, presentarsi cosí, senza maschera (cioè senza Zuckerman di mezzo); sente il bisogno di rivelarsi dopo un periodo di profonda crisi, in cui «la mia scrittura era diventata un luogo straniero e un estenuante travaglio fisico» [*ibid.*, pp. 10-11].

Aspira a ritrovare ciò che ha perduto e per questo deve risalire all'origine, all'infanzia. L'impotenza è il motivo ispiratore di questa risalita verso il se stesso snudato di maschere, cioè fuori da Zuckerman: «L'accluso manoscritto contiene la mia controvita, l'antidoto e la risposta a tutti quei romanzi culminati nei romanzi su di te» [*ibid.*, p. 12].

Stufo marcio di contraffazioni, travestimenti e menzogne, Roth non ne può piú di dar vita a un «essere la cui esperienza era comparabile alla mia ma aveva una valenza piú potente» [*ibid.*], cioè a quel suo invadente *alter ego*.

Roth vuole dunque liberarsi di Zuckerman perché è invidioso di lui. La propria impotenza è ancor piú dolorosa e frustrante al confronto con la solida energia della sua creatura, cui dedica la propria autobiografia, o almeno quella parte di vita che viene prima di Zuckerman.

Il quale risponde diffusamente in fondo al testo.

«Non sei all'altezza», dice al suo autore per una trentina di pagine. Il succo è proprio questo: «Ti conviene di gran lunga scrivere su di me piuttosto che raccontare "accuratamente" la tua vita» [*ibid.*, p. 155]. In sostanza, altro che trasparenza: Zuckerman trova piú occultamenti che rivelazioni, piú opacità che trasparenza, nella vita Philip Roth la narra prima e senza di lui, senza Zuckerman. Sono io il nodo della tua vita, il buco nero da cui tutto s'irradia, dice l'*alter ego*: «L'intero libro sembra condurre al punto in cui queste tre forze si intersecano nella tua vita, producendo *Il lamento di Portnoy*» [*ibid.*, p. 158]. Zuckerman vede in ogni pagina i segni dell'autocensura, non trova un grumo di verità. La pretesa libertà conquistata da Roth nello scrivere «veramente» in prima persona è beffardamente smentita da Zuckerman: «Con me si sente *veramente* libero» [*ibid.*, p. 182].

Zuckerman insomma non si tira indietro, non usa mezzi termini. La sua anamnesi è tanto impietosa quanto infallibile: «Tu hai sempre l'aria di uno che sente di dover spiegare quello che nessuno gli chiede di spiegare: il tuo diritto di esistere e di trovarti qui» [*ibid.*], dice a Roth.

L'ambiguità dell'autobiografia sta nella sua natura di *excusatio non petita*: non serve a nulla liberarsi del proprio *alter ego* – Zuckerman o chicchessia –, perché è tutto il resto che ti lega, che ci lega vicendevolmente. Io devo la vita a te, caro il mio Roth, ma tu non vivresti senza di me, dice Zuckerman. Guarda la mia barba cosí semita, che porto con tanta disinvoltura a dispetto delle smorfie della mia niente affatto semita moglie. Eppure stiamo bene cosí, non rovinarci la quiete, ingiunge Zuckerman a Roth: lasciaci in pace.

In realtà, se cosí si può dire, le pagine di Zuckerman sono una preghiera per scongiurare la propria estinzione: egli vuole dimostrare a Roth che questi ha ancora, e piú che mai, bisogno di lui. Malgrado si sia deciso a scrivere un'autobiografia trasparente, in prima persona, Zuckerman invoca la propria utilità: solo attraverso di me tu riesci a essere te stesso, grida, forse disperato, certo preoccupato, al suo scrittore.

Roth deve essersi convinto. Zuckerman non è affatto morto, dopo di allora.

È solo diventato impotente dopo una sciagurata operazione alla prostata.

5. *Che cosa vede quando mi guarda, Mr. Newman?*

In quel continuo gioco di dissimulazione che è la scrittura, dove l'io va cercato altrove, dove un'autobiografia racconta ma non di sé e dove si crea, come dal nulla, la biografia di qualcuno che non sei tu, il confronto tra Philip Roth e Arthur Miller ha un momento estremo.

Tanto *Focus* quanto *La macchia umana* sono romanzi visivi. A cominciare dal titolo. La «macchia» trova consistenza solo nell'impatto con la vista; il «focus» è quel che dice di essere: messa a fuoco dello sguardo, dell'obiettivo.

«Non voglio piú vedere la tua faccia soddisfatta bianca come un giglio» [id. 2001, p. 90], racchiude, da cima a fondo, tutta la storia di Coleman Silk nel romanzo di Roth.

«In altre parole, quando mi guarda, non è me che vede» [Miller 1958, p. 177], è la lezione che il (vero) ebreo Finkelstein impartisce a Mr. Newman in quello di Miller.

In quel sottile gioco di incontro fra vissuto e invenzione, fra esperienza e creatività – un complesso meccanismo di incontro che è in fondo l'opposto di quello che dovrebbe essere un'onesta autobiografia –, questi due autori, ebrei ciascuno a modo proprio, è come se si guardassero da opposta eppure combaciante distanza, attraverso i due romanzi. Proviamo a immaginarli con due obiettivi fotografici davanti all'occhio: a poco a poco, misurando impercettibili distanze e calibrando una messa a fuoco sempre piú nitida, gli sguardi si incrociano. Si incontrano. In quello sguardo incrociato attraverso gli obiettivi di due immaginarie macchine fotografiche (che sono, in termini letterari, la natura «visiva» di entrambi i romanzi), qualcosa si racconta.

6. *Un americano di mezza età.*

Lawrence Newman, il protagonista di *Focus*, è un americano di mezza età, molto abitudinario, molto sedentario, molto qualunque. È un uomo che appare subito piuttosto solo. Vive con la vecchia madre e le donne per lo piú le sogna. Anzi, ne sogna sempre una soltanto, che non è immagine di una donna in carne e ossa, bensí qualcosa di piú rarefatto, iraggiungibile.

Lawrence Newman è un fedele impiegato che lavora praticamente da sempre nello stesso posto. Si occupa del personale. Il giorno piú grandioso della sua vita, professionale e forse non soltanto, avviene «diversi anni prima» che il romanzo cominci:

> Nello zelo di servire i suoi datori di lavoro come nessuno aveva fatto mai, aveva ideato un ufficio dotato di una parete di vetro. L'idea era stata accettata, e da allora egli era in grado di lavorare al suo tavolo e, con una semplice occhiata, di vedere se tutto, sull'intero piano, procedeva con ordine [*ibid.*, p. 34].

L'ufficio, *open space ante litteram*, sebbene protetto dal vetro, è il vanto di Newman. Ciò che dà senso al suo lavoro, al fatto che nessuno gli abbia ancora decurtato lo stipendio, con i tempi che corrono.

Gli occhi sono lo strumento, di lavoro e di vita, piú prezioso che Newman abbia. Con lo sguardo egli giudica le persone: difficilmente si sbaglia, o almeno crede che sia cosí. Sulla metropolitana, per esempio:

> Il suo sguardo passò all'uomo che sedeva vicino all'operaio. Negro. Si posò poi sul viaggiatore accanto e si fermò. Nello sforzo di esaminarlo piú a fondo, perse il senso di quanto lo circondava. Aveva di fronte un uomo il cui tipo rappresentava per lui quello che un orologio raro rappresenta per un collezionista [*ibid.*, p. 12].

Lo sconosciuto che richiede un esame attento e critico, che a differenza degli altri passeggeri non si fa riconoscere all'istante per quello che è – e che anzi sembra far di tutto per dissimulare la propria identità, la quale tuttavia non sfugge allo sguardo acuto ed esperto di Newman – è, ovviamente, un ebreo: «Probabilmente solo lui, su quel treno, sapeva che quell'uomo dalla testa squadrata e dai capelli biondi non era né svedese né tedesco né norvegese, ma ebreo».

In sostanza, il vero e unico talento di Newman, anzi di piú, ciò che lo rende un individuo, il suo principio di identità che lo differenzia dagli altri, è la vista. Ma il romanzo si apre precisamente in un momento critico, quando tanta acutezza diventa parte di un, seppur prossimo, passato. Infatti, «negli ultimi» tempi, stare dietro la vetrata è divenuta per Newman un'esperienza terribile, intollerabile. Tutto, oltre quello schermo trasparente, gli appare come un «colossale equivoco». Tutto è sfocato, irraggiungibile per i suoi occhi. Il mondo gli sta sfuggendo.

In parole povere, Newman ha bisogno di un paio di occhiali.

Non ci vede piú come una volta. E il colossale equivoco che si va allargando per l'ufficio, al di là di quella vetrata che è la sua invenzione, il suo vanto, sta per inghiottirlo. Viene convocato dal superiore che, con una certa qual brutalità, lo mette di fronte a quell'evidenza ormai fumosa: «Perché diamine non si compra un paio di occhiali, buon Dio!», esclama Gargan [*ibid.*, p. 20].

Gargan non è certo preoccupato dalla salute del sottoposto, quanto dalle gravi conseguenze del suo offuscamento: l'ultimo suo acquisto, in fatto di personale, passato al vaglio dello sguardo un tempo infallibile di Newman, «non è il tipo di persona che va bene per noi» [*ibid.*, p. 21]. Newman ha infatti assunto un'ebrea. Avrebbe dovuto riconoscerla, e invece non è stato cosí.

Il solerte impiegato corre dunque a comprarsi un paio di occhiali. Non un semplice strumento, una comodità: quelle lenti sono la protesi della sua identità.

Gli occhiali dovrebbero risolvere tutti i suoi problemi, ristabilire la situazione di prima. Se non che, con addosso quel paio di indispensabili strumenti, tutto invece cambia. La prospettiva si capovolge. Lui diventa l'altro: l'oggetto dei propri sguardi. L'obiettivo si introietta, s'insacca. La prima cosa che Newman fa, arrivato a casa con gli occhiali felicemente sul naso (finalmente tutto è di nuovo nitido, dotato di precisi confini), è andare allo specchio del bagno:

> La saliva gli riempí la gola: tossí. Nello specchio della sua stanza da bagno, il bagno che usava da circa sette anni, egli stava guardando ciò che, con molta verosimiglianza, si poteva definire la faccia di un ebreo. Un ebreo, difatti, era entrato nella sua stanza da bagno. Gli occhiali facevano alla sua faccia proprio ciò che egli aveva temuto facessero, ma ora era assai peggio, perché era una cosa reale [*ibid.*, p. 28].

Newman, da quel momento in poi, ci vede bene, ma non riesce piú a distinguere il reale dall'apparente. Ciò che egli vede passare sullo schermo del cinematografo, per esempio, si ripete poco dopo nella sua realtà. L'equivoco diventa vero, all'interno di una verità che appare ormai tutta frutto dell'equivoco.

Perché non è soltanto lui a trovare un ebreo nell'immagine di sé che lo specchio riflette. Anche tutto il resto del mondo la pensa cosí, a incominciare dalla madre che lo accoglie a casa con una risata a denti stretti: «Sembri quasi un ebreo».

Di lí in poi, la vicenda prevedibilmente precipita: retrocessione sul lavoro. Matrimonio con una sua pari – l'impiegata che sembra ebrea e per questo non è stata da lui assunta. Ghettizzazione. Newman si trova a confrontarsi con la diffidenza e l'odio, nonché con le trame violente del quartiere dove abita da sempre, rivolte contro l'unico «vero» ebreo ma a poco a poco anche contro di lui. Forse gli basterebbe discolparsi, forse gli basterebbe dichiararsi dentro – e non fuori o a margine di quel microcosmo sociale. Newman opta invece per una passività quasi totale: come se non riuscisse piú, per tutta la durata del romanzo, a staccarsi da quello specchio in cui ha trovato un ebreo con gli occhiali.

> Le cose che aveva fatto durante tutta la sua vita come ariano, le sue piú innocenti abitudini si erano mutate nei simboli di una personalità estranea e perversa, una personalità che lentamente e implacabilmente gli veniva imposta. E ovunque andasse cercava di soffocarla, sminuendola in ogni modo possibile e negando, nello stesso tempo, di possederla [*ibid.*, p. 195].

«Che cosa vede quando mi guarda, Mr. Newman?»: la domanda che gli pone l'ebreo vero, Finkelstein, è il tormentoso ritornello di tutta la storia. Perché in quell'immagine occhialuta Newman non trova una cosa sola. Non vede un'immagine piatta – niente geometria piana, niente affatto. Quell'ebreo entrato nella sua stanza da bagno, infatti, è assai piú complicato di quanto immaginasse. Non riesce piú ad afferrarlo tutto con la vista, a occhio nudo. Newman tenta continuamente di negare quell'identità falsa che gli impongono gli occhiali, ma al tempo stesso assume, quasi consapevolmente, gesti, fattezze, parole di ebreo. È come se ubbidisse a quel paio di occhiali, con una coerenza che procede dritta verso il (quasi) eroico finale. In altre parole, malgrado il disprezzo (ormai anche di se stesso), Newman non sfugge al proprio destino di ebreo. Dichiara di non essere ebreo, e intride questa negazione della ripugnanza che prova per la parola ebreo, certo. Sa per certo che gli ebrei sono «impostori. Fin dal principio» [*ibid.*, p. 37].

Ma.

Ma via via comprende, o sente, che «loro», gli ebrei guardati e riconosciuti infallibilmente da lui sino a quel momento, altro non sono che «una proiezione dei suoi stessi desideri» [*ibid.*, p. 38].

In altre parole: loro, per come li vedo, anzi li ho visti sino a oggi, sono il mio vero io. Dietro l'apparenza della loro diversità, magari quasi invisibile (ma non per me con la mia vista acuta), si nasconde invece la voce di quel che sono io, davvero. Questa scoperta è dolorosa, desta ribrezzo non meno di quanto ne destasse l'ebreo ogni volta che Newman ne riconosceva uno: per strada, nella metropolitana, dall'altra parte della sua scrivania, in ufficio. La ritrova, questa scoperta, nella moglie che si merita: specchio del suo sogno ricorrente, ma anche simbolo dell'«ebreitudine» che sta annidata in ognuno di noi. Newman non l'aveva assunta proprio per questa ragione, e per la stessa ragione, in fondo, la sposa: perché sembra un'ebrea anche se non lo è. E forse è per questa stessa ragione che lui ritrova in lei il suo sogno di donna: invitante e minaccioso al tempo stesso, intimo e alieno. E forse la sposa proprio per esorcizzare la paura di quell'ebreitudine, ed è proprio quell'«ebreitudine» che libera qualcosa di vero in lui:

> Come ebrea gli era parsa mordace e aggressiva e si era rimproverato la pericolosa attrattiva che aveva esercitato su di lui, ma ora non la temeva piú perché ora il suo amore poteva scaturire, privo della colpa di amare ciò che la sua dignità gli aveva sempre insegnato a disprezzare [*ibid.*, p. 90].

L'assunzione di un'identità falsa e disprezzata diventa cosí, per Newman, la scoperta del vero se stesso. Al pari di sua moglie, è solo diventando ebreo pur non avendo, in sé, nulla di ebraico, che Newman trova risposta alla domanda che non s'era mai posto, prima di inforcare un paio di occhiali: chi sono? O meglio: che cosa non sono?

Tutto avviene, in fondo, già nel momento in cui si guarda allo specchio con il nuovo paio di lenti sul naso. La storia di Newman sta tutta lí, in quel riflesso finalmente nitido. Ci dice che guardarsi allo specchio è un'esperienza tutt'altro che superficiale. È invece quasi un'opera di scavo, o di scoperta. Un po' come scrivere. Non sai mai che cosa ti trovi davanti, impresso su quella lastra di vetro.

«Quando mi guarda, non è me che vede», dirà Finkelstein alla fine.

7. *Bianca come un giglio?*

> ... data la logica paradossale che presiede alla creazione...
>
> Roth 2004, p. 132.

Guardarsi allo specchio, se non altro in quello specchio particolare che è la pagina ancora da scrivere, è una prova tutt'altro che superficiale. Piuttosto, interiore: va irrimediabilmente al cuore della faccenda, cioè dell'immagine. È, anzi, un'esperienza quasi scabrosa. Lo specchio svela, trasfigura, immancabilmente scalza l'immagine mentale che a priori pensavamo di trovare: l'una mai corrisponde all'altra.

Chiama sempre la domanda: quanto c'è davvero di noi in quel simulacro d'io che leggiamo sopra, dentro lo specchio? Siamo noi? E se sí, siamo proprio cosí?

Insomma, la presenza del sé resta un enigma. Il principio d'individuazione non è affatto una legge, piuttosto un rovello. Che cosa veramente e come, ci distingue dagli altri? Che cosa identifica quella cosa che siamo noi? La domanda non è ovviamente solo letteraria, ma sulla pagina, prima bianca e poi nera, si snocciola.

Gioco di specchi, di immagini piú o meno verosimili è, al pari di *Focus*, anche *La macchia umana*. Un romanzo fondato sulla vista, e su ciò che la vista nasconde. Una storia che trova senso nel continuo sovrapporsi di immagini niente affatto combacianti. La storia è e non potrebbe essere piú opposta rispetto a quella del romanzo di Miller. Speculare, perfettamente.

Coleman Silk è un professore di Lettere classiche all'Athena College. O meglio, è pensionato. Vedovo. Il presente della vicenda è occupato quasi interamente dal suo – assai poco convenzionale – rapporto con Faunia Farley, una donna disperata e trasandata, che ha meno della metà dei suoi anni: «Qualunque fosse la sua infelicità, la teneva nascosta dietro uno di quegli inespressivi volti ossuti che, senza nulla celare, tradiscono un'immensa solitudine» [id. 2001, p. 3]. Con lei Coleman Silk morirà. Ma non è questo il punto della storia: il presente qui è di passaggio, altre sono le coordinate del tempo.

Una è storica. *La macchia umana* è infatti un romanzo di costume. O meglio: di costumi che la vita ti costringe a indossare. Costringe? Non proprio. È un romanzo di costume anche perché è direttamente ispirato a una vicenda di cronaca politica. Tutto il libro si svolge, o meglio è concepito, all'ombra della *fellatio* di Monica Lewinsky nello Studio Ovale della Casa Bianca. Quella prestazione non fu soltanto uno scandalo di bottega (aperta). Cambiò, secondo Roth, il modo di percepire il sesso da parte degli Americani. Fu un tabú violato e abbattuto per sempre.

L'altra faccia della prestazione di Monica a Bill è l'invenzione del Viagra. Anch'esso ha cambiato, e non di meno, il rapporto degli Americani (e non solo il loro) con il sesso. Forse ha realizzato un sogno, forse l'ha reso piú compulsivo. Fatto sta che la storia di Coleman Silk, senza il trauma del caso Lewinsky e senza l'invenzione del Viagra, non sarebbe mai accaduta. C'è una malinconia feroce, nel sesso che fanno Coleman e Faunia. Non è la consapevolezza della fine imminente, non è nemmeno il dolore del passato che si accumula su entrambi. È piuttosto come il contagio di una malattia. Coleman prende il Viagra, ma non c'è un solo atomo di entusiasmo, un solo momento di scoperta meravigliata, nel fatto di poterlo ancora fare, per merito della pasticca blu. Piuttosto, comanda quel senso di inutilità del sesso venuto dopo lo scandalo Lewinsky: tanto rumore per nulla?

Eppure, è ciò che tiene disperatamente insieme quest'uomo e questa donna. Il sesso. Regolare, non frenetico né assiduo.

L'io narrante, in compenso, è impotente (anche se molto piú giovane del professor Silk):

> Dopo l'intervento sono diventato anche impotente. La terapia farmacologica che nell'estate del 1998 era praticamente nuova di zecca e che aveva già dato prova, nel breve tempo in cui era stata sul mercato, di essere qualcosa di simile a un miracoloso elisir, restituendo la potenza funzionale a molti uomini anziani, ma sani, come Coleman, non mi è stata di alcuna utilità per i gravi danni ai nervi prodotti dall'operazione. Per le condizioni come la mia, il Viagra non poteva fare niente, ma anche se si fosse dimostrato utile non credo che l'avrei preso [*ibid.*, p. 40].

Questa ammissione pare il prologo di un altro, piú recente romanzo di Roth, *Everyman*: un uomo che si guarda nello specchio dei propri malanni. Una riflessione sulla caducità, sull'evidenza che la vita è un inarrestabile avvicinamento alla morte. Ma in fondo è esponente di una cifra comune a tutti i suoi ultimi romanzi: sesso – morte. Malattia, come mediazione inevitabile fra l'uno e l'altra.

L'io narrante, lo scrittore Nathan Zuckerman, è il quasi casuale confidente di Coleman. O meglio, della storia in sé, che gli si deposita davanti come una candida piuma in lenta, estenuante discesa. In questo caso Zuckerman è anche la figura speculare di Coleman. A uno fa effetto il Viagra – e senza non ci sarebbe nulla sulla pagina bianca –, l'altro è relegato nell'impotenza.

Coleman Silk ha la vita segnata da due crisi. La sua carriera accademica e di dirigenza scolastica è stroncata da un terribile equivoco che solo quell'icona moderna che è il politicamente corretto può aver generato. Lamentando la latitanza di alcuni studenti al suo corso di letteratura, li definisce «spettri»: «Esistono o sono degli spettri», domanda ironicamente un giorno a lezione. Se non che, la parola che Coleman usa è *spook*, «il cui primo significato è fantasma, ma che in gergo ha anche il senso spregiativo di negro, negraccio» [*ibid.*, p. 8]. Non c'è filologia che tenga: il contesto della frase, o meglio della domanda, è inequivocabile. Coleman non l'intendeva in quest'ultima accezione, ma il politicamente corretto se ne fa un baffo della filologia, e il caso vuole che gli studenti assenti siano, per l'appunto, di colore.

Questa domanda, ironica e ingenua al tempo stesso, genera la rovina di Coleman, che precipita sulla china opposta della carriera accademica, e si ritrova vedovo – l'improvvisa morte della moglie (ebrea) non può non attribuirsi ai dispiaceri creati dal tracollo. Coleman finisce anche socialmente collocato in una zona marginale, infetta: dal razzismo.

L'altra crisi è quella dettata dal Viagra. Che rende possibile la sua relazione con Faunia. Anche lei vive da sempre in una zona socialmente marginale. È persino analfabeta. Ha perso due figli piccoli in un incendio ed è braccata dal suo ex marito. Si guadagna da sopravvivere facendo le pulizie al college e mungendo qualche vacca per conto terzi. La relazione fra Faunia e Coleman è non solo estrema – o meglio fra due diversi estremi sociali; è folle. Malinconica. Insensata. Assurda. Genera ovvio scompiglio nella comunità sociale ai cui margini i due sopravvivono. È, soprattutto, ciò che induce Coleman ad apostrofare il suo giovane avvocato – il quale gli stava consigliando di lasciare Faunia – con la stessa frase che Coleman s'era sentito dire tanti anni prima: «E non voglio piú vedere la tua faccia soddisfatta bianca come un giglio» [*ibid.*, p. 90].

Perché Coleman è (era) negro: «Tutto sommato rimaneva, anche alla sua età, un discreto pezzo d'uomo, il tipo di ebreo col naso piccolo e la mascella sporgente, uno di quegli ebrei con i capelli crespi e la pigmentazione della pelle giallastra che hanno qualcosa dell'aura ambigua di quei neri molto chiari che a volte vengono scambiati per bianchi» [*ibid.*, p. 18]: cosí lo descrive Zuckerman (chissà se all'epoca si è già tagliato la barba semita).

Intorno ai vent'anni Coleman viene buttato fuori da un casino perché lui è un nero. Poco dopo viene respinto dall'Athena College (luogo di eccellenza nera) perché lo credono bianco. L'ultima volta che suo fratello gli rivolge la parola è per dirgli: «Non azzardarti a mostrare ancora la tua faccia bianca come un giglio in quella casa» [*ibid.*, p. 158].

Coleman decide dunque, a un certo punto della vita, di spogliarsi del proprio essere nero. E diventare bianco. Cioè: ebreo. Lo fa per una ragione che non ha nulla a che vedere con quanto ci si possa aspettare. Né per odio né per rifiuto né per convenienza né per ambizione. Lo fa per non vedersi schiacciato da nessun «noi»: «No alla tirannia del "noi" e alla prima persona plurale con cui essa si esprime e tutto ciò che "noi" ti vuole ficcare nella testa» [*ibid.*, p. 119].

Il cerchio che chiude questa scelta di individualismo stretto è l'accusa di razzismo ai danni di alcuni studenti di colore, con cui il romanzo si apre, e che vede Coleman, professore ebreo, imputato. Entro il cerchio, una vita all'insegna dell'equivoco, del nascondimento perseverato finché esso non diventa necessario, indispensabile come l'aria per respirare. Persino con Iris, la moglie ebrea cui sulle prime Coleman pensa di confessare la verità della propria pelle, ma con la quale il nascondimento smette di essere un gioco, e diventa invece un vero segreto:

> Non si trattava piú di provare una maschera e scartarla, esercitarsi interminabilmente e prepararsi a essere. Era la soluzione, il segreto del suo segreto, con appena una goccia di ridicolo per renderla piú saporita: il ridicolo che riscatta e rassicura, il modesto contributo della vita a ogni decisione umana [*ibid.*, p. 144].

Iris viene dopo Steena, la ragazza bianca, bionda, che lo rifiuta appena vede le facce della sua famiglia.

Iris viene prima di Faunia, con la quale il cerchio si chiude, tutto torna a combaciare: Coleman finge di essere ebreo. Faunia finge di non saper leggere. Perché nemmeno lei è quella che è.

«Vorrei proprio sapere cosa vedi in lui» [*ibid.*, p. 124] è una frase che fa parte della passata, remota storia con Steena, la bionda americana danese islandese che gli scrive una poesia ma poi non può vivere con lui. Non può piú, mai piú, nemmeno vederlo, perché a un certo punto viene a sapere che lui è negro. È in quel momento, forse, leggendo la poesia di Steena e trovandovi ciò che non sta scritto, che Coleman decide di diventare invisibile per non essere schiacciato mai piú da nessun «noi». Invisibile, proprio come quegli spettri che non troverà (o troverà? Trova spettri, invece di studenti neri!) a lezione, molti anni dopo.

Sradicato da se stesso?

Forse. L'esistenza di Coleman si configura, dal momento in cui la porta di casa, la famiglia, gli affetti si chiudono alle sue spalle, come sradicata. Da *Luftmensch*. Da quel momento, Coleman sarà sempre altrove da dove dovrebbe. Alienato *in primis* da se stesso.

Forse.

Ma non è da se stesso che Coleman fugge, quanto da ogni «noi» che incontra per strada. Da un «noi» a un surrogato di «noi».

Egli va continuamente in cerca dell'«io nudo e crudo» [*ibid.*, p. 119]. Non fugge dal proprio io, si cerca anche e soprattutto quando si nasconde, diventa uno spettro. In questo senso, la sua parabola esistenziale assomiglia a quella del patriarca Abramo, che Roth evoca esplicitamente a un certo punto del romanzo.

«Come, te ne vai di casa, la Ur del "noi", e trovi *un altro* noi?» [*ibid.*, p. 118].

Abramo è il primo ebreo della storia. È il primo che la Bibbia chiama cosí: *ivri*. Presa alla lettera, confidando in quell'etimologia sempre un poco ermetica che concede la struttura della lingua ebraica, la parola significa, come s'è visto, «colui che sta dall'altra parte».

Da un Ur all'altra, anche Coleman si staglia «dall'altra parte»: la sua migrazione è circolare, non lineare come quella del patriarca. L'analogia spicca comunque. «Ma ora egli sarà per sempre dalla parte opposta» [*ibid.*, p. 158].

Coleman è, insomma, l'Abramo della situazione. Cioè: l'ebreo archetipico, colui che passa un guado irreversibile: dalla Ur pagana alla Canaan monogama, sul piano divino.

Con tutti i rischi che la faccenda comporta: «Il punto è proprio questo: la libertà è pericolosa. La libertà è pericolosissima» [*ibid.*].

Questo è il cuore della faccenda. Abramo è infatti il prototipo dell'ubbidienza divina. Ma è anche l'uomo che, in terra, decide di riscattarsi dal «noi» in cui è nato esercitando la libertà di partire. Di attraversare. Il dio che comanda Coleman è, invece, «l'io nudo e crudo» che se ne infischia del colore della pelle, del politicamente corretto, dell'intimità familiare, degli affetti. È quello che egli insegue continuamente, fino alla fine, con Faunia. Il suo sostenere questa relazione tenuta in piedi dal Viagra è ancora una volta un sofferto atto di omaggio all'io nudo e crudo, che rivendica un ultimo schianto erotico e sa benissimo che quello e null'altro Faunia rappresenta. È in omaggio a quell'io, che Coleman apostrofa la faccia bianca come un giglio del suo ragionevole e facondo avvocato quando questi gli consiglia di mollare tutta la faccenda. Di rinunciare, cioè, a qualcosa cui il suo io nudo e crudo ha diritto.

Chi sono e che cosa il mio io vuole lo decido io, grida l'esistenza mascherata di Coleman che si finge ebreo per non essere nero.

Questa libertà, però, è pericolosa. Pericolosissima. L'impatto con il destino, o meglio con la casualità che del destino è l'unico metodo, può risultare devastante. O anche soltanto terribilmente triste. Come quella volta in cui Faunia danza nuda per lui, dando corpo agli spettri del passato e al silenzio del futuro che si avvicina.

Che cos'è Coleman Silk, allora?

Un io titano che lotta contro il caso?

Un uomo in fuga da se stesso?

Forse.

È, soprattutto, il contrario di Lawrence Newman, l'impiegato medio americano.

L'uno è l'io che si spoglia, che altro non desidera se non restare nudo e crudo, che vorrebbe sconfiggere ogni noi. Che da tutti i «noi» incontrati fugge piú lontano che può. L'altro è un io con un paio di occhiali sul naso. Che rincorre disperatamente il «noi» cui credeva di appartenere, mentre l'«io» lo scopre solo nel lieto benché ammaccato fine.

Nudi entrambi: ma uno morto e l'altro vivo.

8. *Quando parlo di me, non riesco a tenere le distanze*[1].

C'è un momento esilarante – e al tempo stesso profondamente imbarazzante – nell'autobiografia di Arthur Miller. Una sera viene rincorso da un gruppo di giovani: paiono aggressori, ma si rivelano poi essere, per fortuna, dei fan.

Sí, ma del Miller sbagliato. Il direttore d'orchestra e musicista, per intenderci. Glenn [Miller 1988, p. 61].

Per una persona famosa essere scambiata con qualcun altro è l'apice della mortificazione. La fama si definisce proprio dall'evidenza che nessuno si sbaglia – o dovrebbe sbagliarsi – in merito alle tue generalità. Fisiche e mediatiche.

Eppure Arthur (nel senso di Miller) non si perde d'animo. Anzi. Risponde con un candore meraviglioso: «Io sono uno scrittore». Non: lo scrittore. Nel senso del Miller famoso anche se un po' meno di Glenn. Con queste blande generalità, Miller (nel senso di Arthur) si presenta. I ragazzi si scusano, provano a risarcirlo dimostrando di aver studiato i suoi drammi a scuola.

[1] Roth 2001, p. 22.

«Mi sento ancora... un po' provvisorio riguardo a me stesso» [*ibid.*, p. 75], dice un suo personaggio. Ma in quella battuta, che Miller mette su carta nel 1948, egli ammette di riassumere la sua stessa condizione, di cui lo scambio di persona (famosa) è inconsapevole apologo. Anche Newman, il suo impiegato modello che inforcando un paio di occhiali assomiglia all'ebreo che non è (o non crede di essere), è molto provvisorio. Come tutti, del resto. Talmente provvisorio da non sapere mai bene che cosa è. Un po' perché l'identità sfugge, un po' perché il caso, animato dal destino, mette mano alla realtà. E anche il tentativo di andarle incontro con un io piú nudo e crudo che si può è destinato a fallire, prima o poi. Coleman racconta la propria incredibile storia a Zuckerman, lo scrittore invisibile – ed è l'incontro fra due diverse invisibilità. Lo specchio delle sue stesse ossessioni. Il giorno in cui il giovane Coleman Silk abbandona la propria vita e il pugilato decide di partire alla scoperta di se stesso, «il singolo essere umano». Sente la libertà come una specie di onnipotenza su di sé, l'unica arma per assestare un bel colpo dritto a quel bersaglio mobile (e non statico!) che è l'uomo.

O meglio, se stesso.

Forse centra il bersaglio soltanto in quella lunga confessione che farà, decenni piú tardi, allo scrittore fantasma, pronto ad ascoltare la sua storia scabrosa. E a farla propria: o meglio, a usarla come uno specchio.

Perché è difficile immaginare due storie come queste – un impiegato americano normale cui un paio d'occhiali e una faccia da ebreo stravolgono la vita; un ragazzo di colore che si finge ebreo per tutta la vita non in cerca di un noi ma «soltanto» di un «io» –, prive della voce narrante.

O meglio, senza lo specchio della scrittura e di quella provvisorietà esistenziale cosí ben delineata da Miller e adombrata nel continuo accostamento che Roth insinua nelle sue storie (vita-morte-sesso), questi personaggi non esisterebbero. Non è il caso a generarli, ma la predestinazione della scrittura. Degli autori di questa scrittura.

In altre parole, sono tutti legati da un unico destino. Un destino fitto di sfaccettature perché, come dice Roth, anzi Zuckerman: «L'unica in grado di commentare la sua vita è l'immaginazione» [Roth 1989, p. 181]. Questo incrocio di vite e scritture ha, per esempio, un comune denominatore. La crisi. La depressione. Una certa intimità con la fine (magari un padre ultraottantenne che «vede la morte vicina al suo viso come lo specchio davanti a cui si rade», senonché quest'altro specchio gli sta di fronte sempre, notte e giorno [*ibid.*, p. 14]). Malattia, impotenza, improvviso e repentino calo di vista, confusione esistenziale. Scrivere di sé ed essere inventati sono fenomeni che, almeno in questi casi, derivano dall'interrogazione critica. Dall'impulso, anzi dalla necessità di lasciarsi qualche cosa alle spalle. E provare a risalire.

La Ur dei Caldei dalla quale tutti e quattro – Roth e Miller, Silk e Newman – fuggono, soltanto per ritrovarne un'altra in Canaan, è il camuffamento. L'ambiguità dell'io. La consapevolezza che nessuna identità potrà mai essere nuda e cruda, e allora non resta che equivocare. Tutti e quattro si rimirano allo specchio, in un inestricabile incrocio di sguardi obliqui, per decidere, come fa Miller alla fine dell'autobiografia guardando suo padre, «sei tu che assomigli a me o sono io che assomiglio a te?», che è, sí, «una domanda seria».

«Sono io che assomiglio a te, credo» [Miller 1988, p. 620].

La domanda, non meno seria, che ne consegue, è: come può un'identità cosí esclamativa come quella declinata nella Bibbia – da Adamo, da Abramo che parte in cerca della libertà dagli idoli senza mai voltarsi indietro (però... però non ebbe mai cuore di tornare a Ur. Ci mandò il servo Eliezer, quando dovette. Forse per paura della nostalgia), ai profeti, come può tutto ciò trasformarsi in qualcosa di cosí equivoco?

Di qualcosa che ha bisogno di mascheramenti?

Di specchi il cui orientamento va corretto continuamente?

Merito – colpa – della storia. Dei due guadi cui la storia sottopone quell'io che prima – Adamo, Abramo, Giona – era cosí, nudo e crudo. Ma forse, questa diluizione dell'identità, questo sbiadire del punto esclamativo in fondo alla frase, è inevitabile. A prescindere dalle circostanze storiche, prima o poi tutti si sentono come «un personaggio di un'epopea a me ignota. Un grumo non disciolto che galleggiava sulla superficie del mitico calderone americano di popoli» [*ibid.*, p. 31]. Con il tempo, l'io smette di essere prepotente. Diventa un'ombra, uno spettro. Come gli allievi irreperibili di Coleman, che mandano in frantumi la sua disperata corsa verso un'altra, qualsiasi, Ur.

E cosí, Miller e Roth, in questi due romanzi, speculari non soltanto formalmente, ci raccontano – mi raccontano – la tappa obbligata dello scrivere di sé, quando si è ebrei: la revoca del punto esclamativo in fondo alla frase. La consapevolezza che l'io non è mai perfettamente nitido, mai spoglio. Nudo e crudo. Anche un io cosí ben definito e cinto come quello ebraico: dalla siepe della Torah. Dalle mura del ghetto. Malgrado i confini delineati come pochi altri, da dentro e da fuori, anche l'io ebraico è un nodo – un grumo, come dice Miller. Una macchia, forse, ma assorbita nel profondo – che sfugge ai teoremi della geometria piana.

L'ambiguità dell'io e della scrittura che necessariamente ne deriva sono esposte a lettere piú che mai chiare da Zuckerman quando, in fondo all'autobiografia di Roth, rivendica la propria sopravvivenza. Tu hai bisogno di me cosí come io ho bisogno di te, dice al proprio autore. Il tuo tentativo di trasparenza è quanto mai goffo: hai nascosto fra queste pagine molto piú di quanto tu non nasconda scrivendo me al posto di te stesso. Io sono il tramite della tua coscienza lucida. Io, Zuckerman, e non la tua vana, ambigua, equivoca, presunta prima persona.

Disordine. Confusione. Incertezza. Disorientamento. Da qui deriva il bisogno di esporsi nello scrivere: esporsi senza svelarsi, beninteso, o svelandosi in quel modo ambiguo che è l'inventare romanzi dove si parla anche di sé. Del resto, come insiste Roth o il suo *alter ego* (ma ormai non fa piú differenza), è nel nodo indissolubile tra fantasia e verità che si gioca tutto. Siamo tutti dei testi ambulanti, nell'incrocio fra reticenza e bisogno di confessarsi.

Questa ambivalenza, al confronto con l'identità ebraica, si riflette in un modo tutto particolare. C'è infatti una contraddizione di fondo, che Roth ha perfettamente individuato, dentro un'identità all'apparenza salda e tutta d'un pezzo, sicura di sé. Eppure vulnerabile.

Però è meglio partire da lontano.

Una leggenda ebraica dice che sul Sinai, in cima alla montagna, una voce dal cielo scandisce eternamente la legge. La ripete all'infinito, parola per parola, da allora e per sempre. Il guaio è che qui sotto c'è un brusio incessante: il popolo d'Israele che chiacchiera. Affetto da una logorrea cosmica che impedisce l'ascolto fondamentale.

Questa storia forse è una metafora, forse no. Qualora lo fosse, sarebbe perfetta: una perfetta raffigurazione di quell'ambiguità di fondo, annidata dentro il midollo dei figli d'Israele, in bilico come sono fra la legge e l'anarchia. Fra l'obbedienza e il disordine. Fra l'ammutolimento davanti alla parola del cielo e la piú totale, inguaribile, meravigliosa autogestione della parola. Roth ha capito questo sui banchi della scuola ebraica, a Newark:

> Avvertivo dietro ogni cosa un'irrequietezza, un'agitazione che non collegavo affatto con l'allegra e ordinata scuola pubblica dove facevo il bravo ragazzino americano dalle nove alle tre: un'effervescente e vitalissima indisciplina, in aperto conflitto con le leggi esigenti e i rituali severi cui mi si chiedeva di obbedire devotamente... Nonostante tutti i nostri tabú, tutti i nostri divieti e le nostre conclamate rinunce e abnegazioni, un'energia nervosa decisamente irrefrenabile pulsava allora nella nostra vita quotidiana, trasformando persino la seccatura di dover andare alla scuola ebraica in uno spettacolo imprevedibile e paradossale [Roth 1989, pp. 118-19].

Il giovane Roth, e tutti noi con lui, compresi Miller e persino Newman, ci sentiamo al sicuro nel gruppo. La coesione ebraica è il territorio della nostra esistenza da duemila anni a questa parte. È la nostra bandiera nazionale, la nostra zattera di sopravvivenza: il «siamo noi» è il presupposto, non morale né intellettuale o psicanalitico bensí fisico, dell'io, è l'unico tetto disponibile, ai quattro angoli del mondo. Se non che, una volta dentro il gruppo, si scopre quanto il gruppo sia insicuro, dissonante, stonato, fatto di infinite voci diverse. E questa ambivalenza torna, riflessa, nel nostro ambivalente, reticente eppure ansioso modo di confessare il nostro io. La nostra identità è assai meno monolitica di quanto si creda. Non per questo meno stabile. Anzi.

Scrivere di sé comincia proprio lí: dove non è piú scrivere, *tout court*, «sé!», ma il punto esclamativo cede il passo all'approssimazione, ai dubbi, ai dilemmi, alle contorsioni dell'io: «Se?...» L'incrocio di sguardi fra Arthur Miller, Philip Roth, Lawrence Newman e Coleman Silk è una proiezione quasi perfetta di tutte le quasi infinite possibilità che la coscienza ha a disposizione per coprire il vuoto lasciato da quel punto esclamativo.

Si tratta, soltanto (*sic*!), di cercare lí in mezzo, fra loro. Fra i coni d'ombra e di luce, negli spazi vuoti e in quelli occupati. Negli inafferrabili riflessi che quell'incrocio di sguardi deposita sulla pagina.

Capitolo terzo
Umberto Saba e quella cosa dolorosa

Il giovane Philip Roth scopre fra i banchi della scuola ebraica che dietro, al di là di una legge inflessibile – se non altro perché dettata da Dio – e di una tradizione che apparentemente ripete se stessa all'infinito, brulica un disordine anarchico. Scopre anche che, oltre la solidità di una fede monogama come nessun'altra, si nasconde un'insicurezza abissale: frutto, certo, di circostanze storiche non propriamente benevole, quelle che accompagnano da millenni i figli d'Israele. Ma anche di un senso biologico – che potrei persino chiamare etico – di precarietà umana. Siamo, ma appena. Tutto è fragile. Tenace, forse proprio in virtú di tale fragilità.

Con la parabola di Lawrence Newman, Arthur Miller racconta in fondo quella stessa, solida precarietà. Ad ogni modo, anche la sua immagine ebraica ha poco o nulla di convenzionale. «Senza paura, – racconta cosí gli esordi della sua coscienza, – naturalmente, non vi è religione, ma se una piccola vita nella sinagoga della 114ª Strada significa qualcosa, la transazione chiamata fede si riduce a un confronto con un potere schiacciante seguito dal sollievo di sapere che il peggio ci è stato risparmiato. Ma questo lo imparai come del resto, a quanto sembra, ho imparato quasi tutto, in un modo piuttosto curioso» [Miller 1988, p. 44].

Saba è, per contro, uno scrittore trasparente. Difficilmente si lascia tentare dall'implicito, anche quando racconta di sé e delle proprie complicazioni. Non è uno specchio ma una figura che si fa attraversare dalla luce. Il suo io è, peraltro, una faccenda complicata: il tempo lo attraversa come la luce la sua figura, lasciando depositi. Ricordi e rinunce. Brontolii e rivendicazioni.

Non ha scritto nessuna prosaica autobiografia, ma dalle lettere, dalle tracce nella prosa e nella poesia emerge una biografia completa. Niente affatto inconscia.

Certo, oltre la trasparenza che la sua figura concede, oltre il rifiuto dell'implicito, l'identità ebraica di Saba – dalla quale non si tira affatto indietro – è avvertita come una specie di equivoco. Riposa profonda dentro di lui, all'origine di gran parte della sua fenomenologia umana. È il frutto di un caso, di un destino cieco e anche non poco sbadato.

1. *(Auto)ritratto*.

1.1. Eccolo, l'uomo.

Eccolo, l'uomo: «Quella fronte alta e rasserenata, quel naso poetico, quel colore di terra nuda, quella bocca, che, muta, pare sposi ancora l'intelligenza col canto; quegli occhi azzurri, penetranti e infantili, ora velati dalle tenebre palpebre chiuse» [Ghiazza 2002, p. 263]. Carlo Levi non riconosce, in quel viso di morte, nulla di «mutato da quello che altre volte, vivo, avevo dipinto». Questa somiglianza cosí ravvicinata fra la vita e la morte, nella cappella funebre dell'ospedale, è per lui fonte di turbamento. Fissando il «volto antico», Levi prova a lasciare impresso nella propria memoria ogni cosa che esso racconta: una vita amara e storie remote. Vorrebbe trattenere tutto, ora che lo guarda per l'ultima volta, spinto da un impulso umano, comune – qui confuso nel sentimento che piange un poeta – «il piú italiano, il piú moderno, il piú antico, il piú classico» –, come se con lui se ne stesse andando la memoria di tutti.

Questo ritratto di Saba *post mortem* ha un solo colore, che traspare da sotto le palpebre abbassate nella pietà dell'estremo istante. Saranno pur diafane, queste «tenebre», ma il colore non è piú una presenza, è ormai soltanto un'eco di memoria: non è disegno, bensí ricordo.

Saba aveva gli occhi azzurri. Eccoli, ma vivi: «La nota dominante è cupa. Gli occhi ti scrutano con fastidio, con sospetto. Lo sguardo è rivolto verso l'interno, non con serenità, ma con paura. Tu indovini un uomo tutto occupato di sé, smarrito nei suoi tic nervosi, e nelle sue idiosincrasie, nei suoi "complessi"» [Colorni 1975, p. 23]. Sarà, ma già l'indomani chi scrive queste righe, cioè Eugenio Colorni in una specie di racconto di cui però è detto esplicitamente, «un giorno mi accadde il fatto che tentai di narrare», quel poeta lo ama per sempre. Anche se, prima di intavolare qualche parola con il poeta, l'autore frequenta sí il negozio da libraio, ma ne evita il padrone perché non può «soffrire il suo fare livido». Livido: il versante malmostoso del celeste.

Gli occhi azzurri, un berretto sempre in testa, una pipa piccolissima in bocca. «Raffinato sí, non bonario».

Da un ultimo ricordo, passando per uno di un giorno qualunque nella sua libreria antiquaria, s'arriva alla memoria di un Saba visto per la prima volta. È il 1923 e il poeta si presenta «con un vestito blu e un berretto da ciclista all'uscio di una casa di Torino». È venuto a conoscere di persona, traversando l'Italia per largo, quel suo critico «vergognosamente giovane»: il critico è Giacomo Debenedetti, che effettivamente a quell'epoca dei suoi primi, illuminanti scritti su Saba, ha soltanto ventidue anni. Sono ancora gli occhi del poeta a spiccare sopra tutto il resto: «Mi riporta l'immagine di un uomo dallo sguardo limpidissimo, pronto a passare dalla dolcezza all'aggressività; e tuttavia in quello sguardo la pupilla aveva improvvisi guizzi sfuggenti, come di chi si guardi alle spalle» [Debenedetti 1999, p. 1072].

Gli occhi, il berretto.

Passano piú di vent'anni, e Debenedetti ne dipinge un altro ritratto. Anche se «è lo stesso Saba [...]: i tratti sono forse un poco rasciugati, ma il pallore è il medesimo, levigato e caldo, e uguale è nel volto quello "sguardo azzurrino"... Non è invecchiato: semmai, anzi, gli è venuta fuori una piú rinfrancata giovinezza che si incornicia in taluni aspetti piú tranquilli e decorosi della maturità (ma la corona dei capelli è ancora nera e il viso senza rughe)». Nemmeno il berretto è invecchiato: «Se appena qualche spiffero filtrerà dalle finestre o dalle porte di lucido mogano, forse si farà coraggio e chiederà di poter tenere in testa il suo inseparabile cappello da ciclista» [*ibid.*, pp. 1056-57].

Un po' come Carlo Levi di fronte alla salma dell'amico, anche Giacomo Debenedetti è quasi stupefatto dalla staticità della sua figura. Morto come in vita, vecchio come giovane. Anzi no. Di piú: «Se verso i quarant'anni poteva parere un giovane vecchio, ora che ha passato i sessanta è certamente un vecchio giovane. Le due antitesi si compensano e ci ripetono che, grazie a Dio, Saba è immutato» [*ibid.*]. Certo, l'impressione dettata dalla soggettività conta anch'essa: il critico conosce il suo poeta quando il primo ha appena vent'anni, un'età dall'alto della quale tutti o quasi paiono piú vecchi di quello che sono. E poi siamo nel 1945, nella stagione dell'immediato dopoguerra, quando Saba sembra persino poter concepire un abbozzo, una chimera di felicità. Ma non è questo, almeno non soltanto. Saba era proprio cosí: dice che forse «la vecchiezza non esiste» o forse è la dannazione di questo tempo atroce, che impedisce di invecchiare e con ciò nega a lui il meritato riposo dalla Musa.

Un uomo senza età. Ansioso di invecchiare invece di restare sempre eguale? Non si direbbe: «Sono – sono sempre stato – un povero bambino (infinitamente comprensivo) sperduto in un mondo di adulti infinitamente stupidi e feroci» [Saba 2001, p. 890]. Come nei bambini (e negli artisti) tutto in lui si trasforma rapidamente in immagini: quando sente raccontare che nel «territorio dell'U.S.R.R.» ci sono tribú nomadi cosí refrattarie alla vita civile che il governo «le lascia vagare in libertà», Saba a che cosa pensa? Non pensa: «VEDO un vecchio chino a cogliere delle fascine» che, levatisi all'orizzonte i fumi della civiltà industriale, corre «con grida e gesti scomposti» ad avvertire la sua tribú: via di qui, piú lontano. Quel vecchio, Saba lo odia e lo ama al tempo stesso [id. 1991*b*, pp. 36-37 (lettera a Flescher del 14 marzo 1949)]. A leggere fra le righe, un po' vi si riconosce, un poco no. Insomma, Saba è un bambino da vecchio, un vecchio da bambino: persino fra le braccia della sua amata balia, cui forse deve lo pseudonimo adottato fin dall'inizio della sua carriera. Si chiamava Poli, adottò il cognome Saba storpiando presumibilmente il cognome della Peppa, benché, va detto, in ebraico *saba* significa «nonno». Il poeta bambino che già s'intende anziano?

1.2. Il poeta bambino.

Prima di essere un vecchio bambino, e un bambino vecchio, il poeta conosce una specie di Eden: è l'infanzia dell'infanzia. Cioè quel che viene prima della coscienza, ed è soltanto calore d'affetto. È «il primo, amoroso seno», sono i «verdi paradisi dell'infanzia» [*Il piccolo Berto - Tre poesie alla mia balia*, in id. 1988, p. 405]. Di quei verdi paradisi torna in cerca adesso che «è un uomo, quasi un vecchio». La balia è figura di questa pre-infanzia alla quale viene strappato – con dolore di lei e di lui. Da allora, quella cosa che «non far gli è pena grande» [*Infanzia*, *ibid.*, p. 408], cioè giocare, divenne pura nostalgia, un addio che non è per sempre perché lui, si sa, è rimasto un fanciullo!

L'infanzia che viene prima dell'infanzia a Trieste, con una madre stanca di delusioni, è un luogo sempre presente nella vita di Saba, ed è forse questo che spiega come mai piú diventa vecchio piú diventa bambino, spensierato. Perché anche quel suo Eden remoto diventa vecchio insieme a lui. Non è un territorio vago: l'ha davanti agli occhi. È un ricordo nitido anche se primordiale, afasico, incosciente, avvolto soltanto di calore. La balia è ciò che viene prima del sé, con tutti i guai e i fardelli che il sé comporta. Prima della famiglia monca, delle malinconie, del ghetto. Persino prima e altrove dalla sua Trieste. È tutto il contrario di ciò che la vita gli riserva.

L'infanzia non è però sempre un'età dell'oro.

Per Miller, per esempio, è la muta contemplazione di un

mistero che non capirà mai: uomini che danzano e gli attraversano la memoria, mentre il pio (e un poco burlone) bisnonno gli ingiunge «Adesso non guardare!» La sera dopo cena il bisnonno parlava e parlava «attraverso la sua grande barba», ma in un incomprensibile yiddish.

Quando giunge il momento di andare a scuola, il piccolo Miller ha al suo attivo «quei pochi anni passati sul pavimento a studiare le scarpe della gente, la polvere sotto il divano, le rotelle di ottone sotto le gambe del pianoforte», e ha

> assorbito attraverso la pelle duemila anni di storia europea, di cui, a mia insaputa, ero diventato parte, un personaggio di un'epopea a me ignota, un grumo non disciolto che galleggiava sulla superficie del mitico calderone americano di popoli. Per usare un gergo di epoca posteriore, ero già stato programmato a optare per qualcosa d'altro che non fosse l'orgoglio delle mie origini [Miller 1988, pp. 30-31].

Dunque è cosí: dal basso, sotto i tavoli, all'altezza di gambe di pianoforte, l'infanzia assorbe ignara un'identità ineludibile. Ma questa identità non è solubile, e per questo rimane problematica. Si comporta diversamente dalle altre, pronte a fondersi nel mitico calderone americano. È diversa, irriducibile: resta avvolta da quel mistero che il bisnonno, forse soltanto per scherzo, gli ordina di non guardare: un rito occulto, vietato al suo sguardo ingenuo. Che, detto a un bambino, è come brandire una bacchetta magica capace di rendere trasparenti le sue palpebre.

Mistero e presentimento chiaro: queste sono le due opposte coordinate dell'infanzia. Non solo per Arthur Miller. La consapevolezza che non tutto è comprensibile, anzi. La certezza di un destino in cui sei capitato per caso biologico ma ormai è troppo tardi. È sempre troppo tardi per sfuggirvi. Malgrado la pia illusione del poeta Saba che piú diventa vecchio e piú si sente bambino.

Nello scrivere di sé, l'infanzia è un momento cruciale proprio per questo: perché prefigura quella mistura di consapevolezza e smarrimento. Di solidità esistenziale e certezza di non capire che una parte infinitesima (e forse sbagliata) del tutto.

Non dell'universo, beninteso. Solo di se stessi e di quell'identità che nascendo ti sei trovato appiccicata addosso. Dentro.

Non per nulla la moglie di Zuckerman dice di Roth, e con piena conoscenza di causa, che lui «torna sempre ai ricordi d'infanzia» [Roth 1989, p. 178].

L'inizio della scuola, l'incontro con l'alfabetizzazione, la scoperta della parola scritta è spesso, in questo periodo cruciale, un istante altrettanto cruciale. Per Miller e anche per Roth, che vive quel periodo con maggiore continuità, con la beata e innocente consapevolezza di non essere fuori posto.

> Mingherlino, di statura insignificante, accuratamente vestito con giacca e gilet, il *pince-nez* appeso al cordoncino, baffetti di rigore sotto il naso, occhi dall'espressione stancamente buona – se oggi mi capitasse di incontrarlo nel metrò, sulle scale mobili, lo riconoscerei all'istante sotto la scossa tellurica della memoria» [Metter 1998, p. 263, *Genealogia*].

È il maestro Prachovnik, che fece sforzi tremendi per indurre il piccolo Metter e i suoi compagni di classe a credere alla storia alla creazione, ai prodigi dei profeti, all'immortalità dell'anima.

L'autobiografia, o meglio la «genealogia di Metter», è un deposito di memoria. Ricordi di ricordi che lo scrittore lascia intatti: «Non ho voglia di colmare le lacune della memoria con illazioni di raccordo. Il rombo sordo del tempo ha serbato frammenti di ricordi – per i quali sono controindicate la consequenzialità e persino l'attendibilità» [*ibid.*, p. 262]. Il ricordo non va preso alla lettera, «tutto quanto ci è accaduto è *come se* fosse avvenuto». Lasciata intatta, la memoria vaga fra momenti di lucidità estrema, dolorosa, e altri dai contorni vaghi. Il primo funerale cui il bambino assiste: incontro inatteso con la morte. Il mistero di quel che siamo nella porzione di azzima che il bambino deve far sparire, per un gioco che è rituale pasquale. Non si conosce il significato di quel gioco, ma ciò non esclude la dedizione al rituale. Nemmeno Elia, atteso puntualmente a ogni Pasqua, verrà. I suoi passi sono silenziosi, proprio come certi ricordi d'infanzia.

In *Genealogia* Metter articola con una chiarezza straordinaria e sofferta il rapporto fra i ricordi e l'infanzia. È un processo non voluto, come non voluti sono i fiotti di ricordi che arrivano dal passato: «I ricordi sono come uova d'uccello nel nido, l'anima li scalda per lunghi anni, e d'un tratto essi rompono il guscio disordinatamente, inesorabilmente» [*ibid.*, p. 246]. Sono anche «importuni e imperiosi» [*ibid.*, p. 245] perché irrompono nella vecchiaia e non sai come abbiano fatto a rimanere cosí intatti, mentre tutto è andato talmente allo sfacelo che è come se non fosse mai esistito, e cosí non bisogna prenderli alla lettera, quei ricordi intatti dell'infanzia.

Per Aharon Appelfeld, scrittore israeliano nato in Bucovina nel 1932, che della propria vita ha fatto scrittura, i ricordi sono invece disordine. Vaga e consumata traccia. L'autobiografia inizia con una domanda: «Quand'è che la mia memoria comincia a ricordare?» [Appelfeld 2001, p. 11]. Il principio è incerto, al confronto con la catastrofe che giunge poco dopo. Per lui come per Saba, c'è un'infanzia morbida, tenue, che viene prima dell'infanzia vera – questa inizia per l'uno quando viene strappato alla balia, per l'altro all'arrivo dei Tedeschi.

Per il poeta Bialik, che affida le proprie prime memorie a un lungo racconto dal titolo *Pianta spontanea*, l'infanzia è l'immenso recipiente in cui tutto si vede e si capisce prima, meglio, come in nessun altro momento della vita: «Si dice che l'uomo veda e comprenda una sola volta: durante l'infanzia. Ed è vero. Le prime visioni, quando sono ancora vergini, come nel giorno in cui uscirono dalle mani del Creatore, sono l'essenza delle cose, la loro sostanza originale» [Bialik 2003, p. 200].

Luogo troppo vago?

Troppo nitido, tanto da far soffrire? («Non esistono immagini chiare e limpide come queste, né c'è realtà pari alla loro» [*ibid.*, p. 198]).

L'infanzia è la destinazione di una nostalgia inguaribile e disperata, o un luogo impossibile, che non si può prendere alla lettera?

Per tutti è una specie di patria, remota.

Perché è il posto dove si imparare a ricordare. Dove l'oblio fa per la prima volta la sua comparsa.

1.3. Il vecchio poeta bambino.

Certo Saba si sente a suo agio nei panni dell'età avanzata. Sembra strano, ma il tempo che passa lo rende piú spensierato. Inizia a scrivere per trovare sollievo alle pene; piú tardi lo farà mosso da gratitudine alla vita [Saba 2001, p. 118, *Storia e cronistoria del Canzoniere*]. I posteri, invece, non lo interessano affatto: non è per loro che scrive, né da giovane «malnato» né da vecchio rasserenato [id. 1983, p. 198, lettera a Vladimiro Arangio Ruiz, 8 giugno 1948]. Forse, scrive per i giovani. Se non altro per quei due che incontra un pomeriggio sul lungomare della Versilia, e che gli regalano «il vero premio Viareggio», all'indomani della lettura ufficiale, nel 1946 («Il premio Viareggio si risolse per me, praticamente, in un viaggio ed un soggiorno massacranti, contro il compenso – detratte le spese – di 80 000 lire» [*ibid.*, p. 171, lettera a Vittorio e Maria Luisa Sereni, 23 agosto 1946]). I due giovani, in costume da bagno, lo fermano e gli domandano se è proprio Saba. Poi uno dei due si sbilancia (l'altro, molto «membruto» guarda il poeta con poca benevolenza): dichiara di avere diciotto anni e che «per aver scritto la poesia a sua moglie accetterei di avere la sua età, e di aver sofferto quel che ha sofferto lei, ed anche di piú» [*ibid.*, p. 173].

Il poeta rievoca per iscritto, in una lettera ai Sereni, quell'episodio – non mancando, ovviamente, di puntualizzare che quello ero stato l'unico momento degno di tutta la sfiancante trasferta per ritirare il premio Viareggio. Ma non lo fa dalle altitudini compiaciute di quella sua presunta vecchiaia meno gravosa di quanto non sia preziosa l'attribuzione della poesia alla Lina. Lo fa quasi immedesimandosi nel diciottenne, come se stesse raccontando di sé nei panni del ragazzo, e non dell'anziano poeta lusingato da quell'impagabile complimento. La sintonia sentimentale è con il giovane, non con il sé che ascolta e sorride. Condivide l'apprezzamento ma non in veste di oggetto, piú come il soggetto della frase: «Io, anche io certamente darei la mia giovinezza in cambio di quella poesia!»

Perché, come si è visto, Saba non pensa ai posteri: loro non destano affatto il suo interesse. I posteri interessano solo ai vecchi. E lui, piú passano gli anni e meno assomiglia a un vecchio, perché è un poeta senza età, o meglio dall'età inafferrabile. Quando Giacomo Debenedetti lo vede per la prima volta, Saba assomiglia quasi a un patriarca biblico: non nell'imponenza ma per il carico di anni che sembra portarsi addosso. Ha addosso tutti i pesi della vita, come dice Saba di sua madre. Piú passa il tempo, invece, e piú gli viene voglia di giocare, svagarsi. Conosce persino un lembo di felicità – come accade alla fine della guerra, nella seconda metà del 1945. O forse soltanto un'ombra, di felicità. Piú invecchia, o finge di, e piú si sente leggero, come quel padre sconosciuto, che era cosí, e gaio.

Perfettamente congeniale a questa natura inafferrabile di Saba – un poeta che dichiara l'inesistenza della vecchiezza – e al suo rapporto niente affatto convenzionale con il tempo che passa – lo stesso poeta è stato vecchio da giovane e una volta invecchiato acquisisce spensieratezza, invece che disincanto – è l'immagine con cui lo veste ancora Giacomo Debenedetti. È una sorta di contraccambio, all'interno di un rapporto se non proprio simbiotico certo necessario a entrambi – lo scrittore e il suo critico: «Noi potremmo restituirgli la sua storia di poeta racchiusa in un apologo».

1.4. Il poeta salmone.

Eccolo, l'apologo:

> Terremo dietro al salmone che, per andare a compiere il suo atto piú vitale, l'amore fecondante, intraprende un cammino opposto al corso delle acque: dal mare ai fiumi ai torrenti ai laghi di montagna,

fin quasi alle sorgive. Descriveremmo quel muso che si allunga e si affila e par che cerchi, e ha già trovato, la sua inverosimile strada: quel nuoto che si tende contro i vortici, i salti, inventa meravigliosamente un itinerario negli ingorghi rilucenti tra i sassi, supera in salita la spinta avversa delle cateratte, evita i mulinelli impraticabili, e in quel guizzo è già piú a monte [Debenedetti 1999, p. 1076].

Saba è il poeta-salmone. O meglio, ha del salmone i tratti positivi: «Nello sforzo di risalire la corrente, si è fatto piú sostanzioso». È un poeta che guizza nella direzione opposta a quella segnata dagli anni, e piú torna indietro piú diventa bravo a saltare.

Ma non è l'unico poeta salmone. Nemmeno l'unico poeta salmone ebreo («Non somigliare, – ammoniva, – a tuo padre», gli diceva sua madre con il peso degli anni e della «razza»)...

Bialik, considerato il padre della letteratura contemporanea in ebraico, intitola dal canto suo la propria novella autobiografica *Pianta spontanea*: «I sogni mentono, ma non tutti. Prima che io cominci a raccontare, capitolo per capitolo, un poco delle vicende della vita interiore e dei sogni di una delle piante spontanee nate dal popolo ebraico» [Bialik 2003, p. 205]. Il poeta è la pianta spontanea, nata nel posto che le spetta, perché ogni posto può essere suo. È selvatica, ma proprio per questo in armonia con l'ambiente in cui si trova. Il suo quadro d'infanzia è coerente, perfettamente integrato. Nel mondo dello *shtetl*, certo.

Ma i poeti sono piú salmoni controcorrente che piante spontanee a casa loro nella natura. Saba non è l'unico:

Vieni a me lo sentono i pesci i salmoni dedicano a quello tutte le loro forze e bruno è con loro settimane mesi si prova a indovinare e ascolta con un groppo in gola acque odori stranieri sente gli odori senza posa con ardore cosí per ore cosí per lunghi cerca il profumo del suo proprio affluente l'odore della sua propria strada e il lampeggiare della sua propria vita [*ibid.*, p. 157].

Siamo nella prima metà di *Vedi alla voce amore* dello scrittore israeliano David Grossman. Bruno Schulz, lo scrittore ebreo polacco trucidato dai nazisti, diventa il mito in questo romanzo, e per diventare mito invece di morire si trasforma in un salmone che torna alle proprie origini seguendo il branco e gli odori. Il poeta-salmone nuota controcorrente, diretto al luogo di un'immaginaria sua partenza, senza dar modo al lettore di capire se il viaggio sia nel tempo, nello spazio, o in nessuno di questi due elementi.

Anche Metter è un pesce poeta. Un pesce che risale la corrente invece di seguirla. Che va, insomma, nella direzione opposta a quella dettata da ogni logica. «Tutto questo ricordavo o mi veniva in mente andando a Char'kov alcuni anni fa. Trovai la casa di Arié, non so neppure come feci a scovarla – alla maniera di una vecchia anguilla che torna, risalendo la corrente, a morire nel luogo in cui è nata [Metter 1998, p. 244, *Genealogia*]. Il poeta insegue i ricordi perché loro lo braccano, lo perseguitano. Lo fa con una memoria recalcitrante e disordinata che egli decide di lasciar tale e quale sulla pagina, eco del rombo sordo del tempo. Lo fa nella vita vera, senza metafore: risalire, tornare.

L'apologo del salmone fu scritto da Giacomo Debenedetti alla fine del 1957, anno della morte di Saba, che non ebbe dunque modo di ascoltare la commemorazione di sé. Ma in un certo senso sembra dettato dal poeta stesso, quell'apologo: un po' come la metamorfosi che Grossman attribuisce a Bruno Schulz è presagita nel destino, nell'opera dello scrittore polacco. Ma se per quest'ultimo caso (e salmone) di intuizione poetica si tratta – o meglio di uno scambio fra due poetiche che la storia ha reso irraggiungibili a vicenda, fra Diaspora e Israele, con in mezzo il buco nero della Shoah –, il salmone-Saba è in fondo il vero, unico regista di questo ritratto in movimento. È lui stesso a dettare i contorni della propria figura.

Poeti salmoni, poeti che vanno nella direzione opposta alla logica: quella della vita, dei ricordi, del conformismo letterario. È una vocazione faticosa e quasi impossibile, straziante e offensiva: perché mai tutto questo sforzo? Che senso hanno quei balzi disperati, verticali, dei pesci contro l'impeto della corrente? Perché non seguirla, lasciarsi comodamente trasportare? È un'impresa oltremodo irritante, tanto improba quanto inutile. Risalire lungo i ricordi. Tornare a un'infanzia irrecuperabile, tutta diversa da ciò che è venuto dopo. La memoria non ha alcuna logica. Nemmeno la fatica di fare il poeta controcorrente ha logica. Ma scrivere di sé non può che significare questo – anche se, come nel caso di Saba, è qualcun altro a scrivere di te, ma come se fossi tu che sei morto: andare controcorrente, ma lasciandosi guidare dall'orientamento illusorio dei ricordi.

Questa quasi autodefinizione che alcuni scelgono per figurare il proprio rapporto con il passato, la fatica improba di scrivere e ricordare – verbi da apporsi in ordine sparso: a volte il ricordo viene scrivendo, a volte la memoria precede la penna, anzi la chiede – è abbastanza stupefacente. Il ritorno al proprio passato non sembra a prima vista accidentato come una corrente da risalire, non dovrebbe essere un tragitto cosí innaturale e insensato come il ritorno su un cammino ormai morto, una volta che l'hai percorso. Dovrebbe essere un ingrediente naturale della vita, del presente. La memoria è un principio di sussistenza: se non ricordiamo, non siamo capaci di fare nulla. Forse, si va controcorrente quando fra te e il passato ci sono delle montagne. Macigni. Pietra nera. Questa idea della memoria come un tuffo all'indietro, impossibile ma necessario e comunque estremamente sofferto, mi porterà a Paul Celan.

Tornare è sempre difficile. Non si torna mai del tutto. Ma deve essere proprio cosí? Contro natura? Contro la corrente che nemmeno si accorge di te, povero salmone?

Il ricordo non è, in fondo, un vero e proprio ritorno. È il sapere che non si torna piú.

Per intanto, la metafora del salmone – del pesce che torna a riprodursi là dove è nato, lontano da dove è vissuto, e poi muore –, questa metafora mi dice che il passato non è fermo. Che il tempo non è nostro, neppure sulla pagine – questo lo spiega Metter molto bene. Non è nostro, nemmeno quando lo rifiutiamo ed esso si impone. Il ricordo è altro da noi. È il nostro antagonista, non la nostra coscienza.

1.5. Il poeta detta i colori.

Come lo descrivono amici e critici, in vita e persino in morte? Come Saba vuole, come Saba avrebbe voluto. Come egli detta, fintanto che può. Non a caso, il suo colore è sempre e quasi soltanto l'azzurro negli occhi. Anche quando sono ormai spenti, sotto le palpebre. È cosí che lui si descrive, senza usare altri colori:

> Aveva in volto il mio sguardo azzurrino,
> un sorriso, in miseria, dolce e astuto

Siamo nella sua *Autobiografia* in versi, che risale al 1924. Da una parte il peso materno, dall'altra la leggerezza di quel padre involatosi prima ancora che lui nascesse.

E di cui il poeta porta il colore, però.

Saba imprime quel colore alla propria figura, se non per i posteri quanto meno per i suoi aspiranti o reticenti biografi. In particolare Giacomo Debenedetti, che viene ben presto «unto» sacerdote della sua biografia, umana e poetica. «Tu sarai il mio De Sanctis», gli ripete sino allo spasimo, a voce e per iscritto, soprattutto. Dopo i primi saggi critici su Saba (siamo nel 1923, Debenedetti ha appena vent'anni), il poeta parte da Trieste per recarsi a Torino e andare a conoscere quel suo critico «vergognosamente giovane». Quel viaggio fra due lontananze è la consacrazione dell'uno da parte dell'altro, l'inizio di una lunga corrispondenza intellettuale e affettiva, l'annuncio di quel tarlo che non sarà un tormento – per lo meno per Saba – bensí una certezza: «Tu sarai il mio De Sanctis». In una lettera del 1° dicembre 1947, che inizia con un sarcastico «Mio buon (?) Giacomino», Saba dichiara di aver «proposto oggi ad Einaudi di pubblicare un libro tuo, intitolato *La poesia di Saba* (forse con un sottotitolo come "il piú diretto messaggio dell'umano")...» [di qui in poi, dove non si trova alcuna indicazione bibliografica in riferimento alla citazione, significa che ho consultato il manoscritto della lettera]. Un messaggio diretto non certo piú del suo, che detta al critico il mestiere... In seguito nella lettera Saba gli fornisce quasi un indice, anzi i dettami del saggio in questione. Ma lo fa con una naturalezza e una spontaneità che non hanno un grano di supponenza, come in virtú di un arcano canale di comunicazione preferenziale con Giacomino.

Ancor piú stupefacente è un messaggio del 15 gennaio del 1929. Saba sta male, tanto per cambiare. Giacomo Debendetti all'epoca non ha ancora trent'anni e si sente dire, con un affetto mirato: «Tu sei sempre il mio amico piú caro: a te è affidata, nel mio pensiero, la mia riabilitazione: non in vita (che hai fatto anche troppo per me), ma dopo la mia morte». Compito non da poco, nel panorama della poesia italiana in quell'epoca. Questa ordinazione di una biografia *post mortem* – di un *post mortem* che, un po' per vezzo e un po' per sarcasmo (piú probabilmente per il terrore che aveva di morire), Saba intravede come molto, molto vicina – è giustificata fors'anche dai saggi del critico. Ma soprattutto da un'intuizione tanto fulminante quanto compromettente: «Ho sentito una mattina, appena svegliato, con una nettezza portentosa, che tu scriverai un giorno la mia vita».

Formidabile consacrazione.

«Sei il solo che possa farlo; ed il destino in questo senso ci lega. E sarà certamente uno dei tuoi due o tre libri imperituri. E ti ringrazio, mio giovane amico, per allora».

Il poeta malnato affida la sua vita (prossima alla morte, a suo dire) al giovane e promettente critico. In fondo non fa cosí soltanto con Debenedetti. Saba ha sempre un che di amabilmente prepotente, quando gli altri si trovano a disegnarne il ritratto.

Senza età. Anzi, controcorrente. Come un salmone che salta dal mare fino alla sorgente.

Inequivocabilmente azzurro, come ha scritto lui.

Mi colpisce molto questa corrispondenza di ritratti fra Saba e i suoi osservatori. Ho la nitida impressione che il poeta abbia imposto, dettato, la figura di sé, ancora prima di una biografia narrativa. Prima del prima e del dopo, della sua storia letteraria accostata alla vita che scorre giorno dopo giorno, c'è il suo ritratto. Un uomo azzurro, che cammina indietro nel tempo. Che da giovane aspetta al varco una morte imminente e auspicata, da vecchio diventa piú leggero e nega persino l'esistenza della vecchiaia. Sempre facendosi un baffo dei posteri: lo sberleffo al futuro è una presenza costante, come il berretto da ciclista.

Imposto, forse non è la parola giusta. Saba si limita a «investire» Giacomo Debenedetti, il critico eletto, del compito di scrivere la sua, rigorosamente postuma, biografia. Non detta, almeno esplicitamente, precise coordinate. Nemmeno si mette in posa per consentire il disegno di sé. In fondo, forse sí. Si dipinge nella poesia, e con ciò apre la strada. Fatto sí è che il ritratto di sé che Saba suggerisce corrisponde pienamente a quello che altri dipingono di lui. È quasi sovrapponibile, nei tratti fisici e mentali – senza ancora pensare alla sua storia e cronistoria. Nel ritratto il poeta è figura statica, da contemplazione: un uomo azzurro che da vecchio pare giovane e viceversa.

È con amabile, probabilmente inconsapevole tirannia, che Saba imprime questo ritratto se non ai posteri certo ai suoi contemporanei. Da loro esige molto, a parole, in termini di fedeltà, compiacenza, attenzione a sé. Ma non è narciso al punto da imporre le regole della propria apparenza – narciso lo è, sa di esserlo, certo, ma in un modo diverso. I suoi occhi azzurri non sono un vezzo, sono il peso della leggerezza di quel padre che se ne andò prima ancora di vederlo venire al mondo. Vengono da soli, sulla pagina, nella voce dei ricordi.

Invece, è come se Saba si guardasse allo specchio cosí, sbadatamente. E dietro lo specchio ci fossero i suoi critici, gli amici, le anime adottate dal poeta. Anzi, loro sono il suo fedele specchio: rispondono con l'ubbidienza delle parole all'immagine che il poeta offre di sé.

Saba ama parlare di sé. Ma non dice tutto, anzi. Fra silenzi ed estroversioni (come le chiamerà Debenedetti), guida il suo potenziale e occasionale biografo lungo la strada, si mostra dall'angolo visuale che sceglie di volta in volta, di momento in momento. E, anche quando non se ne rende conto, è sempre attento alla propria immagine.

Trovo che abbia un che di magico questa sua capacità di dettare, con il solo guardarsi di sfuggita, le regole del proprio ritratto. Ci dev'essere una determinazione forte, anche se inconsapevole: una specie di autodeterminazione biografica, a incominciare dai tratti fisici, strettamente umani. La capacità forte di rispondersi e davanti allo specchio, quando ti chiedi: che cosa? Come sono? Anzi, di far rispondere allo specchio, in vece tua.

Un uomo azzurro che cammina indietro nel tempo: questa è l'immagine di Saba che lo specchio restituisce fedelmente. Ma oltre c'è una vita. Che cosa racconta Saba di sé? Molto. Tutto, apparentemente. Dentro il Canzoniere *c'è un'* Autobiografia, *la prima persona abita non di rado le sue prose. La* Storia e cronistoria del Canzoniere *offre persino un'autobiografia critica – il poeta (in terza persona) interpreta se stesso come se fosse un altro: schizofrenia esegetica, non di rado ironica.*

Il critico – qualunque, purché non Saba stesso – attinge ai suoi scritti e ne deduce i tratti: piú il procedimento è sottile, piú scava nell'implicito e nel non detto, piú l'ermeneutica ne esce appagata.

Tenterò qui, invece, un cammino decisamente piú superficiale. Ricostruire la vita di Saba soltanto con ciò che egli dice e racconta di sé a mo' di autobiografia. Non per allusione o potenziale deduzione dal contesto letterario, bensí facendo dell'esplicito «parlar di sé». Là dove c'è consapevolezza autobiografica il poeta non ha altra scelta che usare la prima persona. Ma nemmeno questo pronome è un criterio sempre valido. A volte la prima persona nasconde un'astrazione, diventa metafora di un senso piú generale. Io vado invece in cerca del particolare: Saba che si confessa. Lo fa solo in parte nell'autobiografia poetica, che non di rado lo trascende, com'è giusto che sia. L'auto-

biografia è cosa prosaica, in Saba piú che mai. Affiora spesso, invece, nelle sue lettere. Nelle scorciatoie.

Non certo in Ernesto *che, se mai fosse un tracciato di vita vera, sarebbe l'opposto dell'autobiografia: un nascondere usando i personaggi della finzione, invece che un raccontare di sé. Un po' la stessa cosa succede in fondo con i* Ricordi – Racconti sugli Ebrei, *dove Saba s'occulta, piú che svelarsi.*

Ho passato al setaccio le sue parole. La dove c'era l'«io» ho trattenuto stralci e frasi. Ne ho ricavato: attitudini, atteggiamenti, malinconie e manie, un'inguaribile spontaneità. Non è il Saba dedotto dall'esegesi, è quello che si racconta consapevolmente. Frammentario ed episodico, ma sempre conscio delle proprie confessioni, che spesso hanno un intento transitivo – generare qualche effetto emotivo nel suo interlocutore se di lettera privata si tratta, guidare il lettore sconosciuto nella sua poesia, dandogli occasione di capire meglio qualcosa di chi l'ha scritta. È un'autobiografia didascalica, la sua. Non fine a se stessa. Niente soliloqui.

Da questo suo parlar di sé sapendo di farlo ho ricavato un piccolo catalogo. Una fisiologia esplicita, un'autoanamnesi un po' dilettantesca: Saba racconta i sintomi della propria vita. La patologia verrà dopo, è nel cuore, il suo «cuore ebraico».

Per ragioni autobiografiche – mie e di Saba – do per scontato il suo ebraismo. Non entro nel dibattito sulla sua natura ebraica – del quanto e come, cioè, fosse ebreo. Lo prendo per tale, esattamente come egli prende se stesso, parlando in prima persona: volente (poco) o nolente (di piú, ma forse nemmeno questo, forse la sua «nolenza» è un vezzo scaramantico) Saba si racconta partecipe del destino ebraico. Magari non propriamente immedesimato, ma certo intaccato – contagiato da esso. Anche quando si chiama fuori da questo destino – «tu che sei un vero ebreo», ripete a Giacomo Debenedetti, l'agognato suo biografo – lo fa con un intento che pare temporaneo (esco un momento da me stesso, ma fra poco ritorno) o fors'anche per farsi dire il contrario dal suo interlocutore. Quella sua metà di «razza» («solo mia madre era ebrea», anche questo si ripete) è assai ingombrante: lo avvolge, lo intriga, lo tormenta. È comunque una consapevolezza.

La resa al proprio destino è una discriminante fondamentale, quando si tratta di attribuire quarti ebraici non di sangue ma di identità. Al di là della fede e della fedeltà, al di là delle vicissitudini esperite per colpa di quel destino, il sapersi dentro (magari con un piede fuori, sí, magari in bilico o in un angolo estremo) questo destino è un inconfondibile marchio di appartenenza. Di volontà o di turbamento d'appartenenza.

1.6. Andare incontro al destino. Una specie di postilla.

Umberto Saba sembra padrone della propria biografia. A dispetto delle lagnanze e di una consapevolezza malinconica che accompagna i suoi cronici dolori d'anima, è capace di disegnare il proprio ritratto. Di imprimerlo nello sguardo e nei ricordi degli altri: sono cosí, che vi paia o meno, sembra dire il poeta ai suoi amici, biografi, pittori.

Qualche secolo prima di lui, anzi quasi due millenni fa, Giuseppe Flavio va invece incontro al proprio destino con una sottomissione cieca, rassegnata. Tenace.

Di lui non esiste un ritratto. Non sappiamo, insomma, di che colore avesse gli occhi. Benché, a differenza di Saba, lui un'autobiografia canonica l'abbia scritta. Pagine e pagine di fatti, vicende, dati precisi: una vita che appare come lo specchio indispensabile sui cui leggere i monumenti storiografici che quest'uomo affida alla posterità, *La guerra giudaica* e le *Antichità*. Non è qui il caso di entrare nei dettagli di questa storia. Certo è che rappresenta un momento piú che cruciale: è il secondo guado. Il transito dalla storia nazionale alla Diaspora. A quella condizione, cioè, di «mobilità geografica» e assenza di gravità politica in cui gli ebrei hanno vissuto, per l'appunto, lungo i circa duemila anni che separano Umberto Saba da Giuseppe Flavio. Quest'ultimo non poteva immaginare l'inimmaginabile futuro che il destino teneva in serbo per il suo popolo. Si limita a raccontare la disfatta militare e politica della sua nazione. Ma qualcosa, in filigrana, fra le pieghe silenziose della sua autobiografia, lascia immaginare un suo presentimento. È come se una vaga consapevolezza del fatto che non si tratti dell'ennesimo conflitto, in cui i Romani vincono e un altro popolo perde, animasse o, meglio, rendesse esangui le sue parole.

Perché Giuseppe Flavio il destino lo conosce bene. Come una vittima il suo carnefice. Come un torturato il suo ostinato torturatore. Gli si piega, con un senso di disfatta che diventa quasi rigore morale. Il suo racconto, il suo lungo racconto di cavalieri e arme (senza quasi dame e amori) è un avvicendarsi di eventi militari e diplomatici. Di fatti, cose, materia bellica. Un'ansia documentaria domina le pagine, mentre esse affidano al lettore questo momento cruciale della storia. Nulla deve essere dimenticato, o anche soltanto trascurato: il passato ha da restare intatto, per lo meno dentro questo libro. La prima persona spunta a tratti, ma soltanto quando è perfettamente congeniale agli eventi, quando è indispensabile al corso delle cose che succedono. È un'ombra che passa nella guerra, non una persona, l'io narrante di questa autobiografia. C'è solo quando accade qualcosa in cui quell'ombra è strettamente necessaria all'inarrestabile, devastante corso degli eventi. Tutto il resto è azione, collettività. E tutto è riportato con fedeltà documentaria, con un'ineccepibile attinenza.

Su tutto grava, però l'ombra del tradimento.

In primo luogo, linguistico.

Perché Giuseppe Flavio, rampollo di una famiglia che «non è senza gloria, ma discende da sacerdoti. Come infatti ogni popolo ha un suo modo diverso di fondare la nobiltà, cosí da noi la partecipazione al sacerdozio è segno di una famiglia di sacerdoti» [Giuseppe Flavio 1992, p. 61], perché mai scrive in greco?

Perché la sua storia è anche, soprattutto, quella del nemico, del vincitore di questa storia, da cui Giuseppe Flavio si è fatto adottare. Storico ufficiale, testimone di un passato che non esiste piú, servitore dei Romani. A Roma arriva per la prima volta a ventisei anni, anzi, «gli capitò di andare». Questo è l'antefatto, insomma, di un'adozione culturale che divenne, da quel momento in poi, l'emblema del tradimento: Giuseppe Flavio passò al nemico, persino nella lingua, persino nel nome. Tutto il resto è guerra.

Tutto il resto è una storia che lo riguarda soltanto quando non può farne a meno: lui, lo storico, il combattente, è una semplice pedina fra eventi inarrestabili. Dentro un destino che non c'è modo di evitare.

Questa consapevolezza, triste e straziata, a volte ambigua a volte esplicita, di una sorte inesorabile, è il vero e unico filo conduttore della sua biografia. È ciò che ha fatto scattare una secolare accusa di tradimento, che condanna Giuseppe Flavio a un quasi totale silenzio ebraico. Lui non era piú dei nostri. S'era fatto partecipe di un destino ineluttabile, invece di restare dentro quello dettato da Dio per il popolo d'Israele.

Il tradimento, a differenza dell'io, nell'autobiografia di Giuseppe Flavio è una presenza nitida. In primo piano. Non è, come racconta Metter, una fonte di emozioni: «L'aver realizzato il sogno di ogni ebreo nella Russia prerivoluzionaria – l'istruzione superiore comprata a prezzo dell'abiura – determinava un atteggiamento ambivalente nei confronti del padre di Saba. In quei tempi lontani ci si sapeva ancora meravigliare del tradimento, e lo si pagava assai piú caro di adesso» [Metter 1998, p. 89, *Il quinto angolo*]. Il tradimento, nella biografia di Giuseppe Flavio, non desta sentimenti. È una resa totale al destino. Una bandiera bianca, che non ha colore. È il movente e la conseguenza di quasi tutto ciò che accade. Giuseppe Flavio prova a difendersi, ma sa che questo marchio d'infamia è inevitabile, esattamente come il destino cui va incontro. Nella lingua, nel nome, in quasi tutto ciò che egli fa.

> Quando l'assedio di Giotpata ebbe termine, catturato dai Romani, ero custodito però con ogni cura, perché Vespasiano mi teneva in grande onore. E fu per ordine suo che sposai una delle prigioniere prese a Cesarea, una ragazza del posto. Essa però non rimase molto tempo con me perché quando fui liberato e andai con Vespasiano ad Ales-

sandria, morí. E sposai un'altra donna ad Alessandria. Inviato di là con Tito all'assedio di Gerusalemme, corsi spesso il pericolo di morire perché i Giudei desideravano impadronirsi di me per vendicarsi e i Romani, ogni volta che erano sconfitti, pensavano di doverlo a un mio tradimento, sicché levavano continue grida all'imperatore chiedendogli di punirmi come loro traditore. Ma Tito Cesare, che conosceva bene le sorti alterne della guerra, scoraggiava col silenzio gli attacchi dei soldati contro di me.

Quando poi la città di Gerusalemme era ormai assediata, Tito Cesare mi invitò piú volte a prendere tutto quello che volevo dalla distruzione della mia patria; diceva infatti che mi autorizzava lui. Ma io, che ora che la mia patria era caduta, non avevo nulla di piú caro da prendere e conservare per consolarmi delle mie disgrazie, chiesi a Tito la liberazione di alcuni prigionieri e ricevetti in regalo da Tito (una collezione) di libri sacri [Giuseppe Flavio 1992, pp. 191-93].

Eccolo, l'uomo. Fra i due fuochi del destino. In bilico fra due tradimenti. Una vita che è un sottile, sfiancante e disperato gioco d'equilibrio. Non lui l'ha scelto, ed è questo che ci dice lungo tutta la vita: non ho scelto il mio destino. Ma l'uomo è soltanto qui, in queste brevi notazioni finali di una vita che vita non è, il cui protagonista è niente piú che l'ombra pallida di una figura. Giuseppe Flavio in persona arriva soltanto alla fine della propria autobiografia, come a dirci che lui, in tutto quel che ha raccontato sinora, c'entra ben poco.

Questo affidarsi alle grinfie del destino si traduce in una reticenza ostinata a parlar di sé come singolo, per lo meno fino a questa mesta chiusura. Prima, egli c'è soltanto nell'economia di una storia che non gli appartiene, che anzi sta sfuggendo di mano a lui e al suo popolo. Quest'ultimo lo rinnega. Giuseppe Flavio, invece, scrive un'autobiografia che è, apparentemente, un inno alla collettività. Dentro l'azione frenetica, la concitazione del momento cruciale, la mobilità della guerra, l'io scompare a beneficio del «noi». La causa è persa in partenza, e questo Giuseppe Flavio lo sa bene, ma la sua autobiografia è una cancellazione dell'io. Lasciandolo sbiadire, forse, anche la macchia del tradimento perde ogni visibilità. L'io giunge soltanto alla fine, quando ogni battaglia è ormai persa: contro i Romani vincitori, contro l'infamia ormai marchiata in fronte. La sua apologia è disperata.

Cioè, senza speranza. Proprio come la battaglia contro il destino, perduta in partenza, prima di ogni altra.

Con queste parole, con cui praticamente si conclude la vita di Giuseppe Flavio, egli sembra dire ai posteri, e a loro soltanto: fate di me ciò che volete. C'è rassegnazione, in queste frasi, piú ancora che disperata difesa del proprio operato, della propria vita cosí come s'è svolta. Non posso farci nulla, dice in filigrana.

Proprio il contrario di Umberto Saba che, da dietro la propria mitezza malmostosa, detta di sé ciò che vuole: tratti, colori, espressione del viso.

2. *Fisiologia*.

2.1. Il narcisismo.

«Ogni Autobiografia è, necessariamente, un bagno di narcisismo. Immaginate quindi cosa possono essere le autobiografie dei poeti! Non c'è da meravigliarsi che Saba abbia scritto la sua» [Saba 2001, p. 206, *Storia e cronistoria del Canzoniere*].

Il narcisismo dei poeti è, secondo Saba, il surrogato di quello destato dalla bellezza fisica. Il caso che egli cita in una lunga, argomentativa lettera al dottor Flescher, uno psicanalista con cui discusse di vari argomenti ma soprattutto di ebraismo, è quello del gobbo Leopardi, per il quale il narcisismo della poesia era consolatorio. L'artista, spiega, ha rabbia di amare, «e piú ancora (simile anche in questo ai bambini) di ESSERE AMATO» [id. 1991*b*, pp. 37-38, lettera del 14 marzo 1949].

L'amore è al centro. È un impulso forte, prepotente anche quando è passivo, come qui. L'autobiografia, velata, di Metter, è in fondo tutta un tributo d'amore ai ricordi. Lontani, vergognosi, insignificanti come di una donna quei «tratti inesplorati, visibili solo a colui che la ama» [Metter 1998, p. 124, *Il quinto angolo*].

Il poeta, poi, è un egocentrico per definizione, «piú di qualunque altro sensibile agli avvenimenti esterni, alle correnti e ai rumori che si avvertono nella conchiglia del mondo» [Saba 2001, p. 179, *Storia e cronistoria del Canzoniere*]: sta parlando ovviamente di sé, benché in terza persona. Saba non rinnega il mal comune dell'artista, anzi vi si riconosce. O meglio, quel che dice è il palese frutto dell'esperienza vissuta, non di una qualsivoglia teoria. E l'esperienza, per essere credibile, ha bisogno di una sincerità totale, spontanea. Il mio narcisismo, dice Saba, «s'inchina sempre davanti alle cose belle in sé e (almeno in parte) giuste» [lettera a Giacomo Debenedetti del 14 settembre 1946]. In questa lettera analizza l'estroversione e la dispersione di quest'ultimo. L'estroversione, spiega, «giova solo se accompagnata da una grande diminuzione di narcisismo». L'inchino del poeta è quello che egli riserva al saggio di Debenedetti su di lui, che avrebbe potuto essere «molto piú laudativo» e presentare di lui un'immagine «molto piú lusinghiera», ma è comunque – («malgrado alcune inesattezze»...) artisticamente bello. E tanto basta per affogare il narcisismo del poeta che è «poco, in fondo, Narciso». Lui. Giacomo Debenedetti invece, ha uno «scandaloso narcisismo» [lettera a Giacomo Debenedetti del 12 dicembre 1947].

«Non vedo perché voi scrittori non dobbiate essere narcisisti, – dice Zuckerman a Roth nell'esegesi della sua autobiografia. Anzi, lo dice la candida moglie di Zuckerman. – Mi sembra uno di quei difetti di natura che le persone mettono nei mestieri che fanno» [Roth 1989, p. 178]. Il narcisismo sarebbe dunque un ingrediente indispensabile della scrittura. Come il mancinismo di certi formidabili tennisti, che spiazzano con i loro tiri imprevedibili. Secondo la moglie di Zuckerman, sarebbe un difetto, seppure indispensabile. Ma è anche la fonte di un'inevitabile coerenza. La coerenza, spiega Roth, è fondamentale per lo scrittore: non c'è storia, neppure di sé, senza coerenza. Anche la sua parziale autobiografia è un discorso coerente dentro le proprie ossessioni, prima fra tutte quella specie di suo invadente *alter ego*. Che è probabilmente il frutto di un narcisismo esasperato, del bisogno coerente di guardarsi allo specchio, mentre si scrive. Il narcisismo sarebbe dunque la resa dello scrittore al suo mestiere. In altre parole: non si può fare a meno di essere poeti, quando lo si è. Come Giuseppe Flavio non si sottrae al tradimento perché sa che cosí vuole il destino e non v'è modo di opporsi, cosí il poeta si sottomette al proprio narcisismo, che sia vizio o virtú, difetto o valore aggiunto.

Quello di Saba, dunque, è tutt'altro che patologico: è piuttosto la naturale conseguenza dell'essere artisti, un ingrediente indispensabile della vocazione. Lo prende con naturalezza, anzi con una specie di orgoglio sottile. Il suo, di narcisismo, non ha nulla di scandaloso.

Ci vuole onestà per dichiarare che dei posteri non importa nulla. Saba non scrive per loro, il suo lettore gli è assai piú vicino, nel tempo e nello spazio. Il narcisismo è davvero una tara, o l'enzima della scrittura: se non per se stessi, per chi mai si scrive? Per necessità, sí. Ma una necessità che giunge da dentro o, per maggior precisione, dal rimirarsi in quello specchio opaco che è la pagina ancora vuota. Si scrive perché il narcisismo ti impedisce di farne a meno, e Saba questo lo dice, di sé. Con pacatezza, senza esagerare, senza alzare la voce, ma anche senza rinnegare. Con onestà, insomma. In questo senso ha la ferma coscienza della natura non patologica, non «scandalosa» del suo narcisismo.

È un fenomeno fisiologico. Anche Woody Allen lo prende cosí, con serena, quasi fiera rassegnazione: «Sono nato ebreo, ma poi mi sono convertito al narcisismo»; la sua iniziazione qui sta nel mestiere di mago da strapazzo, ma poco importa quale sia il meccanismo del passaggio, perché in fondo non c'è quasi – o assai blanda – soluzione di continuità.

L'autobiografia come atto di amore. Non per se stessi. Non verso se stessi, quale riflesso del guardarsi. No. Non è su questo che l'attenzione si ferma, sul bisogno di specchiarsi per scrivere. Sulla necessità del narcisismo come ispirazione – o costrizione – allo scrivere.

L'amore per i ricordi. Quello suggerito da Metter quando invece pare dirmi tutt'altra cosa, e cioè che sono proprio i ricordi piú imbarazzanti e vergognosi a fissarsi nella mente e non andare piú via. Quelli, per intenderci, da cúi parte l'autobiografia.

Metter non lo dice, ma lo racconta lungo tutto il filo della scrittura: l'amore per i ricordi. Tormentato e insulso. Fonte di sofferenze assai piú che soddisfazioni. Ma è innegabile.

L'amore per un passato cui non apparteniamo piú è un movente prepotente della scrittura. Non trovo altro modo per chiamare questo sentimento. E non ho dubbi sul fatto che sia un sentimento e non uno strumento del mestiere.

Come si fa ad amare un ricordo?

Non è una forma di possesso, data l'inguaribile distanza.

Non è un espediente per liberarsi, perché una volta messi per iscritto non li neghi piú. Quei ricordi.

È un modo di esistere, invece. Sono quel che la mia memoria mi concede. È un amore primario: una specie di sete di sopravvivenza. Sapere che un pezzo di tempo non può fare a meno di te, scavando nel passato.

L'amore per i propri ricordi è un attaccamento paradossale, data l'inguaribile distanza. Un ricordo è tale solo quando non lo raggiungi mai piú. Prima, è soltanto esperienza. Ma funziona, eccome, funziona da impulso.

2.2. Il dolore e/o la morte.

Quando ha diciannove anni, Saba desidera ardentemente la morte. Lo scrive il 28 di agosto del 1902 all'amico Amedeo Tedeschi [Saba 1983, p. 59]. Anche se sta meglio, continua a soffrire di «una smania creativa» già consapevole che tutto quanto «ho fatto o farò non verrà compreso se non dopo la mia morte», che però vorrebbe lo cogliesse «fra breve» non per ambizione bensí proprio per «stanchezza di soffrire».

Non sembra esserci un filo di ironia in questo auspicio. Solo una ferma, austera convinzione. E nemmeno un'ombra di stupore di sé: come si fa a pensarla cosí quando non si hanno ancora vent'anni?

Oltre dieci anni dopo, dal fronte della Grande Guerra o quasi, Saba è già piú coerente con il tempo che passa e quello che è ancora da venire: si concede un gerundio piú possibilista. «Io sto morendo», conclude la sua lettera a Francesco Meriano l'8 febbraio 1916, da Roma [*ibid.*, p. 79].

Credo che quell'«io sto morendo» contenga tutto o quasi quel che Saba ha da dire su di sé e sulla morte. O meglio, sulla vita. Perché quel pronome cosí enfatico, all'inizio della frase? Non era necessario, ma il poeta ce lo mette. Proprio come fa Adamo rispondendo a Dio nel giardino dell'Eden. «Perché sono nudo, io!»

L'autobiografia sta tutta qui: IO sto morendo. Il gerundio è lo spazio della vita. Vivendo, si sta morendo. Non è una frase casuale, quella di Saba. Prima di essa, nella lettera, non si parla affatto di «patologie»: Saba discorre della guerra, usa persino dei punti esclamativi, si dice «contento» che l'amico pubblichi le sue poesie. Esige di ricevere le bozze, «possibilmente raccomandate». E poi conclude con quella specie di saluto. «Io sto morendo».

Ma no. Vuol dire: lo vedi come sono vivo?

Certo, la vita è un'inevitabile approssimazione alla morte. Ma quel pronome che il poeta depone all'inizio della frase è quasi perentorio. Non è una resa, anzi. Qualche settimana dopo, ricevute le bozze, scrive a Meriano che le ha rispedite indietro, però ha qualche correzione da aggiungere. Poi ecco il ritornello. «Non sto niente bene»... «Figurati che questa mattina, sono rimasto un quarto d'ora davanti ad un'edicola in Piazza della Scala, senza decidermi a parlare al giornalaio». Questo strano fenomeno d'imbambolimento Saba non sa definirlo, ma in qualche modo lo disegna: «Non so cosa sia: ò un vuoto, uno stupore, un'angoscia permanente, come se la morte fosse già entrata in me» [*ibid.*, pp. 80-81, lettera a Francesco Meriano del 2 maggio 1916].

Gli ci vorrà del tempo per comprendere che, come scrive a Giacomo Debenedetti il 10 marzo del 1925, «per morire, Giacomino mio, ci vuol altro. Se ogni notte nella quale io – specialmente in giovanezza – mi son sentito morire fossi morto per davvero, almeno duecento sarebbero le morti che avrei già patite». Lo specchio dell'altro, o meglio l'immagine di sé che l'altro riflette – come Giacomino quando ha l'ardire di scrivergli, nella lettera che precede questa di Saba, che è stato male al punto da sentirsi morire – è il filtro della lucidità. Solo specchiandosi nel dolore dell'altro, Saba lo riconosce immotivato. Solo nella presunta morte dell'Altro si svela l'inanità della propria, anzi delle «duecento» che lui avrebbe già patito, per il solo fatto di sentirla arrivare, quella morte. Solo l'immagine dell'Altro – e di quell'altro fedele al punto da ricevere la missione di scriverne la biografia rigorosamente *post mortem* – permette a Saba di condurre a misure credibili il proprio rapporto con la morte. La sua quasi quotidiana consuetudine con essa.

Quando il discorso torna autoreferenziale, viene di nuovo meno ogni credibilità. Domina l'iperbole: «Io non posso essere toccato. Piú di due terzi di me è ancora avvolto nelle tenebre della morte», scrive ancora a Giacomino il 3 giugno del 1929.

Quando Saba si vede – o si scrive – riflesso in qualcun altro, allora diventa capace di prendere sul serio l'inanità dei pensieri intorno alla morte. In altre parole, forse l'autobiografia è il genere piú transitivo che ci sia, che piú di ogni altra forma espressiva ha bisogno dell'«Altro».

Eccolo l'Altro. È il perfido zio Augusto, «uno dei capi della Comunità» nel racconto *Ella gli fa del bene*, dentro la raccolta *Gli Ebrei* [Saba 2001, pp. 398-411]. Il vecchio zio vive a sbafo del nipote, «curato e assistito di tutto punto», non senza accusarlo «di thascuhahlo (la vecchiezza gli aveva portato via l'erre)». Con la sua nota quasi di maniera, «gemente per il marasmo e la paura della morte, che invocava assai piú colle labbra che col cuore... "Dio, se ci sei, fammi mohihee! Dio, se ci sei, fammi mohihe!"» [*ibid.*, p. 404].

Perché sí, la morte per Saba, dai diciannove anni in poi, non è soltanto una presenza, un corpo nero, un'angoscia permanente e soprattutto una strana compagna di vita. È anche un'invocazione. Un diritto che gli viene ripetutamente negato: «Dovevo morire, al piú tardi, nel '48: ma due vipere (mia moglie e mia figlia) me l'hanno impedito» [id. 1983, p. 86, lettera al dottor Weiss, 27 marzo 1955].

Doveva. Sarebbe dovuto. Un modo ci sarebbe. Perché in Saba ci sono due morti. L'una è presenza, parte integrante, declinazione stessa della vita: «Io sto morendo», cioè tiro avanti. Ci sono. È un pensiero «rifugio» [Saba 1959*b*, p. 19, lettera a Giacomo Debenedetti del 27 dicembre 1926].

L'altra è ambizione, gesto. Iniziativa: fingere di cercare la morte per porre fine a una vita insopportabile, ma senza morire.

«Trieste 14 aprile 1924... Se tu sapessi come sta male il tuo povero amico! Mai mai ho cosí sofferto come in questa maledetta primavera! Non trovo qualche pace che nel pensier del suicidio, e non tutti possono, purtroppo, suicidarsi» [lettera a Giacomo Debenedetti del 14 aprile 1924, parzialmente edita in «Il Corriere della Sera», 17 febbraio 2001]. Il darsi la morte è un lusso che il poeta non può permettersi: le circostanze lo vedono costretto a vivere.

Questa litania del non potersi suicidare ricorre in tutto l'epistolario. L'ideale sarebbe che qualcuno lo suicidasse al posto suo: anche questo è un modo per scrivere e pensare di sé. Gli ostacoli insormontabili al farla finita sono i piú svariati. Se solo avesse un metodo rapido e sicuro di affrettare la fine... se Dio gli facesse il «gran dono» di liberarlo dallo sforzo... Ci sarebbero «alcune polverine», però nell'infausto caso che la dose non sia sufficiente, «è quasi impossibile, oggi, procurarsele una seconda volta» [Saba 1983, p. 121, lettera a Linuccia del 31 dicembre 1944]. Ci sono le due «vipere» (Lina e Linuccia) che glielo impediscono. Fatto sta che, come dirà nell'aprile del 1951 a Giovanni Bollea, «non ho avuto ancora il coraggio di fare il gran salto» [*ibid.*, p. 223, lettera dell'11 aprile 1951 a Giovanni Bollea], né per fortuna mai lo troverà.

La sua vita, quella vera e quella letteraria, e soprattutto quel che scrive di sé, tutto resterà ancorato alla velleità del suicidio, carezzando fino alla fine l'idea della morte, anzi la presenza, quasi consolatoria e certamente scaramantica, della morte dentro la vita stessa. Ancora una volta, la poetica prepotenza di Saba fa sí che questo ritratto in nero trovi perfetto riscontro nello specchio in cui la sua vita (e la morte presunta) si riflettono: «Se Saba l'avesse letto [Weininger] dieci anni addietro, si sarebbe suicidato anche lui», si trova nel *Diario* di Aldo Fortuna (uno dei suoi piú cari amici bolognesi), annotato il 4 dicembre 1912 [id. 2001, dall'introduzione *L'altro Saba*, di Mario Lavagetto, p. XIX]. Ecco l'ennesima occasione mancata, per colpa/merito di un breve lasso di tempo, cosí come si riflette nelle parole di un amico, o meglio, nelle parole che molto probabilmente Saba stesso gli aveva dettato. Indotto.

Il suo mancato suicidio non è frutto di viltà – vizio che Saba rinnega recisamente. E mi pare proprio che abbia ragione. Saba non è un vile, mai, nemmeno quando si crogiola nel dolore. A salvarlo dalla viltà sono la sua estroversione e il rivendicare il suo diritto di soffrire, di essere infelice: «La mia salute, non me la invidia», scrive Eugenio Colorni nel racconto dedicato a Saba [Colorni 1975, p. 26]. E persino una certa vocazione espiatoria, quale gli riconosce Carlo Levi – «quella bontà poetica che assume i dolori degli altri, e si accompagna a una sorta di riconoscenza» [Ghiazza 2002, p. 309].

Saba sta male. Soffre per una stagione della vita che sembra interminabile. Non ci disegna con grande precisione la sua sofferenza. Essa è cronica ma conosce bassi infimi e alti irraggiungibili: «Il destino si è divertito a creare in me un mostro dell'angoscia» [Saba 1983, p. 239, lettera a Giovanni Bollea del 5 marzo 1952].

Non riesco ad arginare il dolore di Saba, il suo star male

e raccontarlo, o raccontandolo. Non si lamenta di soffrire, lo constata: ma questo ancora non dice come né perché. A volte sembra il frutto di una solitudine cosmica: «Nel punto piú delicato e piú intimo della sua anima, [l'uomo] è solo, assolutamente solo» [lettera a Giacomo Debenedetti del 9 agosto 1926]. Saba ripete che sta male. La sua vita è tenebra: il buio è il compagno della solitudine, certo. A Bollea si racconta con la certezza che in quel preciso momento al mondo non esiste «una persona che soffra piú di me» [Saba 1983, p. 239, lettera del 5 marzo 1952]. La stessa suscettibilità al dolore esprime alla moglie Lina alla fine del 1944: «Io soffro troppo», a differenza di tutti gli altri [*ibid.*, p. 120, 31 dicembre 1944]. Tanti anni prima si accontenta invece dell'«infinito sollievo» che gli procura «l'impressione che tutto il mondo sia avvolto nella mia medesima pena» [*ibid.*, p. 65, lettera ad Amedeo Tedeschi, del 2 aprile 1903], dettata semplicemente dalla natura piovosa e «tristissima» della giornata. Poco piú avanti avanza un dubbio su quella che piú tardi (la lettera a Bollea sull'unicità della propria sofferenza è del 1952) diventerà una certezza: «Non posso dirti, caro, quello che soffro, perché forse nessuna creatura umana sofferse come me» [*ibid.*].

L'avverbio è il presagio del riscatto. Con «forse» Saba prende le distanze dal proprio dolore. In quel dubitativo sta tutta l'energia che Giacomo Debenedetti gli riconosce in un ossimoro, ma solo all'apparenza: la «robusta e fecondante tristezza» di Saba [Debenedetti 1999, p. 233].

La consapevolezza, forse robusta, di questa tristezza, è disinnescata dalla psicanalisi: l'unica scienza capace di articolarla. «Soffro non per avere nulla, o poco, da dire, ma perché troppe sono le cose che vorrei dire...» [Saba 1991*b*, p. 42, lettera a Flescher del 14 marzo 1949]. Se la poesia misura le distanze dal dolore, lo trasforma in ricordo e cosí facendo diluisce tutto, la psicanalisi gli dà modo di esprimerlo. È la voce, seppur tardiva – Saba si lamenta di esserci arrivato troppo tardi –, della sua naturale estroversione.

Lo spartiacque fra la disperazione assoluta e la tristezza robusta è, molto ebraicamente – e molto egocentricamente, in fondo… –, l'ironia. Quando Saba prova a usarla, tutto assume una sfumatura nuova. Solo che questo succede piuttosto tardi. A novembre del 1951 risale una divertente lettera ad Alberto Mondadori in cui il poeta rievoca in forma di racconto la fuga del canarino e della canarina [id. 1983, pp. 230-233, 5 novembre 1951]. Quella sparizione, e soprattutto l'ignoto destino cui i due incoscienti uccellini sono andati incontro, è fonte di un'angoscia mortifera, nonché di spaventose ipotesi. Il canarino poi non lo amava nemmeno, Saba: era troppo strano. «Ci sarebbe da scrivere un trattato sulla nevrosi degli uccelli». Fatto sta che la faccenda è molto seria, lo strazio autentico. Tanto è vero che quella lettera, «che non richiede risposta» si conclude a lettere capitali: «NON ESAGERO».

E invece sí. Ancora una volta, l'iperbole del finale in maiuscola è una specie di scaramanzia.

Questa frase in prima persona maiuscola negativa è l'occhio strizzato allo specchio del proprio Sé. È, anzi, l'altra faccia dello specchio, quella che intende «sí» quando si sente «no». Se poi torno a quella falsa/vera autobiografia che è la *Storia e cronistoria del Canzoniere*, in cui Saba parla in terza persona – ma bisogna intenderla come prima, e seguire il continuo gioco di specchi fra il poeta che critica se stesso e il critico che si rispecchia nella propria poesia –, trovo la glossa a quel «non esagero». La prova del nove che quel «non» va considerato un «sí».

Saba soffre, patisce, ha per unica compagna di vita la morte. Forse, ha sofferto come nessun altro al mondo. Ma questo dolore è «il privilegio che egli rivendica a sé» – «di aver sofferto piú degli altri, di aver saputo ascoltare le parole che quel dolore gli dettava dentro, e cavarne le sue parole, i suoi "allegri canti"» [id. 2001, p. 322, *Storia e cronistoria del Canzoniere*].

Il privilegio della sofferenza.

Non so se Saba conoscesse la morte di Mosé, cui viene negato l'accesso alla Terra Promessa, che non ha il diritto di calpestare, avendo conosciuto la schiavitú d'Egitto. Dio voleva infatti una totale rigenerazione del popolo, prima di concedergli quel passaggio. E cosí negò a Mosè quel che piú desiderava e lo fece morire in vetta al monte di Moab, con per ultimo regalo una vista fulminante e prodigiosa che gli concesse una panoramica di tutta la Terra Promessa: con un bacio di Dio che è sigillo di conoscenza perfetta per quanto effimera, durata cioè il tempo infinitesimo di quel contatto – forse fisico forse no, anzi certo soltanto spirituale. Ebbene, anche Saba con l'approssimarsi della morte – quella vera e non quella invocata con robusta tristezza per tutta la vita – diventa una specie di veggente di se stesso. Non è l'esperienza, credo, ma l'intuizione a concedergli questa facoltà. È come se il suo specchio si allontanasse pian piano da lui, concedendogli una visuale piú ampia, piú distaccata: «Una persona tanto piú soffre quanto piú è narcisista (cosa che, per chi conosce la vita, mi sembra ovvia)» [id. 1991*b*, p. 85, lettera al dottor Weiss del 18 marzo 1955].

2.3. Leon Modena e l'autobiografia scaramantica.

I richiami di morte dell'acciaccato Saba non sono nulla al confronto con la litania scaramantica di Leon Modena. Vissuto prevalentemente a Venezia, fra il 1571 e il 1648, Leon visse, eccome se visse. Basta guardare alla lista di professioni esercitate e minuziosamente menzionate verso la fine della sua autobiografia:

> Scolari ebrei; scolari gentili; insegnamento delle scritture; predicazione; prediche per altri; recita di preghiere in pubblico; segreteria di società; occupazione rabbinica; decisioni rituali; giudicatura; jeshivà; insignire del titolo di Chaver o rabbino; comporre lettere per estranei; musica; poesia per nozze e lapidi tombali; sonetti in lingua cristiana; comporre commedie; insegnarle; fare documenti finanziari; tradurre; stampare opere mie; correggere bozze di stampa; insegnare

sortilegi e amuleti; vendere libri di sortilegi; sensale di compra e vendita; sensale di matrimoni [Leon Modena 2001, pp. 115-16].

In totale fanno ventisei occupazioni per assicurarsi uno stentato sostentamento, a cui però si aggiungono, per dovere di bilancio biografico, una complicata famiglia, concitati spostamenti in giro per l'Italia del Nordest, e soprattutto un'incontrollabile passione per il gioco. E l'alchimia.

C'è di che riempire non una vita, ma almeno due.

Eppure quella di Leon Modena è, stando a quanto ci racconta, una vita fitta di morte. Ansiosa di morte. Continuamente e insistentemente rivolta alla morte. È come se la propria morte – e non quella dell'amato figlio, scomparso in misteriose circostanze chimiche – fosse la prima, nonché prediletta compagna di vita, per Leon Modena. La morte sembra essere la protagonista di tutta la vicenda, o meglio, l'agognato *deus ex machina*. Questo anelito conduce l'autore, e il vivente, a inimmaginabili vette di narcisismo, come quando, fra un'imprecazione e l'altra, lamenta l'evidenza che la vecchiaia gli è «saltata addosso all'improvviso». Su di lui e su sua moglie. Pertanto si augura di morire – tanto per cambiare – prima di lei, perché se lei «morisse prima di me, io morirei due volte, mentre se morissi io prima di lei, morirei una volta sola» [*ibid.*, p. 96].

Ma qui siamo già quasi al colpo di scena, per cosí dire, finale. Tornerò fra poco, proprio lí.

La morte, però, è presente sin dal principio: «Attendo la morte come un giorno di festa», scrive all'inizio della propria *Vita* [*ibid.*, p. 36]. «Aspetto la morte, ma non viene». Quanto assomiglia a Saba, in questa litania, ovviamente scaramantica. Eppure, le linee della sua mano invocano la morte «verso i cinquantadue anni» e da quando «sono nato, tutto va sempre peggio, non c'è giorno che non sia maledetto piú del precedente...» [*ibid.*, pp. 71 e 78].

La vicenda terrena di Leone, in sostanza, fra una vicissitudine e l'altra, fra un tracollo economico e uno spostamento, una vincita al gioco e la nascita di un nipote, si trascina inesorabilmente verso la meta meritata: quella morte, cioè, ch'egli invoca con compiacimento, quasi con trepidazione.

Tutto è, naturalmente, giocato sullo specchio dell'antitesi. Leon Modena ha una paura terribile della morte. La teme e la sua vita sembra una lotta improba per respingerla, anche quando gli è piú che mai vicina, come il giorno in cui perde il figlio prediletto. Ma la sofferenza non lo piega, anzi.

Anzi, la *Vita* di Leon, come dice il titolo stesso, è il rifiuto della morte, innanzitutto verbale. L'opera che egli scrive articola questo rifiuto, narrando – a chi, poi, se non a se stesso – la propria vita. A mo' di postilla, infatti, Leon Modena appone alla propria *Vita* un testamento. Il che, ha un inequivocabile senso di consequenzialità. Se non che, dal momento che il nostro ammette, con serena franchezza, di avere la «casa vuota e priva di tutto», c'è ben poco da spartire, per i poveri eredi. Il testamento è dunque qualcosa di virtuale. O meglio, di sommamente autoreferenziale, perché in verità non si tratta affatto di un testamento bensí di una serie di minuziose e rigorose disposizioni funebri. In parole povere, e in mirabile simmetria con tutte le pagine che lo precedono, Leon Modena sta pensando esclusivamente a se stesso. L'io è la sua unica preoccupazione – nei suoi bisogni e sentimenti, dolori e rimpianti, errori e rimedi. Lui soltanto è presente nell'autobiografia.

La totale, inappellabile autoreferenzialità di Leon Modena trova una sua mirabile *summa* proprio qui. Perché, egli ci spiega, Dio è stato talmente ingiusto da portarsi via prima di lui, di Leon Modena tanto ansioso di morte, suo genero, il «signor rabbino Ja'aqov Min ha-Leviim» [*ibid.*, p. 123]. Questo è veramente un colpo basso, ai suoi danni. Di Leon, non del caro estinto rabbino, beninteso. Un affronto imperdonabile: quel genero era l'unico autorizzato a leggere l'elogio funebre di Leon Modena, composto da lui medesimo. E per medesimo s'intenda, naturalmente, Leon Modena.

Insomma, questa morte prematura – almeno per quanto

riguarda non l'interessato ma il suo illustre suocero – mette a tacere l'elogio di sé. E con ciò Leon Modena perde un primato di notevole invenzione: l'autoeulogia funebre. Invece, o dopo, l'autobiografia. Questa autoeulogia funebre, preparata con la stessa minuziosa perizia con cui la beffarda morte s'è portata via – ahimé troppo presto – il suo portavoce, dovrà per forza tacere, restare implicita.

In assenza di portavoce, Leon Modena si limita qui, in questo testamento autoreferenziale, a fornire precise istruzioni su cassa («quadrata e non inclinata verso l'alto») [*ibid.*, p. 122], sui canti che dovranno udire come accompagnamento del corteo funebre.

La doverosa postilla al silenzio imposto dalla morte, che l'ha privato dell'eulogia, è che se proprio qualcuno vorrà commemorarlo, che non si facciano, se non altro, «molte lodi». Guai a «dilungarsi su di esse» [*ibid.*, p. 123]. Segue, prevedibilmente, una lista di virtú che, qualora si decidesse di elogiarlo – nonostante le precise ma assai complimentose raccomandazioni al silenzio –, non dovranno assolutamente mancare: l'assenza di ipocrisia, il timor di Dio, l'astensione dal male («piú in segreto che in palese»), la ricerca della verità senza guardare in faccia nessuno, la gentilezza... [*ibid.*]. Infine, si fa per dire, l'autore riporta le parole che esige siano «incise esattamente» sulla lapide.

Questo dettato *post mortem* ha, quanto meno, due facce. La prima è un'ansia, anzi una presunzione di presenzialismo: esserci anche là dove non potrai mai esserci, cioè dopo la tua fine. Che in fondo è il movente di ogni scrittura autobiografica e forse di ogni scrittura. Le parole restano, se qualcuno le legge. Noi no.

La seconda è certamente una tale paura della morte da riuscire a negarla. Leon Modena la invoca ma la rifiuta. La nomina ma la cancella. La morte per lui non esiste, tanto è vero che per se stesso lui esiste anche dopo la propria morte.

E, in fondo, questo testamento che tale non è – cioè questo autotestamento – è l'emblema di ogni autobiografia: esorcizzare la propria morte chiamandola continuamente in causa, ma soltanto per scacciarla via, quando non ci saremo piú.

Il dominio della morte attraverso lo scrivere di sé. Soltanto e sempre di sé: il narcisismo di Leone è in fondo solo piú sincero e diretto rispetto a quello, vagamento mascherato, che siamo abituati a trovare nell'autobiografia. L'avventuriero, l'erudito, il giocatore d'azzardo veneziano ha un rapporto piú intimo tanto con Dio quanto con la morte e con se stesso. Ed è proprio quello che detta ai suoi elogiatori di rimpiazzo: lui non conosce l'ipocrisia. Tutto qui.

Come Saba, del resto.

Entrambi fanno della scaramanzia, cioè della paura di morire, un atto d'eroismo.

Quest'ansia di sopravvivenza, che è poi terrore di morte, è a ben pensarci il contrario dell'amore per i ricordi.

Il ricordo è la rassegnazione al passato. Questa paura che si traduce in scaramanzia, in negazione della morte per non soccombere, è anche la negazione del ricordo. Della memoria di sé come semplice traccia: qualcosa di inevitabilmente diverso da ciò che eravamo. Scacciando la morte, Leon Modena e Umberto Saba vogliono rimanere intatti. Con i propri vizi (pochi) e le proprie virtú (molte e incomprese).

Ricordare è scendere a patti con la morte.

Invocarla è rinnegare la sua certezza.

2.4. La malinconia e la nervosità.

Quando sta meglio, Saba non soffre. È solo ammalato – di malinconia [lettera a Giacomo Debenedetti del 4 giugno 1926]. Però la malinconia non è assenza di sofferenza, è piuttosto una combinazione di sofferenza e narcisismo: «Non vedo l'ora di essere guarito, anche per non pensare piú a me» [Tordi 1986, p. 193, lettera a Giacomo Debenedetti del 13 settembre 1929].

La malinconia che Saba racconta agli amici nelle lettere – quando sta bene, non quando soffre – è però piú sua che della sua poesia. Forse è un miraggio, forse la confonde con la nostalgia, che è tutt'altra cosa. Forse scambia questo sentimento per la nostalgia verso i momenti piú acuti della sofferenza, quando cioè gli riesce, senza alcuna difficoltà, di dare un nome al proprio stare male.

Quel suo «antico male» è la nervosità, o nevrastenia:

> Vivo perché devo vivere, ma ti accerto che, se io avessi commessi tutti i peccati di questa terra, e ci fosse un paradiso, Iddio mi ci accoglierebbe subito, e per quello che ho patito, e per lo sforzo che ho durato a non lasciarmi vincere dal male, e ad assolvere il mio compito d'uomo e d'artista [lettera a Giacomo Debenedetti del 3 marzo 1925].

La malattia ha le sue crisi «nervose» e i suoi momenti di quiete. Durante i primi, tutti, «tutti, anche stando male, sono, al mio confronto, in paradiso» [Saba 1983, p. 121, lettera a Linuccia del 31 dicembre 1944]. È una sofferenza acuta e inumana, condita da un amaro senso di ingiustizia: Saba non è fatto per sopportare né questa né le circostanze storiche in cui la vita lo ha catapultato.

Perché malinconia e nervosità vanno di pari passo, o meglio l'una vicendevolmente riflessa nell'altra?

Perché per un verso nella sua esperienza le considera inscindibili, e sarà invece il dottor Flescher a spiegargli, assai tardi, che non è poeta grazie, bensí nonostante la nevrosi. Il «nonostante» spazza via la malinconia che Saba prova, forse inconsapevolmente, nei confronti della propria nervosità – ma di cui a me non pare trovare traccia nella sua poesia. È autoreferenziale, è un surrogato di dolore. Soprattutto è l'equivoco che sarà il dottor Flescher a sciogliere.

Una volta prese le distanze dalla nevrosi (la lettera di Flescher è del 1949), Saba può finalmente farsi l'anamnesi.

Se nel 1929, in una lettera a Giovanni Comisso, la attribuiva a una tara materna – «io soffro di una malattia particolare nervosa, che ha origini ereditarie, ed è stata acquisita dall'angoscia di cui ha sofferto mia madre (abbandonata dal marito, e quasi in miseria) durante la gestazione...» [*ibid.*, pp. 99-100, lettera del 3 febbraio 1929], «devi sapere che alla radice della mia malattia stava la mancanza del padre» [Tordi 1986, p. 192, lettera a Giacomo Debenedetti del 13 settembre 1929] – molto piú tardi e, forse, forte di quel «nonostante» ben spiegatogli dal dottor Flescher, la vede in modo diverso.

In un certo senso Saba si riappropria della malattia. Spazzando via, per l'appunto, il *côté* malinconico, che cede il passo a un'assai malcelata nota grottesca:

> Tutti gli atomi, tutte le coincidenze mi furono contrarie e questo da sempre, da prima ancora del matrimonio di mio padre e mia madre. Il quale non fu un matrimonio, fu un sinistro radicale, cosí raro a prodursi che perfino i giornali ne parlano appena e una volta sola. (Il sensale che combinò quel felice matrimonio si chiamava Tomba) [Saba 1983, pp. 239-40, lettera a Giovanni Bollea del 5 marzo 1952].

Sono nato per sbaglio, sembra dire qui il poeta. Non per un progetto, uno slancio, ma in seguito a un equivoco. Tragico per tutti coloro che vi sono coinvolti, me compreso. Saba non maledice il giorno in cui è nato – come fa Giobbe: si limita a considerarlo una fatale serie di «coincidenze contrarie». Ma non si crede una vittima metafisica del destino, semplicemente il frutto di un sinistro. Credo ci sia una certa differenza. Non è un dramma cosmico, ma soltanto suo. C'è dell'autoreferenzialità, del narcisismo anche in questa modestia, nel rivendicare soltanto per se stesso, senza chiamare in causa alcun progetto universale – come quello che tortura Giobbe –, la propria disgrazia.

Mi piace, questa modestia. Questa natura terrena, strettamente terrena, della sua tragedia. Frutto di un matrimonio sbagliato, di un'unione inammissibile, di un errore di valutazione. Una madre e un padre incompatibili fra loro. Tutto qui. Mi piace come tiene i piedi per terra, il poeta, senza appropriarsi di un destino – avverso o sbagliato che sia. Il suo, di destino, è una semplice concausa di coincidenze. Questo ridimensionare il proprio posto al mondo è forse l'unico modo per dominarlo, per abitarlo davvero: il destino come un insieme di coincidenze. Non una condanna, non una maledizione. Un sinistro, invece, per quanto radicale.

Sono nato per sbaglio. E per sbaglio sto vivendo. Quanto, questa ammissione sincera, inevitabilmente vera, sofferta ma non troppo, assomiglia a quel che il popolo ebraico dice sommessamente di sé. Piuttosto ne tace, ma con un silenzio eloquente. Viviamo da migliaia di anni in bilico sopra una promessa ancora da realizzare, in attesa di un futuro che sembra un gatto con la coda in bocca. Siamo dentro una grinza del tempo. Dio ci ha detto, millenni fa, che ci avrebbe reso numerosi come le stelle del cielo e i grani di sabbia sulla riva del mare: tanti da non potersi contare. E invece siamo talmente pochi che ci riconosciamo per strada, ai quattro angoli del mondo. Talmente pochi da non contarci per paura dei numeri. Siamo da sempre sul ciglio di un equivoco esistenziale: piú sparuti che eletti.

Questo senso dell'equivoco, questo presentimento d'errore, questo esser qui e ora – anzi da sempre – in virtú di casi fortuiti. A prima vista, una condizione del genere parrebbe il contrario dell'elezione. Non siamo il frutto di una scelta, di una determinazione. Ma «soltanto» una coincidenza e, come ogni coincidenza, incongrua. La realtà ha, come sempre, ben poco a che vedere con la coerenza.

Mi ritrovo, in questa fortuità – sinistra: la sua. Ma anche quest'aggettivo è scaramantico – di Saba. Assomiglia a un destino comune. Ineludibile per tutti noi. Fatto di confronto sempre impari con una condizione scritta in un libro che Dio ha dettato dal cielo, per un verso. Per l'altro, con una serie inarrestabile di scherzi del destino. A volte innocui. A volte devastanti.

È per questo che la condizione ebraica non è tragica. Assurda piuttosto. Il fato non è uno spettro inflessibile, coerente, come sulla scena greca. È sempre, a dispetto del dettato divino, imprevedibile. Terribilmente imprevedibile. Proprio come il matrimonio fra i genitori del piccolo Umberto.

Sarà perché forse ne vado in cerca, ma non faccio alcuna fatica a intravedere qui la figura dello shlimazel *yiddish, una via di mezzo fra scrigno della scarogna e Giobbe, una figura tradizionale che condensa antica sapienza, rassegnazione e persino un po' di sussiego nei confronti del destino. Uno che abita la sorte sapendo che è una successione di coincidenze e non un programma. Saba è anche un po' tutto questo, quando parla di sé, quando si descrive.* Shlimazel*: colui che ha poca fortuna.* Mazel*: fortuna. Ma anche stella. Una delle tante, innumerevoli quante diventeremo un giorno, chissà quando e chissà perché, poi. Ce lo saremo dimenticato, il perché, a forza di lasciarci passare il tempo addosso. Comunque,* shlimazel *potrebbe anche voler dire altro. Basta piegare la lingua, senza forzare alcunché.* Shelí mazel*: la stella è mia. La fortuna è mia. Poca, molta o nulla che sia. Questo destino che tale mai è, ma soltanto una serie di innumerevoli coincidenze dettate dall'equivoco di una promessa ancora tutta da realizzare e anzi, sempre piú lontana ogni giorno che passa. Come un pugno di grani di sabbia che calano lenti lungo la strettoia di una clessidra.*

Che il fardello della nevrosi sia l'eredità della leggerezza paterna, instillatagli ancora in gestazione attraverso quel mogio cordone ombelicale – Saba lo sente, lo sa. Poi la storia farà la sua pessima figura, scaraventandolo dentro traversie per lui del tutto fuori misura. Ma il poeta va oltre l'ingiustizia e la sofferenza, spazza via la malinconia. Fa uno sberleffo alla nevrosi (anche se ormai è tardi): «Non si guarisce che ridendo» [*ibid.*, p. 224, lettera a Giovanni Bollea dell'11 aprile 1951].

2.5. Scaramanzia ed estroversione.

«Non ho mai avuto di queste reticenze: quando sto male dico di star male» [*ibid.*, pp. 212-13, lettera a Federico Almansi del 18 marzo 1950]. Quando tace, Saba lo fa per scaramanzia [Debenedetti 1999, p. 1073], come in quella sua unica e passeggera stagione di quasi-felicità, subito dopo la fine della Seconda guerra mondiale, nell'amata Roma. La scaramanzia di fronte alla felicità è, certo, un atteggiamento «inconsapevolmente ereditato dai suoi vecchi del Ghetto». C'è l'ombra dell'autobiografia scaramantica che Leon Modena affida ai suoi posteri, in questa affermazione. La presenza della morte, dentro la propria vita, è un modo per dominarla: proprio come si fa con un destino casuale e imprevedibile, incoerente e tuttavia nostro. L'unico che abbiamo. La scaramanzia di Leone è in fondo il suo dettato celeste: è l'ispirazione al comporre. Evocare la morte, chiamarla a sé, auspicarla, per poi costruirsi un preciso e particolareggiato *post mortem* dove nessun dettaglio sia lasciato al caso. Nemmeno le misure e l'inclinazione della propria bara. Saba invece si è comportato da poeta: a coloro che gli sopravvivono affida il colore degli occhi.

Il poeta usa la scaramanzia quando invoca la morte come rifugio, come liberazione. È cugino primo di Leon Modena, qui. Anche nei toni, nelle misure. In altre parole, quando sta male invoca la morte. Per scacciarla, in fondo. Lasciando intendere, a se stesso prima ancora che al suo interlocutore, quel che non si intende direttamente. Come quando si definisce un «numero tutto nero» [Saba 1983, p. 240, lettera a Giovanni Bollea del 5 marzo 1952]: l'esubero di sofferenza diventa un modo per scacciarla, o meglio per conviverci senza esserne sopraffatti. Con l'iperbole, con la scaramanzia, con l'estroversione, Saba ci racconta la propria tormentata esistenza. La racconta a se stesso, prima ancora che a noi o ai destinatari delle sue lettere. «Metteva il broncio di fronte a ciò che doveva allietarlo, ed effettivamente lo allietava» [Debenedetti 1999, p. 1073].

Per esempio, accusa Giacomo Debenedetti di essere troppo «estravertito» [lettera del 14 settembre 1946], però gli spiega anche che «l'arte ha da essere comunicativa... per dire tutto in una parola, il tuo pericolo è di scrivere solo per te stesso» [lettera a Giacomo Debenedetti del 17 luglio 1924]. Tornerò sul destinatario – immaginario o reale, plurale o singolo – dell'arte. Ma certo è che come Saba accusa Debenedetti di essere troppo «estravertito», cosí, nelle parole del critico si configura l'indole del poeta, «si incontrano, estrovertite, in situazioni di cronaca poetica e sentimentale, le medesime premesse che Kafka tiene introvertite» [Debenedetti 1999, p. 1065].

Sí. Saba è tutto fuorché un ermetico. Anche quando traccia segmenti della propria autobiografia, lo fa senza alcuna reticenza. Nemmeno la scaramanzia è una reticenza, una volta riconosciuta come tale: diventa una forma espressiva anch'essa. Saba scrive con trasporto del proprio dolore e della malinconia. Vi è persino del composto compiacimento, nello scrivere di sé: non lo fa mai con indifferenza, come di sfuggita. Anche quando è una riga soltanto, essa sembra rivendicare il diritto di stare al centro della pagina.

Insomma, al di là della malinconia e del narcisismo, trovo una certa saggia compostezza nel modo in cui Saba parla di sé. Del proprio monco ebraismo, di un'identità frutto di un «sinistro». Quando scrive della cosa dolorosa, quando chiama in causa il suo palpitante cuore (al quale presto arriverò), non si esime dall'adombrare le grandi questioni che ci riguardano tutti. Una per una. Il confronto con il destino, per prima cosa. Il complicato rapporto fra determinazione e fatalità, che nel nostro caso si avvita intorno alla promessa mancata, a un patto piú imperfetto ogni giorno che passa. È grazie al suo rifuggire, piú o meno consapevolmente, ogni ermetismo, grazie a quella sommessa sincerità che non lo esime dalle parole, che Saba mi spiega quel che sono. Come sono.

2.6. Essere altrove.

«A me piacciono gli uomini (e le cose) che hanno le radici cosí ben sprofondate nel suolo che li ha visti nascere che, trapiantati, difficilmente resistono» [Saba 1991*b*, p. 49, lettera a Flescher del 3 aprile 1949]. Saba non è la pianta spontanea in cui il poeta Bialik si identifica, raccontando di quell'Eden perduto che è l'infanzia. Universo della spontaneità, di radici ancora inesistenti o troppo tenere per conficcarsi nella terra. Bialik non piacerebbe a Saba, con quella sua spensieratezza selvatica.

Saba non può fare a meno di Trieste. Persino della sua libreria gli capiterà di dire che, senza di essa, gran parte della sua poesia non esisterebbe. Lo stesso vale per la città che, per quanto di confine, resta saldamente al centro della sua poesia, ne è il terreno e l'ispirazione. Su Saba e Trieste è stato scritto molto: il poeta e la città si identificano, sono l'uno il simbolo dell'altra.

Non credo però che Trieste fosse, sia mai stata per Saba il luogo capace di ospitare le sue radici cosí nel profondo da farlo sentire morto, una volta lontano. Il poeta non possiede un luogo cosí. Forse nemmeno lo desidera. Non sarebbe capace di riconoscerlo. Trieste è la sua città, il suo angolo di mondo al confine con tutto il resto, ma non è il luogo della stabilità, la terra morbida e friabile sotto la quale lasciare crescere le radici per non separarsene piú.

Saba non è geloso della sua città, sa di non potere né volere possederla. Non si avvinghia a Trieste con delle radici che non ha. È un uomo dallo sguardo azzurrino, cioè celeste. Mi piace pensare che non metta radici, ma germogli: è proteso verso l'aria piú che la terra. Non nutre verso Trieste un amore esclusivo, che nega ogni altro luogo. Anzi.

Lui ha sempre nostalgia di altri luoghi. Ama, vorrebbe trovarsi in città diverse, lontane. «Io sogno sempre di essere a Torino» [Saba 1959*b*, p. 10, lettera a Giacomo Debenedetti del 4 ottobre 1924], «Chi sa perché voglio tanto bene al Piemonte? Credo che questo amore faccia parte della nostalgia del padre che non ho avuto; il Piemonte è, per molte ragioni, una terra "paterna"» [lettera a Giacomo Debenedetti del 1° luglio 1932]. Roma: «La mia venuta a Roma è ancora un desiderio» [Saba 1997, p. 10, lettera a Sandro Penna del 16 dicembre 1932]. Parigi, dove Saba prova invano ad abitare come terra d'esilio, dopo l'emanazione delle leggi razziali.

È un'anima inquieta con la geografia, ansiosa di essere altrove. «La tentazione che ho (sempre piú viva) di "andar oltre"» [lettera a Giacomo Debenedetti del 1° dicembre 1947]. Saba si sente un periferico, proprio perché scrive sotto quel cielo d'«altra sponda» che è Trieste [Saba 2001, p. 114, *Storia e cronistoria del Canzoniere*]. Ma non c'è soltanto questo. C'è un ricorrente anelare a essere altrove. Spostarsi, tornare là dov'è già stato e dove si sveglia la nostalgia.

Non solo nello spazio, nella geografia d'Italia. Anche nel tempo. Il suo Eden è l'infanzia insieme all'amata balia, dalle cui morbide braccia si sente strappato troppo presto. Da quel momento in poi è come se Saba appartenesse a un'altra epoca, diversa da quella in cui si ritrova a vivere. Come poeta, sarebbe stato meno fuori posto nella prima metà dell'Ottocento, dice di sé. Ha poco a che spartire con ermetismo e altri -ismi. Si sente fuori tempo: «Io stesso forse sono un errore, certo un anacronismo, e non verso il futuro ma verso il passato» [lettera a Giacomo Debenedetti del 4 luglio 1923]. Non lo scrive con nostalgia. Quasi con serenità, o se non altro con serena rassegnazione. Forse con ironia. È un uomo senza i piedi per terra, con una sua misura di erranza, quanto meno nel pensiero. Vagheggia, immagina di essere altrove, di tornare in lontani «altrovi» che le circostanze presenti gli negano.

Egli è fuori posto, senza una collocazione adatta. È una specie di escluso, benché non certo reietto: la sua erranza sentimentale gli conferisce una natura volatile, da *Luftmensch* – ancora una volta torna a me lo yiddish per aiutarmi a trovare le parole adatte, quelle piú congeniali. Lo fa con naturalezza lo yiddish, quasi di soppiatto. Mi prende alla sprovvista. Ma *Luftmensch* significa prima di tutto «uomo d'aria», e Saba, mi pare, è proprio cosí. Anzi, per lui vale la pena espungere quella connotazione negativa che ha la parola yiddish. No, non come hanno fatto i Tedeschi rendendola fumo di ciminiera. Prima che tutto finisse, che lo yiddish si estinguesse nei forni crematori – soltanto per risalirne a tratti, come malinconico rigurgito di una storia che non esiste piú – *Luftmensch* in yiddish significava anche, soprattutto, inconcludente; «uomo d'aria», senza sostanza. Ora che lo yiddish non c'è piú, si potrebbe tentare un blitz dentro questa lingua, per annichilire tale accezione. Per trasformare *Luftmensch* in una bella parola e basta, capace di meritarsi un poeta come Umberto Saba.

Solo a Trieste può nascere la mia poesia, egli dice nel 1947. Perché gli Italiani sono neri o rossi, mentre Trieste (cioè la mia poesia) «era azzurra» [Saba 2001, dalla cronologia a cura di Arrigo Stara, p. LXXII, dove si cita una lettera a Linuccia del 25 marzo 1947].

«Azzurro d'aria» [lettera a Giacomo Debenedetti del 26 gennaio 1928] è anche «l'azzurra parola del cielo» [Saba 2001, p. 11, *Scorciatoie e raccontini*]: è il suo colore che ritorna piú volte lungo prosa e poesia.

Già, proprio come i suoi occhi. Come la tinta che imprime al proprio ritratto e impone a chiunque tenti un ritratto di Saba. Trieste è azzurra di cielo, proprio come i suoi occhi.

2.7. «Arde una nuvoletta su me, nel cielo della vita vana»[1].

«Quel poco che sapevo della loro lingua, la paura e l'orrore dei Tedeschi me l'hanno fatta dimenticare», scrive un giorno Umberto Saba [id. 1991b, p. 17, lettera a Flescher dell'8 marzo 1948]. Chissà se dietro a queste parole si cela una paura diversa – per la lingua in sé e non per ciò che trasmette.

Qualcosa di scuro, se non di torbido, sta qui annidato: un terrore che viene dalle parole stesse. Per me ora è una specie di presentimento, questa frase, come se la stessi cercando da molto tempo. Non intendo la metafora delle parole che sono pietre, evocata proprio da Carlo Levi; è invece un presentimento diverso, piú profondo. Dei perfidi suggeritori, ecco quello che sono, a volte, le parole.

Luftmensch*, per esempio. Credevo fosse uno spensierato conio dello yiddish: «uomo d'aria». Inconcludente, sventato e com-*

[1] Saba 1988, p. 952, *A Vittorio Bolaffio quando fece il mio ritratto* (*Canzoniere apocrifo*).

binaguai. Ma anche invidiabile. I violinisti di Chagall e il lattivendolo Tewje. Gente senza i piedi per terra, volatile per vocazione: un misto di malinconia e goffaggine, di sapienza e inettitudine. Questo era il mio Luftmensch. *Se non che anche ai nazisti questa parola piacque assai: un uomo cosí lo elimini in un soffio. Non lascia tracce. La sua vita, del resto, non ha di per sé alcuna consistenza: è aria. Il* Luftmensch *è colui che vive soltanto per essere sterminato: questo è l'unico senso ammissibile per la sua esistenza. Finire nei forni crematori e di nuovo lassú, in cielo. Cenere talmente leggera che ci mette giorni a precipitare al suolo.*

Saba ha rinnegato il tedesco e forse anche io. Almeno quello di certe parole-fionda, come Luftmensch. *Ma mi piacerebbe almeno restituire al poeta questo termine. Ritrovare quella certa leggerezza ebraica che c'era in lui e che si manifesta nello scrivere di sé. Una levità che non è spensieratezza, anzi. È la serenità che viene dopo la disperazione, la confidenza con la rassegnazione, la consapevolezza che tutto passa, anche noi qui su questa terra. È una lenta alzata di spalle. Anche lui era un po' cosí, un* Luftmensch *che, a dispetto di tutto, è ancora leggero: un uomo d'aria. Un uomo d'aria dagli occhi azzurri: sono lo specchio dell'anima gli occhi, in ebraico.*

Saba sapeva di non essere estraneo a questa leggerezza. La sentiva addosso. La racconta fra le righe scrivendo di sé, nelle lettere. In quell'autobiografia piú o meno letteraria e piú o meno camuffata che è la Storia e cronistoria del Canzoniere. *La sua vita non è mai un dramma. A volte è una catastrofe, questo sí. Un'apocalisse di sofferenza, un'indigestione di sogni. Ma tragedia nel senso classico, no: nessun* Luftmensch *potrebbe mai considerare una tragedia la propria vita. Il suo confronto con il destino avverso avviene fra le righe dell'elegia, non sul palco della tragedia greca. Egli non cova la disperazione di considerarlo un nemico, quel destino. Perché viene da dentro, non è un ingombrante* deus ex machina *che piomba dall'alto.*

Vorrei restituire a Saba questa parola, specchiata nella vita che si racconta. Il confronto con Giacomo Debenedetti, che il poeta addita con un «tu sí che sei un vero ebreo» (una frase in-

trisa di condiscendente ironia) è determinante per ritrovare i contorni di questa volatile figura. Raccontare di sé attraverso un altro. Non a lui, ma tramite lui. Il suo «De Sanctis», il critico eletto, diventa cosí la paziente cassa di risonanza di un'autobiografia ebraica frammentaria e incerta, ma probabilmente non del tutto involontaria. Saba si racconta nel filtro dei suoi occhi d'aria, azzurri. Lo fa con risentimento e con nostalgia, a volte con una rabbia che gli fa digrignare i denti, altre con amore spassionato. Brevi frasi, sarcastici incisi, ricordi diversi: incerto si articola questo scrivere di sé. Quasi sincopato.

La lettura di questa frammentaria opera in palinsesto non è motivata da una ricerca del se e perché fosse ebreo il poeta mezzosangue Umberto Saba. Mi concentro sul «come», con il beneficio d'inventario di un'autoconsapevolezza ebraica piú taciuta che dichiarata, eppure tale. Saba sembra dare piú per scontata – e con ciò non meno controversa, anzi – la propria appartenenza a un destino ebraico. Anche, soprattutto di ciò, è fatta l'identità: la condivisione, forzata e/o volontaria, di un destino. Il trovarcisi dentro e sapere di essere lí, qualunque cosa succeda. Saba ha ben presente questa certezza – «confortata», se non altro, dagli eventi che gli piombano addosso nonostante il suo «mezzo sangue»: la metà «buona», quella «pura» non conterà nulla, per i fascisti e per i nazisti. Come se non esistesse. Saba non si sottrae nemmeno quando parla in terza persona dei difetti ebraici: sa bene che la sua è una messa a fuoco piú ravvicinata di quel che dà a credere. A chissà chi, poi. Certo non a se stesso, che con inerme dignità si schiera sul campo di battaglia del destino. Per questo, dal mio punto di vista, non ha senso porsi la domanda sul «se» e «quanto», ma interrogare il «come» Saba si considerasse ebreo. E come ne scrive, quando – cosa che spesso succede – scrive di sé…

«IO SO CHE COSA SONO E CHE COSA SIGNIFICANO GLI EBREI (lo so piú di lei, perché in me c'è la parte giudicata e la giudicante)…» [ibid., *p. 40, lettera a Flescher del 14 marzo 1949].*

Ma non è che anche in tutti noi ci sono sempre la parte giudicata e quella giudicante?

Del resto, di cosa scriviamo, quando scriviamo di noi?

Inevitabilmente, non soltanto di ciò che siamo e sentiamo. Anche di ciò con cui ci confrontiamo. Ogni volta che scriviamo di noi ci guardiamo in uno specchio: la pagina bianca, prima che sia scritta. Quella pagina, quello specchio, quell'immagine riflessa è altra. Non siamo noi. La scrittura non è introspezione, è occhio vigile: confronto e non ripiegamento. Cosí come fa Saba, scrivendo di noi esercitiamo continuamente la parte giudicata e quella giudicante: come Roth con Zuckerman, Miller con Newman. Leon con la vita e con la morte. Metter con i propri ricordi. La scrittura, e piú che mai quella di noi stessi, su noi stessi, esige un interlocutore. E l'interlocutore piú altro da noi è proprio l'identità, con la quale non abbiamo un rapporto di reciproca appartenenza, piuttosto di confronto: non siamo «dentro», ma «con» l'identità.

Non è un DNA *ma il patrimonio di un destino.*

Un caso: cade.

Essere ebrei è nascere con questo caso addosso.

3. *La malattia.*

3.1. Palpitante cuore ebraico (lettera a Giacomo Debenedetti)[2].

Povero cuore ebraico. Ci sono alcune cose che non sopporta, che patisce con un'intolleranza quasi fisica. Del resto, Saba lamenta la mancanza di un contrappeso fisico per le parole cosí spirituali e incorporee di Giacomino, troppo «azzurro», ma forse soltanto perché è ancora giovane. C'è una cadenza generazionale, nell'amicizia fra i due: il vecchio poeta immancabilmente piú spensierato del suo «vergognosamente» giovane critico. A differenza del critico, il vecchio poeta non conosce l'astrazione dei sentimenti. Il brutto gli

[2] Saba 1959*b*, p. 30, lettera del 15 ottobre 1951.

fa male. Per esempio, egli detesta i Profeti. Pensare che proprio insieme a loro comincia la lunga storia della sua amicizia con Giacomino, il quale gli chiede intercessione per poter venire a Trieste a tenere quelle sue lezioni già esposte con successo a Torino: «Parlo mal volentieri dei Profeti, che ho l'idea (è una verità psicologica) che portano sfortuna. Erano certo brutti esseri, e non so come e in cosa possano affascinarti» [Saba 1991*c*, p. 226, lettera del 28 marzo 1924]; cosí scrive il poeta, tentando invano di dissuadere Debenedetti: «Ti prego di non tenere conferenze sui Profeti; erano degli orribili esseri, mancati e cattivi. Non volevano nemmeno che i Re approvvigionassero d'acqua la città per un caso d'assedio: tutto doveva fare Jehova, cioè un orribile parto della loro fantasia vendicativa. Parla, se mai, di Gesú...» [*ibid.*, p. 217, lettera del febbraio-marzo 1924].

Chissà se gli capitò mai l'occhio su quanto scrive il suo critico eletto a proposito di Leopardi («gnomico»), contrariamente a Saba che, «invece, tende al profetico» [Debenedetti 1999, p. 238]. Quel che l'uno rifiuta, l'altro non esita dunque a riconoscere.

Un'altra cosa che Saba detesta è lo *shofar*, il corno di montone utilizzato come strumento musicale in sinagoga, per alcuni momenti particolarmente solenni. Lo considera un'anticaglia dal suono «stridulo e agghiacciante» e non si spiega come mai sia stata riesumata per salutare il «primo presidente d'Israele» [Saba 1991*b*, p. 40, lettera a Flescher del 14 marzo 1949].

Fra le altre «orribili mescolanze» ce n'è anche una davvero curiosa. In nota ai *Ricordi – Racconti* Saba evoca con la solita nostalgia la sua balia, che ogni sera lo conduceva alla chiesa del Rosario [id. 2001, p. 376, *Gli Ebrei*]. Poco piú tardi, però, aggiunge: prima di addormentarmi «mi faceva recitare, invece dello *Scèmagn Israèl* in ebraico, il Padre Nostro in sloveno... Se, a costo di ripetermi, racconto queste cose di antichi tempi, non è – te lo giuro, lettore – per "parlare di me"».

La stessa, amorevole balia, quando il piccolo Berto si comportava male, minacciava di «farlo ebreo», «vale a dire di circoncidermi». Saba non era stato circonciso. «È molto probabile che io interpretassi la circoncisione, – continua a raccontare in una delle sue lettere allo psicanalista Joachim Flescher,– come una castrazione (se mi sbagliavo, non mi sbagliavo di molto)» [id. 1991*b*, p. 39, lettera del 14 marzo 1949]. Se non che, anche il battesimo è un togliere e non un ricevere, almeno nelle sue parole: «Ho rifiutato, perché – alla mia età e senza la fede – mi sarebbe sembrato ignobile sottopormi al battesimo; sarebbe stato una specie di castrazione dell'anima» [*ibid.*, p. 50, lettera a Flescher del 3 aprile 1949].

All'emanazione delle leggi razziali Saba chiede a Curzio Malaparte un aiuto, un'intercessione. Nel gennaio del 1939 si appella al suo «sangue misto», esce dalla comunità ebraica, trasferisce ad altri la proprietà della libreria. Si chiama insomma fuori da tutto, da ogni cosa: il suo è un allontanamento totale che sfocia nella ricerca vana persino di un esilio. Non troverà neppure quello, vagabondando fra Parigi, Trieste, Firenze. In quel nero periodo Saba patisce e si sente un poeta piú nudo che mai. Un poeta e niente d'altro (o quasi niente d'altro).

Comunque, di fronte all'emergenza dell'orrore – dal 1938 in poi – Saba sceglie di appartarsi. Di provare a non appartenere. Di esistere il meno possibile. Non cerca rifugi né sotterfugi: cova, forse, l'illusione che un estraneamento totale possa proteggerlo dalle avversità. Scopre anche – nel proprio rifiuto del battesimo – di non riuscire a essere quello che non è.

Non è capace di rinnegare nulla, anche perché ciò che possiede, in fatto d'identità, è sfuggente. Quasi inafferrabile. Come fai a rinnegare qualcosa che non sai nemmeno tu ben definire? Che, prima ancora di essere gettato via, ti sfugge continuamente fra le mani del cuore?

E cosí, il poeta sceglie una specie di marranesimo di se stesso. Coltivare di nascosto la sopravvivenza, restando il minimo di quello che sei. Uno sradicato ansioso di radici. Che mai rinuncerebbe alla propria natura eterea, del resto.

Non sai bene che cosa sei, ma non abbandoneresti mai questa approssimazione. Diventa compulsiva, come quei riti celebrati per secoli dagli ebrei nascosti, che magari non sapevano nemmeno piú d'essere stati ebrei. Che non conoscevano piú alcun significato, se non il mistero di quel che non sapevano di essere. Proprio come il poeta che addirittura detesta il corno di montone, che non sopporta i profeti. Ma si tiene stretto il suo palpitante cuore ebraico.

3.2. La porta del suo ghetto?

Saba è la porta del suo ghetto?

Cosí scrive Giacomo Debenedetti nelle sue ultime cose [Debenedetti 1999, p. 1080]. Difficile da dire, in sua assenza. È pur vero che nulla del suo ebraismo appare casuale: esso non è lo scampolo rimasto da una pezza di stoffa. Magari soltanto una toppa sul cuore, ma ritagliata appositamente. Il ghetto di Saba esiste. Certo è che Saba resta con il suo palpitante cuore ebraico. Alla fine della vita, mentre Lina se ne sta andando, gli rimangono solo quel vecchio cuore e gli anni. La porta del ghetto pare ferma esattamente dove l'aveva trovata, con i racconti e i ricordi.

All'ebreo, con o senza cuore, mancano, secondo Weininger, molte cose. Il filosofo suicida autore di *Sesso e carattere* è citato fra i cattivi maestri di Saba: cosí la pensa Debenedetti, almeno. Secondo Saba non gli è stato un maestro, si è soltanto servito di lui per «tormentare me stesso» [Saba 1959*b*, p. 25, lettera a Giacomo Debenedetti del 3 settembre 1946]. Però le consonanze non paiono poche. Ecco quello di cui l'ebreo, cosí come la donna, difetta, secondo Weininger:

1) non ha il senso della proprietà bensí quello dell'erranza;
2) non ha dignità;
3) manca del bisogno di immortalità. A Saba non interessano i lettori suoi postumi.

L'ebreo è insomma il contrario dell'eroe. L'«io sono» gli risulta incomprensibile. Questo dice Weininger. Non mi convince perché la declinazione dell'io è indispensabile alla storia, da Adamo in poi. Ma forse qualcosa a Saba s'attaglia. Se non altro egli ha una paura cieca del contrario, al punto da rifiutare il battesimo e la circoncisione – visti entrambi come una temibile castrazione. «Io non sono», ripete Saba a proposito di sé. Eppure è terrorizzato dal non essere. Sono un mezzosangue, un «misto», un periferico, uno di «origini parzialmente semitiche», un nato «in due scisso». In mezzo, c'è quel palpitante cuore ebraico che egli sente soprattutto da vecchio, con il futuro alle spalle e il passato tutto di fronte.

Lui dice, ripete, che la natura ebraica della sua poesia non sta nella capretta semita, che è tutta lí, pura immagine. La sua poesia piú ebraica è invece *L'Uomo* (1928). La dedica a Giacomo Debenedetti, il quale per parte sua sostiene che sia la piú brutta mai scritta da Saba. In questo gioco scaramantico di rimandi, Saba sa che quell'Uomo è Saba stesso. Un patriarca tempestato dal destino.

Il poeta non ignora affatto quell'«io sono» con cui comincia ogni autobiografia. Si dichiara a mezza strada fra un'identità e l'altra, un ibrido senza territorio, eppure non esita a identificare la propria autobiografia in quella stessa (brutta) poesia che considera l'unica veramente ebraica nel suo *Canzoniere*, «quanto di piú soggettivo abbia pensato sino ad oggi» [Saba 2001, dalla cronologia a cura di Arrigo Stara, p. LXII]. Ha un rapporto con il tempo intriso di sfiducia, ma guarda con maggior sprezzo il passato del futuro – quest'ultimo, tutt'al piú, lo ignora. Quel che è vecchio, antiquato come lo *shofar*, andrebbe dimenticato.

Ora vorrei provare a far tacere Saba. Racimolati gli argomenti, vuoi per presenza vuoi per assenza, è giunto il momento di osservarlo come se, dietro lo specchio in cui la sua immagine viva si riflette, ci fosse chi sta scrivendo. Non Giacomo Debenedetti o *L'Uomo*. Che cosa direbbe a me, se fossi dietro lo specchio su cui egli scrive di sé?

Che il destino non si fa scegliere.

Non c'è coscienza ebraica che, al fondo di se stessa, non sia combattuta fra una certezza assoluta, inequivocabile – quella scritta come fuoco bianco su fuoco nero nella storia sacra e nell'avvicendarsi delle generazioni – e la domanda che ronza, che attanaglia, capace quando vuole di rubarti un pezzo di sonno: perché questo destino è toccato proprio a me?

Siamo al mondo in virtú di un dettato nitido e preciso – che a ben guardare è anche garanzia di non smarrirsi di fronte alla domanda ineludibile, quella che ci si pone davanti allo specchio: chi, che cosa sono?

Un ebreo, ovviamente.

Ma perché proprio io? Perché proprio a me? La domanda rimbalza e torna indietro con un'eco deformata: perché proprio a me è toccato di essere quello che sono?

In fondo, questa è l'elezione: fatica di servigio a Dio che ti promette un futuro abbondante come i grani di sabbia sulla riva del mare (e invece siamo sempre cosí pochi!) E, sempre accanto, il dubbio di essere degni di questa elezione. Anzi, di piú: il dubbio che ne valga la pena. Che tutto ciò abbia un qualsivoglia senso. Piú che mai, come direbbe Saba, dopo Maidanek. Ma anche prima, certo.

Perché proprio io?

Anzi: perché proprio me? Perché il destino mi ha posto qui, a cavallo fra due confini, in fondo all'Italia? E mi sento cosí italiano e cosí poeta – mi sento «quasi» solo questo –, ripete il povero vecchio. Quanto mi piacerebbe poter dire di me: sono poeta e sono italiano. Punto e basta, nulla d'altro. Invece no. Non basta: il destino esige di piú e le leggi razziali anche. Ma è essenzialmente questo cuore ebraico che palpita in mezzo, a chiedere di piú: è lui che rende tutto inspiegabile, perché chiama da dentro e non da fuori – come Maidanek, come le leggi razziali e i mobili confini che calpesto. Le sofferenze, gli incidenti, l'invadenza della storia nel tuo piccolo destino – tutto questo conta, certo. Quand'anche un effimero oblio ti regalasse per un giorno la noncuranza verso il destino che porti dentro, con ogni probabilità ci penserebbero le circostanze a dargli il solito peso: di questo Saba è convinto, convintissimo. E con ragione.

È una condizione, quella ebraica, che consente solo rapide, fulminee amnesie: quasi subito succede qualcosa, dentro o fuori di te, che ti rende la memoria di quello che sei. A Sandro Penna Saba scrive, per esempio, che l'incomprensione della maggioranza (sta parlando di poesia), lo rende come «Dreifuss all'isola del diavolo. Difficile rassegnarsi a un destino come il mio» [id. 1997, p. 11, lettera del 16 dicembre 1932].

Dimenticare di essere ebrei non è possibile, e lo era meno che mai in quei suoi anni intorno a Maidanek.

Allora l'identità è ciò che abbiamo di piú interiore? Il nostro midollo?

O non invece, un caso che ci piomba addosso e con il quale confrontarci come fa Giacobbe con l'angelo, una notte dalla quale emerge zoppicando, leso cioè in un modo che nemmeno lui sa spiegarsi? È proprio quella notte, del resto, ch'egli cambia nome e diventa Israele, cioè tutti noi. Questa storia ci racconta una verità profonda e forse inammissibile: essere ebrei è il frutto di un incidente. Di una menomazione dolorosa e combattuta. Un'intrusione nella nostra ignoranza, nella nostra integrità di esseri inconsapevoli di ciò che siamo.

E io non so decidermi, fra la chiamata del cuore e quella dell'angelo che picchia. Fra un'identità come luogo dell'immedesimazione totale, e un'identità come terreno di confronto fra lei – l'identità con tutto il suo pesante armamentario – e me – con la nudità del mio io.

Ma non c'è soltanto questo, nella consapevolezza ebraica che Saba decanta davanti allo specchio, parlando di sé – a Giacomo Debenedetti, a Joachim Flescher. Persino a me. Tutto questo non basta, non spiega. Non completa l'immagine. L'identità non è imposta dalle circostanze esterne. Quelle la ripetono, la violentano. Essa sta forse dentro, inspiegabilmente. Anche quando ti pare di non averla o non la vuoi – come parrebbe dire Saba e forse nemmeno di questo è pienamente convinto.

E Natalia Ginzburg: per lei la memoria sono le parole. È attraverso le parole, le frasi ripetute, che si fa la memoria e con essa si fa l'identità acquisita, quella che mi racconta. «Sbrodeghezzi» «mezzorado» «Si *amazzano*!» Le parole destano i ricordi e cosí costruiscono la storia: senza di loro, nulla sarebbe affiorato. Il lessico familiare è la memoria. La memoria è quella specie di patrimonio che ti porti dietro e non c'è modo di liberarsene.

È anche vero che la memoria diventa ispirazione di scrittura, e di vita, soprattutto quando si soffre:

> Quando siamo felici la nostra fantasia ha piú forza; quando siamo infelici, agisce allora piú vivacemente la nostra memoria. La sofferenza rende la fantasia debole e pigra; essa si muove, ma svogliatamente e con languore, con i deboli moti dei malati, con la stanchezza e la cautela delle membra dolenti e febbricitanti; ci è difficile distogliere lo sguardo dalla nostra vita e dalla nostra anima, dalla sete e dall'inquietudine che ci pervade. Nelle cose che scriviamo affiorano allora di continuo ricordi del nostro passato, la nostra propria voce risuona di continuo e non riusciamo ad imporle il silenzio [Ginzburg 1999, p. 108, da *Il mio mestiere*].

Nelle parole di Saba si misura la rassegnazione: del cuore non ci si sbarazza. Bisogna scendere a patti con esso: trovare il modo, a tratti, di ascoltarlo. È la sola maniera di metterlo a tacere.

Tanto vale, allora farsi *Luftmensch* e sentire almeno l'aria fuori, dentro il cuore che palpita, anche se è ormai vecchio. A dire il vero, piú si è vecchi piú il cuore ebraico palpita insieme agli anni: cosí scrive Saba, in quell'età che gli procura un'inattesa serenità – non speranza di morte, tutt'altro.

Quando parla – e quando tace (essere ebrei «è una faccenda di stretta intimità» [Debenedetti 1999, p. 80, *Otto ebrei*]) Saba si confronta con questo destino inspiegabile, che non c'è modo di rinnegare perché, in fondo (cioè nella nostra intimità), sta proprio al centro, come il cuore. Non incombe dall'alto – quella è la voce facile dell'essere ebrei, è la chiamata del cielo azzurro scandita dal dettato sacro: la versione «integrale» dell'ebraismo, quella dell'osservanza senza dubbi, di un'appartenenza segnata dalla pratica religiosa quotidiana. È anche la levità dell'ironia, del sentirsi leggeri, nonostante tutto, o forse meglio: per sopportare tutto il peso.

Quell'altra voce, invece, ti turba e non puoi fare a meno di sentirla, anche se non c'è modo di spiegarla. È una presenza incerta, tormentosa anche nel migliore dei casi: quando cioè non riesci a pensare a un destino diverso per te. Non sai perché ma non riesci neppure a immaginare un altro modo di stare al mondo: destino arbitrario, sí, ma necessario, almeno per te. Figuriamoci per chi c'è dentro, come Saba, per il rotto della cuffia, figlio di un padre troppo volatile e di una madre troppo pesante. Solo gli occhi azzurri lo salvano. Ma la sostanza, di questo destino, non cambia, e lui (Saba) lo sa bene. Nasci, vivi, muori con quel cuore palpitante.

3.3. Quella cosa dolorosa che è l'ebraismo (a Giacomo Debenedetti, 3 settembre del 1946).

«Lei mi dice di scrivere anche solo per me stesso. Ma non si scrive mai per se stessi; si scrive sempre per gli altri o almeno per UN ALTRO. Scrivere vuol dire confessarsi, e ci si confessa per avere l'assoluzione» [Saba 1991*b*, p. 81, lettera al dottor Weiss del 6 aprile 1949].

La scrittura è dialogo, mai a tu per tu con l'io. Saba ha un'idea sociale del suo mestiere, scrive per comunicare, prima ancora che per capirsi. O per definirsi.

Se non fosse che su tutto si deposita, come una brina che il caldo non scioglie affatto, quella cosa dolorosa. La cosa dolorosa, come Saba chiama l'essere ebrei – o per lo meno il suo esistere da ebreo controvoglia, da ebreo pieno dell'ardente desiderio di aiutare gli altri ebrei a «non sentirsi piú ebrei» –, è ciò che trasforma la sua scrittura: non piú soltanto dialogo, anche sguardo. Introspezione. Ricerca di quel dannato focolaio del dolore.

«Quella cosa dolorosa» è ciò che permette a Debenedetti di comprendere fino in fondo la poesia di Saba. Il poeta confessa di aver pianto, leggendo «quel breve saggio dell'amico»: in questo scambio di parole e sentimenti c'è un ritrovarsi a vicenda. Pensare che Saba accusa «ripetutamente» il critico eletto, l'amico tanto piú giovane, di essere «un antisemita» [Saba 1959*b*, p. 24, lettera a Giacomo Debenedetti del 27 aprile 1946] e non sono piú, come nel 1910, i tempi in cui l'antisemitismo era un gioco. Debenedetti per parte sua lo identifica in un «nipote del ghetto» [Debenedetti 1999, p. 1076]. Ma sarebbe sterile continuare lungo questa strada di un confronto dialettico, una sorta di battibecco spirituale confortato di citazioni dei due. Giacomo Debenedetti, con la sua visione straziata e nostalgica del ghetto, la sua istantanea perfetta dell'ebraismo colto nel suo dolore; Saba con la sua utopia di assimilazione e il suo – apparente – disprezzo per le anticaglie del passato. Tutto si condensa, terribilmente, in queste parole: «Non saremmo mai piú tornati quelli che eravamo prima, che tutto il mondo era diminuito di valore» [Ghiazza 2002, p. 283].

Saba confessa la sua utopia di assimilazione nelle lunghe, acide lettere al dottor Flescher, che lo considera troppo «severo» nei confronti della religione ebraica. Egli vorrebbe infatti «aiutare gli ebrei a non sentirsi piú ebrei e quindi a cessare di esserlo» [Saba 1991*b*, p. 41, lettera del 14 marzo 1949]. Non perché si siano macchiati del peccato originale, che secondo Saba è «Gesú» (solo Freud li ha riscattati...) [*ibid.*, pp. 27-28, lettera a Flescher del 1° marzo 1949].

Questa è allora la sua profonda aspirazione. Azzerare l'identità e le sue tossine. A partire dallo stridulo e insopportabile *shofar*, passando per i Profeti.

Assimilazionista convinto?

Ecco che cosa ne pensa Giacomo Debenedetti:

> Saba, ebreo, ha una stanchezza morale ereditaria e tanto bene assimilata, che non tenta neppure piú di darsi una ragione; una facoltà di rinunzia ad ogni titanismo, che sembra provenirgli da un'antica abitudine, di sangue, a trovarsi dentro un mondo disperatamente accettato [Debenedetti 1999, p. 200].

Forse... La cessione dell'identità diventerebbe l'unico modo per garantire la non ripetibilità di Maidanek e rimuovere quel senso di colpa che, secondo lui, sono stati gli ebrei a inventare. Cosí tutto sembra tornare, e il ragionamento (o meglio l'aspirazione) non fa una grinza.

Certo: smettere di essere significherebbe inevitabilmente anche smettere di soffrire. Abbandonare quella parte di inevitabile sofferenza che viene dall'identità. Che l'identità procura. E non soltanto nell'urto, per millenni traumatico, con il mondo esterno. Anche in quel che di doloroso viene da dentro: forse perché quella cosa dolorosa non siamo noi. È un caso che ci cade addosso. E mi torna l'eterno dilemma. Siamo figli di Giacobbe urtato irreparabilmente dall'angelo? O figli della scelta di Abramo: andare oltre, dall'altra parte? La nostra appartenenza è il frutto di una lotta perduta o di un cammino intrapreso per libero, ubbidiente arbitrio?

Ma ho l'impressione che qui Saba stia facendo del suo meglio per non parlare di sé. Questa anatomopatologia ebraica sembra una specie di distrazione, un vano tentativo consolatorio, la ricerca di una chiave di lettura per quel fondo inspiegabile che sta dentro. Non fuori. Non negli altri ebrei. In lui, in quella cosa dolorosa «che bisogna portare in sé». Come si fa a rinnegare una «cosa che si porta in sé»?

Saba conosce bene l'inevitabilità di quel destino. Con il dottor Flescher disserta di vedute astratte, ma quel che dice di sé sta lí, fra una riga e l'altra, niente affatto nel corpo del testo. La sua convinzione che assimilarsi sia l'unica via percorribile per l'ebraismo – o meglio, l'unica via degna di essere scelta come tale – urta con l'evidenza che ciò sta dentro (anche di lui) e non fuori.

Saba è un estroverso, come dice e ripete Giacomo Debenedetti. In fatto di dolore, per esempio, non si tira mai indietro quando si tratta di esprimerlo. Anche la sua poesia è tutta slancio verso quell'«altro» che è il suo, magari unico, lettore. È un poeta tutt'altro che ermetico, e per questo controcorrente. Per questo, paradossalmente, incompreso dalla sua generazione. Ha in sé un'inguaribile freschezza, anche e soprattutto quando si mostra malinconico. I suoi occhi azzurri parlano ovunque, a saperli ascoltare.

L'ebraismo è l'interno di quel guanto cosí difficile da rivoltare. È la voce, rara, mascherata, della sua introversione. È il dolore di cui non parla, ma di cui dice che sta dentro – e per di piú dentro un altro! Anzi, che «bisogna portare in sé» per capire. Lui, la sua poesia, ma forse non soltanto.

L'illusione che assimilandosi tutto passerebbe è morta. Saba sa bene che la sua è una visione impossibile, quanto meno – dopo Maidanek – anacronistica. L'ebraismo è un destino ineludibile, anche se l'hai dentro solo per metà, se divide il cuore lungo una linea incerta e malferma. Questa aspirazione ad aiutare gli ebrei a non sentirsi piú tali e, di conseguenza (come se fosse automatico, poi), a smettere di essere tali, è assurda. Tutto gioca contro di essa, ma soprattutto il passato e il futuro: le radici che al poeta tanto piacciono, le speranze con cui non ha mai avuto troppa confidenza, visto che alla fin fine dei posteri non s'interessa. Succede, piuttosto, il contrario: succede cioè di sentirsi ebrei «senza saperlo» [Cavaglion 2002, p. 7], di vedere riaffiorare radici, reali o immaginarie, come in virtú di un moto tellurico sommerso. Di sentire, per vie indecifrabili, la partecipazione a quel destino, come se fosse il proprio. Ebrei ci si sente anche senza esserlo. Figuriamoci se non anche quando a questa intuizione s'aggiunge la consapevolezza, cioè «quella cosa dolorosa».

Dentro di sé il poeta sa che quel rifiuto dell'identità è impossibile. Non soltanto anacronistico – dopo e durante Maidanek. Basti pensare al sillogismo: *L'Uomo* è la mia poesia piú ebraica. *L'Uomo* è autobiografia. Quanto meno «memoria del sangue materno» [Saba 2001, p. 246, *Storia e cronistoria del Canzoniere*]. Le cose coincidono, e non a caso l'Uomo soffre. «Questo poema cosí inconsolabilmente pessimista» [Debenedetti 1999, p. 249] ... Forse la nostalgia, come quella che Debenedetti racconta con i suoi ritratti ebraici, è un modo per esorcizzare la sofferenza del presente. Per tenerla a bada, se non altro. Saba è piú compromesso, non si rifugia nel passato.

No: il Saba che disserta con lo psicanalista non sta guardando dentro di sé. Prova, quanto meno, a riflettersi in qualche cosa d'altro. Forse quei posteri che in fondo non lo interessano: è a loro che guarda augurandosi che gli ebrei smettano di sentirsi tali e, conseguentemente, di esserlo.

Il suo parlare ebraico va cercato altrove: quando scava dentro, scrive poco, pare intento a tutt'altro. In quei momenti «quella cosa dolorosa» affiora. E non è nostalgia, non è rimpianto, non è l'eco di tristi esperienze. Saba è lucido, come il suo ebraismo: non tinte seppia, nessuna sfocatura suggestiva. Essere ebrei è cosí, a prescindere dal tempo e dalle contingenze. È «quella cosa dolorosa» che si porta irrimediabilmente dentro di sé.

Dentro?

Fuori?

Sopra di sé.

Persino oggi che il destino ebraico sembra libero, svincolato dal ghetto. Amos Oz dice che la nostra storia è una ininterrotta catena di liberi arbitri, di scelte individuali che hanno garantito la trasmissione della fede e dell'identità. Una scelta di fedeltà invece di innumerevoli, comodi abbandoni. Rinunciare a essere ebrei è sempre stato molto agevole: una via, anzi, piú che praticabile – ampiamente promossa a destra e a manca lungo duemila anni di storia. Ma rinnegata, almeno da tutti coloro che hanno «scelto» di restare tali. Saba compreso. In altre parole, essere ebrei è da sempre una scelta deliberata, necessariamente convinta. Mentre smettere di esserlo, cioè convertirsi ad altro, sarebbe stato indolore, quasi naturale.

Per lui, cosí come per il suo specchio biografico, cioè qui Giacomo Debenedetti con la sua sofferta, nostalgica e anche rabbiosa visione della storia ebraica piú recente; per entrambi l'ebraismo è invece il contrario di una scelta. È un destino.

Fa male come la gamba zoppicante di Giacobbe quella notte: quanto deve essersi sentito solo, a lottare suo malgrado nel buio, contro un qualcosa di sconosciuto piombatogli addosso. Fatica e menomazione: la battaglia gli è costata due segni indelebili, perfetti per marchiare la memoria. In cambio, ha ricevuto un nome nuovo, quello d'Israele. La storia è assai chiara, quasi ovvia: cosí come, secondo la tradizione, di lí a qualche generazione saremo tutti, *in nuce*, in cima al monte Sinai ad ascoltare Dio che enuncia la Torah. Perché non dovremmo esserci stati, tutti noi nascituri, anche laggiú, al guado dello Iabboc, davanti all'angelo belligerante? L'incidente di Giacobbe, insomma, lo viviamo da allora sulla nostra pelle. Non meno della rivelazione.

Legge e dolore. Determinazione e caso. Destino ed elezione. Resa e consapevolezza. Siamo l'una e l'altra.

Un doloroso carico di affetti.

> Sentirsi ebrei sarà un sentir rinascere dal fondo – nelle ore di piú geloso raccoglimento, ore quasi inconfessabili tanto sono intime – vecchie cantilene sinagogali, udite ai tempi dell'infanzia nella pigra monotonia di grevi crepuscoli, in una luce di ceri stanchi che tremava sulla berretta del cantore, solo, in piedi, laggiú sul tabernacolo deserto: e su quelle cantilene l'anima si mette in errabonde ricerche del tempo perduto… [*ibid.*, p. 81, *Otto ebrei*].

Potrei anche tentare una lettura estetizzante di questa visione. Considerarla l'espressione di un ebraismo puramente epidermico, perché tutto il resto s'è perduto per strada: la fede e l'osservanza, la consapevolezza collettiva, la competenza che dovrebbe significare, anch'essa, l'essere ebrei. La nostalgia del ghetto può anche diventare il lusso di chi sa di esserne definitivamente fuori, e di potersi per questo permettere uno sguardo da distanza di sicurezza. A volte lo si rimpiange – con la sua cultura piú o meno estinta, le musiche, la mesta ironia, i mestieri che non esistono piú, l'attaccamento a una fede sapiente – proprio in virtú della garanzia (illusoria?) che nessuno ti costringerà mai piú a entrare là dentro. Il revanchismo sentimentale ha per presupposto il conforto della lontananza: ci piace la nostalgia, sempre che sia per qualcosa che s'è perduto per sempre, per una storia irreversibile. Il passato è suggestivo eccome, ma solo in quanto tale: visto da vicino fa paura. Forse c'è una misura di questa nostalgia anche nella rievocazione di Giacomo Debenedetti, e in quella, piú sprezzante ma non meno simpatetica, di Saba.

Ma non c'è soltanto questo. Qualcosa in loro sfugge a questa semplificazione estetica. Non è solo lí, in questa percezione rassicurante (dopo Maidanek, poi...) che si esprime, foss'anche tacendo, il loro senso ebraico. Né i ricordi di Debenedetti né il dolore di Saba vanno presi alla leggera. È il peso specifico di questi sentimenti, piú intuiti che raccontati, a svelarne la profondità. O meglio, la densità. E, al di là degli anacronismi, la loro percezione mi pare molto attuale, anzi urgente in questi nostri tempi: l'ineludibile confronto fra libertà di scelta dentro un destino che non piomba addosso dall'alto, e sta invece annidato nel profondo di noi. E malgrado tutte le suggestioni, malgrado il carico di fedeltà che questo destino comporta, se la scelta fosse libera, sí, fino in fondo, allora sinceramente diresti, a quel destino: no grazie.

È bello, sí. Bello come lo raccontano le parole di Giacomo Debenedetti. Non sembra nemmeno piú pericoloso, essere ebrei. Dentro e fuori, s'intende. È un destino che sembra quasi amabile, ormai: da vestire con disinvoltura e persino con orgoglio. A volte desta quasi invidia! Ma se veramente avessi la libertà di sceglierlo, il mio destino, ebbene gli direi: no, grazie. Facciamo, magari, un'altra volta. Lo conosco, questo destino. Dietro la gratifica, la sua bellezza, la dignità (quelle cose che in termini religiosi si chiamano con una parola soltanto: elezione. E che nell'ebraismo non è un privilegio, ma un mestiere assegnato da Dio), che questo destino ti regala giorno per giorno, so bene che s'annida sempre la solita storia: essere ebrei continua a essere tremendamente scomodo. Faticoso quando e quanto meno te lo aspetti. È difficile, al punto da diventare doloroso: non fuori, nel corpo a corpo con il mondo esterno. Certo, a volte anche. Ma soprattutto, e quello giorno per giorno – con o senza una fede d'acciaio – dentro. Lí tutto è sempre complicato, sempre «piú» complicato di come potrebbe essere, se nessuno ti avesse regalato questo destino, di essere ebrei.

Per il quale, davvero, non trovo definizione migliore di «quella cosa dolorosa che porti dentro di te»: bella e dolorosa, inevitabile e dolorosa. Un intruglio quotidiano di fatica e commozione, di routine e impegno sempre nuovi.

Come ci si convive, allora?

Con le nostalgie e le speranze, certamente. Con una strenua consapevolezza di fedeltà, che di per sé è già un valore. Senza farsi troppe illusioni sulla medicina capace di aiutare gli ebrei a non sentirsi piú tali, e quindi a smettere di esserlo. Non esiste alcuna medicina, per il destino, e Saba lo sapeva benissimo.

Per questo lui era anche un po' *Luftmensch*, uomo d'aria: il contrappeso della cosa dolorosa è, inevitabilmente, quella certa leggerezza di sé. Solo grazie a questa stessa leggerezza d'aria Saba si guarda, si riflette nello specchio dell'autobiografia che gli rimanda l'immagine del critico, amico e correligionario Giacomo Debenedetti. Forse è per questo che il colore che Saba sceglie per sé è l'azzurro degli occhi paterni, gai e leggeri. Non somigliare a tuo padre, «ammoniva» la madre. Ma di quegli occhi azzurri non poté fare a meno, per bilanciare i pesi della vita che lei gli impartí.

E poi?

Poi viene – per lui e per tutti noi – la spensieratezza della rassegnazione. Il corpo a corpo con il destino che dura immancabilmente per tutta la vita e che per Saba significò varcare anni tremendi, come quelli delle leggi razziali e della guerra e dei nazisti alle calcagna.

E poi?

Passata la bufera, tutto è rimasto dentro. Piú denso e profondo, ma anche piú rassegnato. Quella cosa dolorosa: forse è lei che ci porta dentro di sé, e non il contrario.

L'equivoco di un destino imperfetto, contraddittorio come le due facce della rivelazione: la luce del cielo che scandisce i comandamenti, il buio della notte che accompagna l'agguato dell'angelo. E poi ancora, come se tutto ciò non bastasse, per confonderci, per trasformare in caos la presunta sicurezza di un popolo cui Dio ha parlato faccia a faccia: l'equivoco di una promessa che sembra ogni giorno piú lontana del precedente. Di un patto trascurato, prima ancora che tradito. Siamo il popolo della parola, ma la parola data si disperde al vento come pula senza peso. Quante volte, quante innumerevoli volte, la promessa divina è stata sul ciglio dell'abisso?

Convivere con questa eterna provvisorietà non è affatto facile. Non ci si fa mai l'abitudine..

E poi ci si stupisce che gli ebrei siano propensi alle domande. Siamo una domanda. A cominciare dal dove: siamo piú sul Sinai, abbracciati alle tavole, o piú sulla riva oscura dello Iabboc? Quel Dio lassú che ha eletto Israele quale suo popolo, che l'ha assoldato come inserviente, quel Dio è piú luce di roveto che arde o mistero che si nasconde, di cui non si può nemmeno pronunciare il nome?

Chi mi dà una risposta?

Forse Metter: «E non può essere che io sia rimasto vivo proprio perché sono figlio di un imprenditore privato? O perché sono ebreo? Non so quante volte mi hanno fatto capire – la mia vita, i libri, i giornali – che proprio la quinta categoria è particolarmente vitale. Non brucia nel fuoco e non affoga nell'ac-

qua. Dio mio, quanti ne sono bruciati nel fuoco. E quanti bruciano ora nel lento rogo della propria coscienza! » [*Metter 1998, p. 94,* Il quinto angolo].

Allora è per questo. La nostra storia è pura propedeutica alla sopravvivenza. Uno sfiancante test sotto sforzo. Da Abramo in poi, passando per Giacobbe, naturalmente. Il dolore è ineluttabile, come la produzione di acido lattico.

Che fatica.

Capitolo quarto
Credo di avere un'idea di ciò che può essere la solitudine ebraica

Per una voce sola.

Saba ricorda spesso Maidanek: quel campo è per lui la parola dell'orrore. Il poeta articola la catastrofe, senza remore. La grida in quel suo modo sommesso e borbottante di gridare.

Maidanek mi salta all'occhio, quando leggo una pagina di Saba. È la prima cosa che trovo fra le righe e, come una svista o il gioco di una lente che sdoppia, ritrovo il nome in ogni dove.

Vorrei avere anche io una parola cosí, che parli senza ritegno. Che fosse il segno di un contatto esplicito. Diretto. Con quella morte.

Maidanek è la litania dell'ossessione. Ma è, per Saba, ancora una volta un'ossessione sana. Lui è vicino a quel che avvenne. A quel che è stato, come direbbe Celan: non conosce muri invalicabili. Non è schiavo di alcun silenzio. Saba non lo fu mai, schiavo del silenzio: la sua grandezza sta per me proprio nella sua vittoria sopra ogni ermetismo.

Anche – e soprattutto – quello che lega, stringe, attanaglia Maidanek.

Oggi, se potessi dirlo, direi Auschwitz e non Maidanek. Auschwitz è il nome che tutto questo, per me inesprimibile, racchiude.

Perché io faccio una fatica terribile a parlarne. Anche l'allusione mi pesa. È il peso dell'inutilità. Mia. Quella memoria per me è tutta solo nero. Non riesco a scriverne, se non per interposta persona. Altrimenti, qualcosa si ferma dentro di me.

È una fatica insormontabile.

Non me la sento. Non ce la farei mai a rinchiudere in un no-

me come Maidanek, come Auschwitz, tutto quello che non vedo, non sento, non capisco. È solo attraverso un poeta: Saba, Celan. Levi. Solo cosí, riesco a deglutire queste parole. Loro sono la valvola in cima all'esofago. Senza, è tutto nero.

Sarà l'altra faccia dell'ossessione, questa incapacità di scrivere. Che si tramuta in interrogazione alla memoria: ci sei? E poi, perché mai?

Fatico a scriverne. Non voglio piú parlarne. Dubito, e fortemente, del potenziale didattico universalmente riconosciuto alla memoria, e della Shoah. Per questo, quando ancora ne parlavo, non ero affatto convincente, e anzi deludevo il pubblico, con la mia improvvisa paralisi fonica, con uno scetticismo inatteso. Ricordare? A voi non serve. A me fa soltanto male.

La stessa paralisi mi prende davanti alla pagina bianca. Quella memoria è tutta nera, infatti. Come la mettiamo con gli spazi bianchi fra una parola e l'altra, quelli che il Talmud mi ha insegnato a leggere, decifrare, cercare? Quella è di solito la meta delle mie ricerche, la fonte prima ed esclusiva d'ogni ispirazione: là dove il testo suggerisce ma non dice. Nelle pause fra un tratto e l'altro.

Ma di fronte a una memoria che è tutta nera sparisce ogni spazio bianco. Non c'è eco né risposta. Non c'è modo di marcare un solo punto con la matita: George Steiner dice che un ebreo è uno che quando legge tiene sempre una matita in mano. Per la nota a margine. La sottolineatura. Il memorandum, appunto.

Maidanek – o Auschwitz: qui la matita casca di mano. Non c'è spazio, luogo. Non c'è eco. La matita è inerme. Inutile. Intatta. Non può lasciare traccia. È tutto nero, laggiú. Solo i poeti sono capaci di depositare ancora qualcosa su una lavagna nera, con un gesso nero.

Per questo mi dà fastidio parlarne, fatico immensamente a scriverne: per mancanza di spazio. Perché dentro quelle parole non riesco a vedere nulla.

Auschwitz mi respinge. E cosí, ogni altra parola racchiusa nella parola Shoah.

Guardo Saba che la ripete, nel nome di Maidanek.

La sua ossessione è sincera, vissuta. È viva, anche adesso. Lui c'era. Io no.

Per questo, insieme al rifiuto di Auschwitz, sparisce la prima persona: non me la sento piú di usarla, in questo capitolo sulla solitudine ebraica. Non è congeniale, anzi è impossibile. Per me, ogni discorso su Auschwitz non può che aprirsi con un «no». La negazione è l'unica eco che la memoria nera concede. Non è possibile leggere altrimenti, sopra quella lavagna che non ha spazi bianchi. Ogni cosa, nello specchio della Shoah, si fa negazione. L'esistenza e la memoria. Il dolore e il racconto. Auschwitz nega. Nega. Nega. È il contrario assoluto dell'io sono. Pronunciato da chicchessia: Adamo nel giardino, Dio nel roveto ardente. Il poeta a Trieste.

Auschwitz non ammette biografia.

Cancella ogni sé. Nega la possibilità di scrivere in prima persona.

Zittisce il racconto e impedisce l'ascolto.

Eppure non è metafora, ma realtà dura come diamante.

Dal mio rigetto della Shoah nascono queste pagine.

1. *La storia consumata.*

Auschwitz è un guado mancato, cioè un non guado. La storia ebraica ne conosce alcuni, come s'è visto, di guadi. Di repentine fasi di passaggio, che conducono verso il futuro e rendono irreversibile il passato. L'Esodo. Prima ancora la partenza di Abramo. La schermaglia di Giacobbe. Il canone biblico. La Diaspora.

Ma ogni momento cruciale, per quanto tragico, ha una rispondenza nell'«oltre» che viene dopo, al di là del trauma: Giacobbe lotta con un angelo nel cuore della tenebra. Persino la natura angelica di quell'avversario è alquanto dubitabile. Nulla, nei suoi connotati, lascia smentire l'ipotesi che di Satana si tratti: angelo caduto anch'egli, del resto. Dopo quella fatica, Giacobbe s'è sudato un nome nuovo, Israele.

Passa un fiume, va oltre, verso un cammino nuovo e fertile. Anche se ormai zoppica da una gamba.

L'Esodo è anch'esso una storia cupa: al suo culmine si trova una notte di vento inquietante. Gli israeliti sanno che è lo spirito del Signore mentre passa imperversando sui primogeniti d'Egitto. Ma sentirlo fischiare oltre la porta, vorticare contro la terra, deve aver sgomentato anche loro. Dopo la schiavitú e dopo il terrore, dopo la morte e la fuga, però, ecco arrivare il riscatto.

Persino la distruzione del tempio di Gerusalemme è un guado e non un buco nero: ha creato l'attesa, acceso la speranza. Che è il contrario della disperazione. Il 9 di Av gli ebrei rammemorano questa distruzione, insieme ad altre che seguirono: ma è un lutto fecondo, che non abbatte e invece accende. Non a caso, ogni matrimonio – cioè ogni prospettiva di futuro – si chiude con un bicchiere in frantumi, che celebra sonoramente quella memoria: non tanto per contrasto con il lieto evento, quanto per incitare alla sopravvivenza. Quello schianto di vetro è un'incitazione al futuro, assai piú che musica a lutto.

A scandagliare la storia ebraica, cosí come è precipitata dentro i propri libri e nella coscienza collettiva, non c'è trauma che non abbia la sua provvisoria e imperfetta redenzione. Non c'è tragedia che non abbia riscatto. Un riscatto magari costato molto caro, una redenzione approssimativa almeno quanto la realtà. Del resto tutto, nella storia ebraica, è ancora provvisorio: aspetta il futuro vero e non quello prossimo. Certo. Ma è come se la storia si ribellasse all'arbitrio del destino, costruendo un abbozzo di progettualità. O meglio, è il destino arbitrario del popolo ebraico che, sin dagli albori, ha imparato a tessere la propria esperienza proprio in quel lasso di tempo che sta fra una riva e l'altra del guado: in altre parole, ha saputo inseminare il dramma. Ricreare ogni volta daccapo il futuro, dopo che era stato messo seriamente in gioco.

Ogni storia ha la sua modica redenzione.

Tutte, eccetto una.

La Shoah è fuori da questa scansione del tempo. Estranea al meccanismo. È un guado mancato: sull'altra riva, nulla. Solo a contare i morti. Anzi, a contare i vivi, perché cosí si fa piú in fretta. I morti sono rimasti di là. I vivi sulla sponda opposta. Ma su quella sponda, a dispetto di tanti precedenti, non c'era nulla. Nulla di nulla se non il computo. L'appello di chi non c'era piú.

Il trauma del trauma senza riscatto: questo è la Shoah. In fondo alla quale non c'era nulla. Né di nuovo né di vecchio. Nessuna nuova dimensione del tempo, nessuna scorciatoia per il futuro. Nessuna garanzia di non ritorno, neppure: quel che è stato può riprodursi.

Nell'economia della storia ebraica la Shoah non rappresenta nulla. Non ha alcun senso, alcuna funzione. Non è un passaggio, se non un passaggio mancato. A mancare è una redenzione qualsiasi. Arbitraria. Approssimativa. Provvisoria. Ma pur sempre tale.

Invece, niente.

In altre parole, ogni evento, per quanto distruttivo, della storia ebraica, ha un suo «aldilà» che è rimedio – sempre che si sia disposti a entrare in quella faticosa parabola mentale e sentimentale che con il tempo ha trasformato il popolo d'Israele in un ardito, talentuoso acrobata: inimitabile nel salto, quasi mortale, dell'accontentarsi. Dello scendere a patti con un riscatto che è sempre un poco meno di quello che ti aspetti. Dalla cacciata del giardino di Eden a una terra tutta da sudare. Da una schiavitú a una libertà scarna come quella del deserto. Da una Diaspora (la prima) a un raccogliticcio ritorno a casa. Da una Diaspora (la seconda) a una speranza languida. Tanto esile quanto tenace.

La disparità fra il tonfo e la risalita, fra castigo e contentino, non sminuisce però la portata del principio. Quello resta tale e quale, in attesa di un futuro piú equo, piú rispondente: ogni tragedia ha il suo oltre. La redenzione non è soltanto una remota utopia, bensí un imperfetto meccanismo di sopravvivenza.

Con la Shoah questo meccanismo s'è inceppato. Lo sterminio non ha riscatto: dopo viene soltanto il silenzio dei morti e dei luoghi che non esistono piú. L'idea che la rinascita dello Stato ebraico sia il contrappasso di questo evento non ha fondamenti storici né intellettuali. Soprattutto, non è avvertito nel contesto ebraico: lo Stato d'Israele, il sionismo, il nazionalismo ebraico sono tutta un'altra storia. Con altre radici, altro svolgimento, diversi sviluppi. Lega i due eventi – seppure di cifra opposta – soltanto una coincidenza cronologica, nulla di piú. Questo è ben chiaro, sempre che si sia capaci di sfuggire allo stereotipo dell'esistenza su cauzione d'Israele, dove la cauzione sarebbe il ruolo di vittima assegnato al popolo ebraico – in Diaspora cosí come entro i confini, ancora incerti, del Paese.

Certo, se si considera l'esistenza degli ebrei come un gesto di compiacenza da parte del resto del mondo, allora Israele può considerarsi il risarcimento per il danno della Shoah. Ma non è solo la fenomenologia del passato a dimostrare l'infondatezza di questo presupposto. Israele è il frutto del movimento «risorgimentale» nato in seno al popolo ebraico contemporaneamente ad altri nazionalismi moderni. È anche, soprattutto, il presupposto del presupposto, e cioè la negazione di un'autonomia esistenziale per il popolo ebraico, che risale di fatto all'antigiudaismo cristiano. Per il quale, alle origini, l'ebreo ha diritto di sopravvivenza solo in quanto testimone della passione di Gesú – una sorta di reperto archeologico a vista, insomma. Eppure anche la modernità fatica assai a concedere al popolo d'Israele un'autodeterminazione esistenziale. Il fatto che questo popolo abbia vissuto per millenni in balia del mondo esterno, sospinto dal vento della Diaspora, non presume il diritto di appropriazione della sua storia da parte degli altri. Il diritto cioè di incastonare questa storia entro i confini dei propri preconcetti. Questa tendenza, piú o meno consapevole, rende ancora difficile concepire il sionismo come un'iniziativa storica, come uno slancio dentro e non fuori da quella storia.

Fra sionismo e Shoah esiste soltanto un caso cronologico. Nessun nesso logico, nessuna consequenzialità o qualsivoglia rapporto di interdipendenza. In altre parole, lo Stato d'Israele non ha nulla che lo possa definire il riscatto della Shoah. Non è il regalo che l'Occidente fa agli ebrei dopo averli sterminati.

La Shoah è dunque al di fuori dei meccanismi, seppure arbitrari, della storia ebraica. È un mai visto. Un inaudito con cui non c'è modo di fare i conti. Anzi, di piú: è qualcosa di totalmente, assolutamente estraneo alla storia ebraica. Con essa inconciliabile.

Sarà anche per questo che, a piú di mezzo secolo di distanza, il popolo ebraico non ha ancora «elaborato» un modo unanime per ritualizzare l'evento, perché la cultura tradizionale è cosí incerta nell'incastonarlo nel pensiero. La Shoah disturba la mente, oltre a straziare i cuori. E il pensiero ebraico, solitamente cosí analitico e minuzioso, incespica, procede a tentoni di fronte alla Shoah.

Nemmeno una data, una sola, s'è trovata. La memoria cade in giorni diversi, in terra d'Israele e nelle Diaspore. Anzi, ognuno ha un giorno proprio, di buio totale: per Paul Celan, per esempio, quel giorno è il 20 gennaio.

Il 20 gennaio del 1942 fu decisa la soluzione finale, e da allora è urgente, urtante porsi la questione del senso residuo dell'Arte. Dopo il 20 gennaio quella domanda ha un colore tutto diverso. Celan diceva spesso, «il mio venti gennaio» [Celan 1993, introduzione di Giuseppe Bevilacqua, p. XII].

Suo?

Sua, forse, la memoria.

Ma nulla di piú.

O meglio, dentro la Shoah bisogna trovare una nuova formulazione di appartenenza. Dare al possessivo una valenza diversa. O meglio ancora: togliere, invece che dare: la Shoah non è degli ebrei.

Perché quel guado mancato non appartiene a chi rimase lí. La Shoah è estranea alla storia ebraica, è fuori da ogni suo canone, non ha precedenti, non dovrà mai piú ripetere se stessa. È quanto di piú lontano, straniero, la storia ebraica possa immaginare. Non appartiene ad essa, non la possiede.

Perché la Shoah è consumazione della storia ebraica: in questo senso è, sí, «olocausto». Di questa parola non funziona affatto il senso sacrificale, perché lo sterminio è insensato, dunque qualunque senso, e piú che mai uno che associ cielo e terra con quel sottoterra, diventa un insulto: non fu un sacrificio rituale, per compiacere l'Eterno. La Shoah è inammissibile e basta. Ma l'alludere alla totale consumazione della vittima, che sull'altare di Gerusalemme nell'olocausto bruciava fino a sparire, elargendo il proprio fumo al cielo, ebbene questa valenza è ammissibile: la Shoah è un tutto niente piú. È consunzione della storia: qui, quella ebraica si ferma perché non si riconosce piú. È soluzione finale. Dissolvimento definitivo.

Cosí, l'unico modo per tirare avanti nella storia, dopo questo guado mancato – in parole povere, l'unico modo per sopravvivere, per rendere ancora ammissibile la propria esistenza – è rinnegare la Shoah. Altrimenti tutto si ferma lí, in quel transito che non ebbe riscatto, in quella tragedia senza rimedio.

2. *La memoria estranea: quanti 20 gennaio?*

Anche per questo è cosí difficile ritualizzarla, per il mondo ebraico: perché non è sua. Ma la memoria, quella sta irrimediabilmente dentro di noi, non fuori. La sfida, tremenda e impossibile è: come ricordare ciò che è totalmente estraneo, alieno?

Come tenere a mente quel 20 gennaio che ha messo sottosopra l'arte, sovvertito la poesia? Questo è il dilemma di Celan. È anche il dilemma ineludibile, a confronto con una memoria che appartiene sí al popolo ebraico ma dentro una storia che è invece un abisso di distanza. Che è di tutti, di tutto il resto del mondo, fuorché degli ebrei. I quali hanno messo solo i morti, in questa storia. L'oggetto della soluzione finale: un oggetto muto per necessità.

In altre parole, con la Shoah bisogna escogitare una memoria della non appartenenza. Imparare a ricordare qualcosa che ci è abissalmente estraneo. Che non appartiene e cui non si appartiene.

Ricordare la morte. In sé e per sé, non come via dolorosa ma necessaria verso una rigenerazione. Non come destino inevitabilmente condiviso, perché la morte in Auschwitz fu qualcosa di abissalmente diverso da ogni altra morte.

Rammentare l'assenza. Rievocare il buio totale. Il nulla. La negazione assoluta. Per questo il rito ebraico e la cultura tradizionale faticano a venire a patti con tale memoria, che è inchiostro nero su foglio nero. Latte nero: impossibile.

La memoria della Shoah è una sfida perché non ha precedenti, perché ogni memoria ebraica è dolore ma anche riscatto, morte eppure speranza. La Shoah è una sfida anche metodologica. Pone di fronte al doppio senso del ricordare: per noi? Per gli altri? Per usare un linguaggio grammaticale, che qui bene calza: la memoria è riflessiva o transitiva?

Ancora una volta, la Shoah in quanto consumazione della storia, guado mancato, scardina ogni grammatica esistenziale. Ricordare è una necessità, per chi visse. Per chi non visse ma venne dopo, già carico di quel peso. Non guarisce, nemmeno fa da sedativo: ricordare è un bisogno che non colma, acuisce persino, però non se ne può fare a meno.

Ma ricordare per gli altri ha ancora senso?

Ricordare per trasmettere questa abnorme eccezione della storia sarà utile o dannoso? La litania è che le generazioni future non dimentichino, perché non succeda piú. Piú si ripete questa litania, piú questo auspicio si fa insicuro, dubitabile.

Ricordare per quando non ci saremo piú, ripetono i testimoni, sempre meno numerosi. Ripete chi ha avuto per le mani quel testimone cosí bruciante. Questo presagire un mondo in inevitabile nostra assenza, però, non ha il sapore del testamento. È quasi il suo contrario. Leon Modena scrive la propria autobiografia per puntellare il futuro. Il suo presenzialismo va oltre la morte: lui vuole esserci persino al proprio funerale. Ambizione coraggiosa, sinceramente umana, inevitabilmente condivisibile. Guai ad ammetterlo, ma vorremmo tutti esserci, in quel momento. E oltre. La sua ansia di immortalità è molto malcelata.

L'autobiografismo della Shoah, del durante e del dopo e del nulla che vi è in mezzo, non ha niente del testamento ambizioso. Dice in fondo il contrario: o noi, o la memoria. Una cosa esclude l'altra. Quando noi non ci saremo piú, toccherà ricordare perché non accada piú. Forse. Chissà. Chi può dirlo, dentro una storia cosí sventata, cosí devastante. Lo scrivere di sé dalla Shoah è tutt'altro che desiderio di approssimativa immortalità: è invece un ammettere l'inevitabile assenza del dopo quella storia inammissibile.

Noi ci siamo, ma un giorno troppo vicino non ci saremo piú. La memoria è la conferma dell'assenza, non la sua sfidante.

> Durante la guerra non ero me stesso. Ero simile ad un minuscolo animale che ha una tana, o meglio alcune tane. Pensieri e sentimenti si restrinsero molto. In verità, a volte mi assaliva un doloroso stupore – perché, per quale ragione sono rimasto solo, mi chiedevo – ma questo stupore svaniva con i vapori della foresta, e l'animale che era in me tornava ad avvolgermi nella sua pelliccia [Appelfeld 2001, p. 9].

Lo scrittore affida alla memoria qualcuno, qualcosa che non è se stesso; ogni autobiografia nella Shoah ha inevitabilmente al centro un altro da sé: in quella realtà agli antipodi, in quel buio che è estraneo assoluto – fuori dalla propria storia, estromette l'io, nega ogni forma di appartenenza – nessuno è se stesso. A rigore, l'autobiografia – concreta e veridica – risulta impossibile. Lí dentro si scrive sempre e soltanto di qualcun altro.

Si trasmette la memoria di qualcun altro. Non come fa Leon Modena, sicuro di essere se stesso anche dopo la propria morte.

E a ben pensarci, anche l'ossessione di Saba ha lo stesso nome: Maidanek. È il luogo che ha reso tutto diverso. Che tutto ha trasfigurato, anche, certo, la scrittura. Dopo Maidanek... Saba indica con questa ricorrenza la trasfigurazione di una storia che nessuno piú riconosce. In cui non è dato riconoscersi.

In altre parole, la Shoah è il contrario di un modello di identificazione. È una dis-identificazione. Quella storia non è riconoscibile: né nel dettato del progetto – divino o terreno – per cui ogni caduta ha una risalita. Ogni perdita un (modico e impari) risarcimento. Né, tantomeno, nell'esperienza individuale, che non si riconosce dentro quell'abisso nero. Non si riconosce perché manca, lí dentro, ogni spazio bianco su cui appuntare la propria esistenza, cosí come la si conosceva sino a quel momento.

Resta la terribile urgenza: quella di ricordare e rivivere – o far rivivere attraverso il ricordo, ciò che è piú alieno che mai. Ciò che non ci appartiene affatto, cui non si appartiene: è una storia, infatti, che brucia e bruciando consuma sino in fondo.

3. *Il 20 gennaio di Paul Celan*.

«Avevo dedotto la mia sorte da un "20 gennaio", dal mio "20 gennaio". E io... ho incontrato me stesso» [Celan 1993, p. 19, *Il meridiano*].

Celan incontra se stesso. Ma è un poeta immensamente transitivo, il contrario del narcisista. Quando si racconta, lo fa per gli altri, perché per lui la poesia, l'arte, è meta da raggiungere, passaggio. Percorso dall'uno all'altro.

3.1. Chi è, lui?

Intanto, da dove viene?

Paul Celan si descrive esclusivamente verso gli altri. Risponde all'ascolto:

> Il paesaggio dal quale io – per quali vie traverse!, e poi esistono: vie traverse? – il paesaggio dal quale io giungo fino a Loro è probabil-

mente sconosciuto alla maggior parte di Loro. È il paesaggio in cui stava di casa una parte non trascurabile di quelle storie cassidiche che Martin Buber ha rinarrato in tedesco a tutti noi. Era, se posso ancora aggiungere a questo schizzo topografico qualcosa che adesso, da tanto lontano, mi si ripresenta agli occhi – era una contrada in cui vivevano uomini e libri. Laggiú, in quella ex provincia del dominio asburgico ora caduta vittima dell'esclusione dalla storia... [*ibid.*, p. 34, *Allocuzione in occasione del conferimento del Premio letterario della Libera Città Anseatica di Brema*].

Paul Celan viene da Czernowitz, attuale Romania. La famiglia è originaria di Galizia e Bucovina. Ha vissuto a Vienna, Parigi. È stato a Gerusalemme, poco prima di morire.

Ha sempre scritto in tedesco.

Raggiungibile, vicina e non perduta in mezzo a tante perdite, una cosa sola: la lingua.

La lingua, essa sí, nonostante tutto, rimase acquisita. Ma ora dovette passare attraverso tutte le proprie risposte mancate, passare attraverso un ammutolire orrendo, passare attraverso le mille e mille tenebre di un discorso gravido di morte. Essa passò e non prestò parola a quanto accadeva; ma attraverso quegli eventi essa passò. Passò e le fu dato di riuscire alla luce, «arricchita» da tutto questo. Con questa lingua, in quegli anni e negli anni che seguirono, io ho tentato di scrivere poesie: per parlare, per orientarmi, per accertare dove mi trovavo e dove stavo andando, per darmi una prospettiva di realtà [*ibid.*, p. 35].

La lingua attraversò. Questo spiega come mai il poeta continui a usarla: in virtú di un suo restare intatta, passando. Se c'è qualcosa in cui il poeta si identifica, si specchia, si riconosce, è soltanto la lingua. Il tedesco acquisito, in mezzo ad altri idiomi: ebraico, yiddish, rumeno, francese.

Anche il poeta passa.

Questo destino egli lo porta dentro il nome, attraverso tutta la vita.

Otto giorni dopo la sua nascita, il 23 novembre 1920, Paul Antschel viene circonciso. L'entrata nel patto, come è detta la cerimonia, significa anche la conquista del proprio nome. Il nome ebraico che Paul prende con la circoncisione, e che si porterà dietro per tutta la vita, è Pesach. Pasqua. Cioè, in ebraico, passaggio. Passaggio oltre. Dio passò quella notte come un vento sulle case d'Egitto, sterminandone i primogeniti. Passò oltre quelle degli Israeliti, che riconobbe dallo sbrego sanguigno disegnato sugli stipiti delle loro porte. Gli Israeliti passarono il Mar Rosso.

Durante la settimana di Pesach del 1970, intorno al 20 di aprile, Paul Celan si gettò nella Senna.

«Io ho scritto poesie, cosa posso altro dire» [Shmueli 2002, p. 15].

Qui sta tutta la biografia, a suo dire. Un passaggio attraverso – la vita e la lingua, a sua volta passata attraverso l'orrore. Lei, la lingua, è rimasta intatta.

Perché Celan continua a scrivere in tedesco, nonostante abbia a disposizione molte altre lingue? Perché il tedesco è tutto ciò che gli resta? Forse. Ma non soltanto. Abitare dentro il tedesco ha piú il senso di una resa che di una lotta. Il poeta si arrende: il tedesco è la parola di quella solitudine che lo accompagna sempre. Nel passaggio, attraverso la vita, sino al 20 aprile 1970: quello è il suo 20 gennaio.

In questo senso il tedesco è traccia nitida della sua biografia.

Passaggio. Pesach.

Celan arriva per la prima volta in Occidente nel 1938. È un giovane studente. Sta viaggiando in treno, è diretto a Parigi. Il treno si ferma alla stazione di Berlino nel giorno successivo alla notte dei Cristalli, il 9 novembre. Questo è il suo viaggio attraverso l'Europa: questo è ciò che l'accoglie nel cuore dell'Europa, lui che veniva dall'estremità. Che anzi la attraversa, nella vita vera e in quella della poesia.

> Non c'è una sola riga della mia poesia che non abbia a che fare con la mia esistenza; io sono, lo vedi, a mio modo realista [*ibid.*, p. 24].

In questo percorso di attraversamento che è la vita, che è la lingua – un «cammin cammina» cosciente di essere «soltanto» passaggio – Celan incontra la distruzione dello spazio vitale, *Enge* [Celan 1998, p. CXL, dalla cronologia a cura di Mario Specchio]. Il disegno piú preciso, di questa distruzione, è la porta di casa ch'egli trova sbarrata, ma dall'esterno, alla fine di giugno del 1942. I suoi genitori sono stati deportati.

Sbarrata dall'esterno, vuota di vita in quel dentro irraggiungibile. Ecco lo spazio vitale della sua poesia, da allora in poi. La sua traccia biografica, l'eco del 20 gennaio.

Celan è però un poeta transitivo, o almeno tale sarebbe se non ci fosse stata quella porta chiusa. Per lui la poesia, l'arte, è un passaggio verso il Tu: ha una meta precisa, che è l'altro. La poesia è comunicazione, transito. Cammino, ripete [*ibid.*, p. 36, *Allocuzione in occasione del conferimento del Premio letterario della Libera Città Anseatica di Brema*].

> Io ritengo che da sempre tra le speranze del poema vi sia quella di parlare in tal modo anche per conto di *estranei* – no, questa parola ormai non posso piú usarla – di parlare, precisamente in tal modo, di parlare *per conto di un Altro* – chissà, magari di *tutt'Altro*» [Celan 1993, p. 14, *Il meridiano*].

Poesia transitoria e transitiva, dunque.

La meta della poesia è l'altro, ogni altro. Le parole hanno un cammino. Ma non di fronte a una porta sbarrata da fuori e vuota dentro: dentro le mille e mille tenebre quel cammino diventa impossibile. O meglio: la parola diventa quel cammino impossibile. E sarà per questo che Paul Pesach Celan continua a scrivere in tedesco per il resto della sua vita: la lingua adottata, la lingua nera della tenebra. Passaggio, proprio come la sua biografia e persino il suo nome.

Ricapitolando: il poeta viene al mondo e riceve un nome che significa passaggio. Cinquant'anni piú tardi, sotto la Pasqua ebraica, che questo significa – passaggio –, si butta nella Senna. Attraversando tale frazione di tempo incontra la notte dei Cristalli. Il 20 gennaio 1942. Il suo, 20 gennaio. Trova sbarrata la porta di casa, dall'esterno, perché i suoi genitori sono stati condotti via e non li rivedrà mai piú. Abita in posti diversi e in lingue diverse. Usa sempre e soltanto la lingua della resa: il suo nero tedesco.

Tutto questo, e soltanto questo, racconta la sua poesia. Lo dice Celan stesso.

3.2 Il poeta della concretezza.

«Linguaggio ebraico fatto di ossa, | macinato a sperma, | scorreva nella clessidra | che noi passammo a nuoto» [Celan 1998, p. 607, *A Praga* (*Svolta del respiro*)].

Di questo è fatto Celan. È un poeta arido, concreto: mai aria, soltanto materia. Ossa e sperma, polvere. Fors'anche per questo, Celan è un poeta cosí avaro di prosa, ha scritto pochissimo senza la griglia del verso, ed è una prosa sofferta la sua, che si direbbe quasi stentata, come un rantolo di riga: sempre e soltanto in quella lingua tedesca che è per lui parola della resa, non certo ribellione al destino.

È quasi stridente, ma certo sconcertante, il contrasto fra l'idea della vita che ha Celan – uomo «passaggio», di nome e di fatto – e la concretezza della sua poesia. L'ebreo che cammina è la sua figura, «l'ebreo e figlio di un ebreo, e con lui camminava il suo nome, l'impronunciabile, camminava e venne, venne strascicando il passo... camminava... camminava nell'ombra, la propria e quella di quell'altro... camminava venne...» [id. 1993, p. 42, *Conversazione sulla montagna*]. Un cammin facendo attraverso le montagne, che ha il ritmo della litania chasidica, la lentezza inesorabile di duemila anni di storia trascorsi ad aspettare. Eppure è una storia mobile, che arranca, sale, suda.

Cosí è Celan, un uomo in cammino, un uomo che passa. Un Pesach.

Eppure la sua poesia è concreta, sembra ferma. Non è d'aria ma di materia. Persino i colori, nella sua poesia, hanno sostanza. Piú che mai il nero, ch'è latte denso. Buio spesso. Panno nero. La natura ha invece colori veri, nomi precisi: Celan è un poeta molto attento alle cose, incuriosito dalle piante che, a differenza di noi, non sono solo polvere d'ossa e sperma. L'albarella, il dente di leone, la nube di pioggia hanno colori e sentono il vento. La madre, invece, è solo una serie di «non» [*ibid.*, p. 23, *Albarella* (*Papavero e memoria*)].

E poi il papavero: rosso. È il segno della dimenticanza, il fiore spensierato. Mentre la memoria, nutrita di ossa e sperma, non ha alcun colore. Papavero e memoria: questo contrasto è impressionante, proprio perché Celan, con i colori e le cose, è un poeta fermamente concreto. Ma è come se l'umanità – la sua – vivesse un distacco inevitabile dalla sostanza delle cose. La sua natura umana è quella di passaggio, è un «cammina cammina» senza concretezza: «Io amavo, cugino, non la candela, io amavo il suo struggersi, e, sai, dopo di allora non ho piú amato nulla» [*ibid.*, p. 45 (*Conversazione nella montagna*)]. La candela è quella della *Hawdalah* [*ibid.*, p. 445, *Hawdalah* (*La rosa di nessuno*)], che separa, come dice la parola stessa. È il lume acceso sul limitare di una festività, a distinguere il tempo santo dal quello profano. È una luce d'assenza, vuoi per definizione, vuoi perché vi si prepara «un desco, delle seggiole vuote». È una luce senza colore.

3.3. Il poeta transitivo.

Una fra le poche pagine in prosa scritte da Celan s'intitola *Conversazione nella montagna* (*Gespräch im Gebirg*), ed è la cronaca di un incontro mancato con Theodor W. Adorno, che avrebbe dovuto svolgersi nel luglio del 1959 a Sils Maria, Engadina. L'ebreo errante che è lui, il poeta che cammin cammina, se ne viene «attraverso la montagna» [id. 1993, p. 42]. La montagna non è qui un vero paesaggio: non ci sono colori, l'unica presenza è questo poeta che cammina come una litania, come un canto triste e ripetuto all'infinito. La montagna è presenza che incombe. Non può non venire in mente l'immagine della rivelazione al Sinai concepita come il gesto di Dio che capovolge la montagna sopra le tribú d'Israele, quasi fosse una tinozza. E li imprigiona lí sotto, con il minimo sostentamento d'aria, con la pietra incisa delle tavole. Anche Celan non cammina per la montagna, sulla montagna, lungo la montagna: bensí dentro. Sotto, forse. Essa è, ovviamente, muta.

> Parla alla pietra e la pietra – a chi parla, essa? «A chi, figlio di fratelli, dovrebbe parlare? Essa non parla a qualcuno, dice parole, e chi dice parole, figlio di fratelli, costui non parla a nessuno, costui dice parole perché nessuno lo sente, nessuno e Nessuno, e allora egli dice, lui e non la sua bocca e non la sua lingua, dice, lui e soltanto lui: Senti tu?» [*ibid.*, p. 44].

La pietra è materia umana: macinata come le ossa. «Fratelli, voi pietre» [id. 2001, p. 221, *Rue Tournefort*]. Contrapposta ai calori, ai petali impalpabili del papavero, la pietra segue l'uomo nel suo cammino.

La pietra tace pur parlando. Non cosí il poeta. Celan ha un'idea assai transitiva dell'arte: come l'ebreo errante, anche la poesia cammina, è destinata a un viaggio. Verso l'Altro: «Il poema è solitario. Solitario e in cammino» [id. 1993, p. 15, *Il meridiano*].

Quanto si assomigliano, i due.

La poesia è tensione, verso l'Altro. Slancio diretto a una meta. La meta è la sconfitta della solitudine. Se questo obiettivo fosse raggiunto, l'Altro diventerebbe un «tu». Ma tutto è invece destinato a rimanere solitudine, quella cosa ebraica – e dolorosa – che Celan ben conosce. Il fatto di continuare a scrivere in tedesco per tutta la sua vita-passaggio suona come una preventiva ammissione di sconfitta. Non è l'unico segnale della constatazione che la meta della poesia è irraggiungibile, ma certo il piú immediato.

Montagna, pietra, solitudine: questo è l'umano paesaggio che Celan riconosce. Che ricorda, perché la pietra è memoria – certo, tombale – mentre l'oblio è un petalo rosso che il vento porta facilmente con sé. Il granito, la salita, il segno del cammino solitario sono piú astratti dei veri colori che la natura conosce, e che il poeta chiama con il nome giusto: fiori, piante, animaletti.

Celan ha un'idea «attiva» della poesia, è un cammino non insensato come quello dell'ebreo errante: essa serve a trasformare l'Altro in «tu».

Ma poi?

La sua zittisce per forza di fronte al traguardo mancato. Dov'è mai quel «tu» alla fine del cammino? Dove sarà finita la vocazione della poesia a parlare per conto di un altro, di ogni altro? Sembra piú remota che mai, questa aspirazione, nella poesia di Celan. Fra le anime che la popolano, dentro i suoi colori. Polvere d'ossa e sperma, dentro una clessidra estenuante. Ecco qui. Un tumulo di memoria. Latte nero. Qualcosa di terribile è successo nel cammino della poesia. Un ostacolo che tutto ha trasfigurato, sbiadito nei colori, reso cupo e muto.

Qualcosa che non poteva essere scritto altro che in tedesco: la lingua che aveva sbarrato dall'esterno la porta della sua casa.

Forse no, forse la resa alla lingua tedesca non è un'ammissione di silenzio. Fu una specie di beffarda e amara vittoria, invece: proprio Celan, il poeta passaggio, l'ebreo errante a un soffio dallo sterminio, proprio lui condanna la lingua a farsi raccontare da quel buio. Uno dei suoi maggiori poeti – non prima del 20 gennaio, no, dopo – è un ebreo errante, uomo passaggio che arranca dentro la montagna. Eppure costui scrive proprio in tedesco. Che schiaffo alla soluzione finale: Celan ha preso in ostaggio il tedesco. O, come Sansone, sceglie di morire, sí, ma con tutti i Filistei. Lui, e loro.

Non è una vittoria, nemmeno sopra le ceneri.

È un tentativo di combattere la solitudine, almeno dentro e con la morte. Propria e della lingua adottata sino alla fine. Ma questo connubio continua a turbare. Celan e il tedesco. Sembra impossibile, persino nella solitudine dell'uno. È il segno dell'alienazione, non certo dell'incontro: il tedesco non può non essere rimasto, per lui, la chiave di quella porta irrimediabilmente chiusa dall'esterno, verso una casa irraggiungibile. È la lingua di quel cammino che per la poesia non è nemmeno ancora iniziato e che, qualora iniziasse, andrebbe nella direzione opposta a quella del suo traguardo: trasformare l'Altro in un «tu». «Celan leggeva circondato dall'"allora", e vi era in lui la piú grande solitudine. Qui [a Gerusalemme] gli divenne chiarissimo ciò che in ogni caso era chiaro da tempo nella sua vita: l'invincibile estraneità, che era il suo destino» [Shmueli 2002, p. 33].

È, in parole povere, la voce della solitudine.

«Il nulla, per amore | dei nostri nomi | – ci radunano – | sigilla» [*ibid.*, p. 55: è una delle quindici poesie di Gerusalemme].

3.4. *Atemwende*.

Atemwende è «il momento, la pausa impercettibile in cui l'essere vivente passa dall'inspirazione all'espirazione o viceversa» [Celan 1993, introduzione di Giuseppe Bevilacqua, p. xvii]. È il titolo del volume di poesie che Celan pubblica nel 1967. Ma già nel discorso in occasione del conferimento del premio Büchner, a Darmstadt, nel 1960, il poeta definisce questa parola, in rapporto alla «Poesia: ciò può significare una svolta del respiro. Chi può saperlo? La Poesia percorre forse il cammino – anche il cammino dell'Arte – proprio in vista di una simile svolta? Forse – poiché l'estraneità, ovvero l'abisso *e* il volto di Medusa, l'abisso *e* gli automi, tutto sembra allinearsi nella stessa direzione...» [*ibid.*, p. 13, *Il meridiano*].

Ebbene, quella svolta è il 20 gennaio.

Il 20 gennaio è quel momento eterno che sta fra l'inspirazione della realtà, il prendere dal mondo per raccontarlo, e l'espirazione mancata, cioè la poesia come cammino verso una meta, come strada verso l'altro, come comunicazione di quel mondo. La poesia di Celan si è arrestata, si è arresa, in quell'immobile punto di svolta.

Non potrebbe essere altrimenti, davanti alla porta di casa sbarrata dall'esterno.

No.

La poesia, oggi, è una pausa del respiro che chissà quanto a lungo durerà. Ma il tempo non ha la pazienza di aspettare e cosí il poema «rivela, ed è innegabile, una forte inclinazione ad ammutolire» [*ibid.*, p. 5]. La poesia è zitta: è parola che non dice in quella svolta rimasta sospesa in mezzo al respiro: dovrebbe durare un istante infinitesimale, e invece sembra eterna, inarrestabile, quella pausa muta. Ancora una volta, il poeta conferma l'inenarrabilità della catastrofe. Con quella pausa muta egli marca la distanza incolmabile fra noi e quella storia. Essa non ci appartiene. Lascia muti e soli, espropriati dei morti e soltanto di loro.

4. *La barriera della solitudine*.

Celan non pronuncia mai la parola Shoah, né tantomeno «olocausto»: «quando parla del passato dice soltanto *da, was war*, "ciò che è stato"» [id. 1998, p. CLVIII, cronologia a cura di Mario Specchio].

«Per Celan "ciò che è stato" non è mai cessato. La parola Shoah o Olocausto, però, non la usava mai; Celan parlava sempre solo di "ciò che è stato", per il quale non doveva esserci un nome» [Shmueli 2002, p. 86].

«Se nulla accadesse» l'Arte potrebbe «continuare all'infinito» [Celan 1993, introduzione di Giuseppe Bevilacqua, p. XII].

Ma *da, was war* è accaduto.

Quel che è stato non ha nome, anzi forse l'ha ma non è pronunciabile. La parola di Celan si arresta di fronte a quella porta sbarrata dall'esterno, non può entrare, e prova ad accerchiare con una specie di parafrasi l'orrore: *da, was war*.

È questa la svolta del respiro: l'arresto di fronte all'impossibilità di nominare. La realtà dell'orrore che ti entra dentro e non c'è piú modo di espirarlo, perché mancano le parole e la poesia ammutolisce. La voce resta fiato sospeso, senza espirazione, senza liberazione, senza meta da raggiungere, senza piú nessun Altro da far diventare «tu» nel cammino.

Questo arresto della parola, questo rifiuto di diventare voce per esprimere, è il simbolo, anzi paradossalmente l'espressione piú pregnante, piú eloquente, dell'estraneità della Shoah. Nello scrivere di sé, quando l'esperienza di vita si ferma davanti a una porta chiusa, però dall'esterno.

Raccontarsi dentro la Shoah è inevitabilmente raccontare, qualora le parole acconsentano, qualcun altro. Non c'è modo di riconoscersi, in quella storia, in quel passato per il quale Celan non trova – e nemmeno cerca – il nome.

Quel bambino non ero io, dice Appelfeld prima di iniziare a raccontare.

Non ho la parola, il respiro mi si è fermato nella svolta. La mia poesia è muta, dice Celan.

Non c'è un'autobiografia possibile, in quel luogo che fu la Shoah. Si scrive sempre e soltanto dell'Altro, di un incontro mancato con l'altro, foss'anche il se stesso di allora, irraggiungibile. Perché sommerso, quand'anche salvatosi.

Non ero io, allora.

La mia voce è silenzio. Pietra. Montagna. Cammino infinito, senza meta.

Celan conosce la solitudine ebraica, conosce anche la sofferenza ebraica: tutti i Giobbe sono ebrei, tutti gli ebrei sono Giobbe [Shmueli 2002, p. 89].

La solitudine ebraica è l'arena del confronto fra oblio e memoria. Il primo è il papavero rosso e fragile, che tuttavia figura la pienezza della vita; la seconda è invece grigia, granito. Pietra e montagna da risalire. È opaca ma, mentre l'oblio è leggero, la memoria pesa. È anche prepotente, la memoria: domina con arbitrio anche là dove non esistono piú le parole. È concreta, la memoria. Come il latte nero.

Anche per Celan l'identità ebraica è una cosa dolorosa. Come sbattere contro una porta chiusa: dovrà arrivare sino a Gerusalemme per trovare la blanda consolazione che di Giobbe è (laggiú) pieno il mondo, che a quel destino non si sfugge. Poco dopo si butterà nella Senna. La malattia di Celan è il fiato arreso al momento di uscire, strozzato non in gola ma piú su, già fra lingua e palato. La svolta (mancata) del respiro è il suo modo di dire la memoria, raffigura meglio di ogni altra immagine l'inenarrabilità della Shoah.

La Shoah non è presenza, non è parola, è l'assenza ebraica per antonomasia. È il momento in cui il cammino della poesia dal sé all'altro si fa piú lungo, diventa impercorribile. E per questo il respiro si ferma, arreso.

L'unica ombra, sul nero della lavagna, è la madre. È attraverso di lei che l'io sopravvive, come ibernato dentro quel nero muto. Il resto è innominabile: *da, was war*.

La madre è rievocata nella poesia di Celan, si sovrappone a ogni femminilità, vince il buio della memoria senza voce. Lei è rimpianto, è senso di colpa per non aver neppure provato a sfondare quella porta chiusa dall'esterno. Celan ricorda la madre, per lei trova un nome anche là, *da, was war*.

È cosí che la poesia ha modo di dire ciò che non è dicibile, perché sta dietro una porta sbarrata. Dall'esterno. Con la concretezza e l'aridità delle parole. Continuando a usare il tedesco perché, caso mai, spetta soltanto a quella lingua esprimere quell'indicibile: nessun'altra se lo merita.

Tale cammino, poi, è inevitabilmente di solitudine: l'ebreo errante capirà solo alla fine che di Giobbe come lui è pieno il mondo, e che tutti quelli come lui sono Giobbe. La solitudine di Celan è anche verso se stesso: non riesce a ritrovarsi, dentro la poesia, perché quel se stesso, laggiú *da, was war* è un altro. Non si riconosce, cosí come Appelfeld non si riconosce nel bambino di allora, anche se lo ricorda bene.

La solitudine ebraica è ciò in cui Celan si riconosce alla fine del cammino: lo dirà a Gerusalemme, nell'ottobre del 1969, poche settimane prima di buttarsi nella Senna. Quello è l'unico traguardo del cammino, dentro la montagna. La propria solitudine.

Questo e non altro è l'autobiografia nel *da, was war*. Svolta del respiro, arresto della parola, non riconoscersi nemmeno in qualche sprazzo di memoria affiorato dal buio dell'inchiostro nero sulla pagina nera. La Shoah è, dal punto di vista ebraico, l'apice dell'alienazione. Il luogo e il tempo in cui il popolo d'Israele depone soltanto la propria morte. Nessun dopo viene, se non fuori, infinitamente lontano di lí, da quel tempo e da quel posto senza rimedio. Non c'è altra scrittura possibile se non quella dell'alienazione, del chiamarsene fuori, foss'anche con il silenzio. Davanti a una porta sbarrata non c'è nulla da raccontare: l'interno non esiste piú, non è dicibile.

La solitudine di Celan, la sua incapacità di nominare la Shoah, il dramma di quello che non dice nell'arresto del respiro, è tutto ciò che lo scrivere di sé ha da esprimere, se arriva da tale esperienza. Se si è confrontato con quel destino di sofferenza che sapere di condividere non giova affatto. Per Celan non è consolatorio sentirsi Giobbe insieme ad altri Giobbe. L'unica cosa che gli resta ancora da dire è che conosce la solitudine ebraica.

5. *Perché solo Celan?*

Perché la solitudine è l'unica cifra possibile, scrivendo dalla Shoah, scrivendo da reduce della Shoah. Celan conosce la solitudine e la sua poesia ne è voce piena. Ma chiunque abbia scritto di laggiú è anche, inevitabilmente, interprete di una solitudine particolare: quella che ti separa da te stesso. Scrivere di laggiú significa non riconoscersi in quel che è stato, non poterlo neppure nominare: la solitudine di Celan è soprattutto questo, solitudine. Pietra, montagna da attraversare. Passaggio, non presenza. Passaggio, con il nome che il poeta porta e la data in cui decide di buttarsi nella Senna.

E da allora ogni autobiografia, ogni ricordo narrato e messo per iscritto non è che una lettera alla morte.

Sono migliaia, ormai, queste lettere raccolte dal tempo che passa e fa sfumare gli eventi accaduti. I sopravvissuti sentono il bisogno di scrivere, di affidare al futuro i propri ricordi di laggiú. Ma sono memorie altrui, quelle. Per quanto l'esperienza della Shoah abbia ferito, graffiato, aggredito, inciso quelle vite e sia rimasta dentro per sempre dopo di allora – come un marchio di fuoco nero – ebbene, le vite che raccontano, i ricordi che affiorano appartengono ad altre biografie. Non erano loro, laggiú. Era la soluzione finale.

Quel passato è rimasto là dov'era, in quel buco nero della storia. Nella cenere e nella terra di Auschwitz, nelle fosse comuni, nei carri merci.

Il cammino di Celan racconta quella via impossibile di ritorno al buco nero. L'enigma di quel che non siamo ed eravamo laggiú. Il mutismo e il silenzio e la voce della morte.

Questa è l'idea di solitudine che ha lui.

Per immaginare questa solitudine, invece di un coro (seppure sempre dissonante) di testimonianze, è piú efficace una voce sola. No, efficace no: piú espressiva.

La memorialistica dalla Shoah è abbondante, segnata come da un affanno in quest'ultima stagione di tempo. Probabilmente, la consapevolezza che il tempo si sta avvicinando alla sua scadenza, che i ricordi sfumano prima di trasformarsi in storia vera e propria, ha indotto i superstiti ancora in vita a fissare sulla pagina scritta quel poco che era loro rimasto. E cosí si moltiplicano i libri: ricordi, narrazioni, ascolti. Di fronte a tanti volumi come questi il silenzio di Celan, che non riesce neppure a nominare la Shoah: *da, was war*. All'altro capo del tempo Primo Levi che scrive per sfuggire all'incubo piú tremendo di tutti: raccontare, tornato, e non essere creduto. Fra l'uno e l'altro esiste un *corpus* consistente di memorie, che però non sono autobiografie. Sono memoria per quando ci sarà la morte, per quando tutti i testimoni avranno lasciato questa vita. Uno scrivere di sé non per sfidare la vita, ma per accompagnare la morte. Soprattutto, uno scrivere impossibile di quel sé che era laggiú e di laggiú è tornato: «non ero me stesso», cosí comincia a raccontare Appelfeld.

Nessuno era se stesso. L'autobiografia della Shoah è una falsa autobiografia, è uno sguardo orripilato e incredulo su ciò che si era, si è stati in quel luogo dove si era soli persino da se stessi.

Celan racconta questa solitudine, meglio di cronache, memoriali, storie vissute, con la sua poesia dell'innominabile. Con la sua pietra, il papavero, la svolta del respiro.

Cimentarsi con la profusione di memorialistica, fare i conti con l'abbondanza di biografie o di capitoli di biografia che vengono di laggiú, avrebbe significato arrivare inevitabilmente a quel cuore nero di solitudine. Arrivare a Primo Levi sarebbe stato troppo difficile, per me. In lui, la bava di solitudine che Celan lascia addosso con la sua poesia diventa sgomento. Primo Levi detta il mio sgomento dentro la Shoah, e questo sgomento fa paura, è troppo grande per me, come dicevano i profeti piú piccoli. Non me la sento.

Cosí, ho trascurato, anzi ignorato, i tantissimi altri che di laggú hanno scritto. Di sé, della memoria. Non per disdegno, ma perché la solitudine cercavo, non una folla di solitudini. L'alienazione, non l'incontro di alienazioni. L'innominabilità, non l'abbondanza di nomi e cose. Riesco a leggere di Shoah solo là dove il racconto è lapidario, come le parole di Celan: lí trovo la natura innaturale di quell'evento, la cifra autentica della sua narrazione, la misura dell'estraneità che tutti ci separa da quel luogo e quel tempo, in primo luogo da quel «sé» che è stato laggiú, ne è tornato e non vi si riconosce affatto.

Anzi, è come se l'abbondanza di testimonianze che affiorano, di racconti autobiografici da affidare ai posteri o anche soltanto ai lettori di oggi, raccontasse proprio soltanto questo: l'affanno, lo sgomento nel non ritrovarsi. Nel non riconoscere la propria vita in quella polvere di ossa.

Se l'alienazione, il misconoscimento di quella vita, è il canone letterario della Shoah, allora Celan ne detta le regole. La sua poesia è tutta cosí; le poche, avarissime prose sono l'indice di questa scrittura.

Scrivere di sé in quel «laggiú», vuoi per i posteri vuoi per se stessi – perché se ne sente il bisogno di fronte al tempo che corre –, è in un certo senso impossibile: quel sé non lo si trova piú, non c'è modo di nominarlo. È irreperibile, altrove nella storia e nel proprio vissuto. Anche se continua, a distanza di anni, a tormentarti notte e giorno, a svegliare i tuoi sogni con un grido. Il dramma dei sopravvissuti allo sterminio è forse proprio questo: convivere da allora con quell'altro sé che è stato laggiú e che ti tortura per il resto della vita come un parassita. È una presenza fissa, ma irriconoscibile.

Celan mi racconta questa irriducibile esistenza dell'altro da sé, dopo la porta rimasta chiusa dall'esterno, e per il resto della vita. Di quel «passaggio» che un giorno d'aprile si tuffa nella Senna e non torna piú.

Per questo sono andata a cimentarmi con lui, con la sua poesia. Non per disdegno di quella montagna di parole scritte dalla Shoah, ma per andare dritta al cuore dell'alienazione. Dell'innominabilità.

Celan non nasconde. Non è un poeta misterioso, è anzi profondamente concreto – anche quando racconta dell'amore: è presente. Ma l'assenza di mistero non ha nulla a che fare con l'impossibilità del dire di sé, quando si arriva di laggiú. La porta sbarrata dall'esterno, che racchiude in quell'interno irraggiungibile la sua vita (di prima e dopo) non è un luogo segreto, è un luogo che invece non c'è modo di chiamare per nome. Che non si riconosce piú perché ormai infinitamente lontano.

Anche tutte le memorie della Shoah, i ricordi, i diari, i romanzi camuffati da biografia e viceversa, sono una resa di fronte a quella lontananza che si è portata via se stessi.

Non ho raccontato di nessun altro, non sono neppure entrata ad Auschwitz, con Celan. Ma leggendo lui è come non ignorare nessuno. La scrittura dalla Shoah è un viaggio inevitabile nell'impossibilità di raccontare di sé.

Come fare a tentare un bilancio di tutta questa, e molta letteratura? Di questo modo di fare autobiografia che è il contrario di un testamento, cioè una resa alla morte e alla consapevolezza di non esserci piú? Mentre il testamento detta il futuro, la memorialistica della Shoah si arrende a un futuro incontrollabile.

Dimenticheremo.

Il papavero di Celan è realtà come l'aria che gli scompagina i petali rossi.

Ma ricordare, in fondo, a che serve quando è cosí doloroso? Quando non hai ancora nemmeno incominciato a ricordare te stesso laggiú?

Non credo nel potere terapeutico della memoria. Tanto meno in quello della terapia preventiva. Tutt'al piú, è un palliativo del dolore. Serve a non pensare a quanto fa male vivere insieme a quel parassita che è il tuo passato giunto di laggiú: uno spettro, un demone.

Ecco, un demone: la memoria di Auschwitz, il tormento di fare l'autobiografia di qualcuno che non è se stessi («non ero io, laggiú»), è un demone, un dibbuk *dell'anima. Presenza inconciliabile, se non attraverso le scarne parole di Celan.*

Le memorie che giungono dalla Shoah sono un tributo ai ricordi, e alle generazioni future. Ma sono, credo, almeno in egual misura, un confronto doloroso e taciuto con quell'esistenza cui non si appartiene, che è inevitabile rinnegare, perché la Shoah è il luogo dell'estraneità, dove tutto «non è». I ricordi che arrivano di laggiú sono spaesanti, oltre che terribili: quel mondo non ha nulla in comune con noi. Con me. Con te che scrivi o racconti queste memorie.

Tanti ricordi mi disorientano. Perché non sono attendibili, esattamente come la realtà – verissima – che ne emerge: una realtà impossibile. Forse, la ridondanza di queste memorie è anche un sempre vano tentativo di trovare un nesso con la realtà. Di riconoscere qualcosa di umano, possibile, vero, in quell'assurda realtà di allora. Il filo – non rosso ma nero – che ci congiunge al mondo in negativo da cui arrivano quei ricordi. È una ricerca vana, e Celan, che nemmeno riesce a pronunciare la parola «sterminio», me lo dice meglio di chiunque altro. Celan con le sue parole scarne, con questo accostare papavero e memoria, con il suo passaggio, la pietra e la montagna, i colori.

Ecco, era la solitudine dell'autobiografia impossibile, che cercavo: l'autobiografia di quel sé che non c'è modo di mettere sulla pagina perché non sei tu, non eri quel tu, laggiú dentro la soluzione finale. Non eri tu, non c'era io accostabile al sé, perché quel tu, quell'io divennero materia da sterminio. Non voce. E perché, in quella metamorfosi portata o meno sino in fondo, chi ha varcato quel guado impossibile, senza redenzione, chi è giunto per vie traverse sulla sponda opposta del fiume nero non ha piú ritrovato il se stesso rimasto dall'altra parte: inchiostro nero su lavagna nera. Negazione di tutto, anche della capacità di immedesimarsi dentro la memoria: «Non ero io, laggiú».

Scrivere di sé dalla Shoah è impossibile. È sempre l'autobiografia di quell'altro che è stato laggiú. Di quell'estraneo rimasto dentro la porta chiusa da fuori, in quell'aria che non c'è modo né di respirare né di raccontare. È un'esperienza ermetica, da cui solo la solitudine – anche da se stessi – si può attingere. Solo quella, raccontare.

E quella, che ben conosce, Celan racconta.

Capitolo quinto

Rimpianti: non aver imparato l'ebraico

1. *Il silenzio intorno a casa.*

> ... solo mezzo di accesso diretto alla Bibbia e all'identità ebraica piú profonda.
>
> Steiner 1998, p. 188.

L'ebraico è la lingua della Bibbia, l'unica originaria, ed è la lingua della letteratura israeliana: un vorticoso salto *du même au même* sull'abisso di una storia millenaria, ma anche una prodigiosa storia di continuità, per un patrimonio mai morto né resuscitato e vissuto invece continuamente sulla pagina, dentro la preghiera, fra le righe del commento e quelle, ancora piú numerose, del non detto. Nessuno, fra i figli d'Israele, ha mai dimenticato l'ebraico.

Intorno alla casa di Shemuel Yosef Agnon, scrittore diasporico israeliano e l'unico, sinora, premio Nobel alla letteratura in ebraico, nel cuore di Gerusalemme, la polizia municipale aveva intimato ufficialmente il silenzio. Vietati schiamazzi e rumori molesti, per non disturbare lo scrittore [Steiner 1988, p. 140]. Parlare, sí, ma a voce bassa: come quella dell'ebraico per tanti secoli.

Non è facile ricamare parole intorno a quel silenzio intorno alla casa dello scrittore, o meglio al brusio sommesso della sua penna che copriva tutti i silenzi intorno a casa, a parte le fronde che stormivano:

> La casa di Agnon era in mezzo a un giardino circondato da una muraglia di cipressi e tuttavia, per ulteriore sicurezza, dava la schiena e la nuca alla strada, mentre la facciata stava rivolta verso il cortile. Dalla via non si vedevano altro che quattro cinque spioncini che sembravano feritoie di una fortezza. Si entrava passando da un cancello nasco-

sto fra i cipressi, e si procedeva lungo un sentiero lastricato accanto alla casa, si salivano quattro o cinque scalini, si suonava al campanello della porta bianca, in attesa che quella s'aprisse e si fosse invitati ad andare a destra, su per una scala in penombra, che portava allo studio del signor Agnon, su cui dava un'ampia terrazza con un panorama sul deserto di Giudea e i monti di Moab e, verso sinistra, a un piccolo salotto stipato di cose, le cui finestre davano sul giardino.

In casa Agnon non c'era mai una luce piena, sempre una specie di crepuscolo, con un vago aroma di caffè e dolce, forse perché arrivavamo da lui poco prima dell'uscita del Sabato, nel tardo pomeriggio, quando non si usava la corrente elettrica, prima che alle finestre comparissero almeno tre stelle. O forse la luce era accesa sí, ma era la luce giallastra di Gerusalemme, una luce elettrica un po' avara, e il signor Agnon risparmiava corrente, e se la corrente mancava, restava accesa solo una lampada a petrolio che da loro si chiamava lanterna. La ricordo ancor oggi, quella penombra, la sento quasi sulla punta della dita, una penombra imprigionata dalle inferriate alle finestre [Oz 2003, pp. 95-96].

L'ebraico è una lingua antica. Non ha dimestichezza con l'astrazione, è molto avara di proverbi, ha svariate parole per dire «silenzio»: anche questo è un segno della sua propensione alla concretezza. È una lingua corporea, fatta non di simboli ma di cose. Quasi tangibile nei suoi significati. O meglio, dotata di una straordinaria onomatopea del significato: l'ebraico parla da sé.

In questo, assomiglia alla poesia di Celan: precisa ma non compiaciuta né pedante. Niente ombreggiature superflue, anche il grigio è forte. Concreto come la porta sbarrata dall'esterno che è l'eterno *da, was war* del poeta orbato. Lui non pronuncia piú il suo passato ma lo vive e ne muore, passando. Celan è accompagnato sempre dalla morte, da quella morte invisibile e inafferrabile dietro la porta chiusa – e dietro quella porta c'è anche lui, con la sua vita di prima e quella che dopo non poté piú essere ciò che sarebbe stata se…

Che cosa sarebbe stato, sí, se non ci fosse stata la Shoah? Non so se sia una domanda lecita, ammissibile. Ma qualche volta andrebbe posta, cosí come un punto fermo ineludibile. Eppure, è un tabú. Come il nome di Shoah per Celan e per tanti altri sopravvissuti. Non si dice, non si prova a immaginare.

Nondimeno, a volte pare difficile sfuggire al vaneggiamento: fantasticare su una storia non successa.

Ma l'ebraico è lingua della concretezza, non ha neppure una parola per dire «storia», per essa usa una specie di parafrasi corporea: *toledot*, cioè nascere, generare e poi morire, ma non prima di avvicendarsi – il tutto in un unico plurale femminile, sí. Per l'ebraico la storia non è una categoria dello spirito, un'ossatura metodologia, piuttosto una successione di corpi. Sarà anche per questa ragione, non strettamente lessicale, che l'ebraismo fa tanta fatica a concettualizzare lo sterminio: perché esso esce, sta necessariamente al di fuori della storia, nell'unico modo in cui l'ebraico è capace di chiamarla, la storia – *toledot*: nascere, generare.

Anche questo, in fondo, è scrivere di sé: vaneggiare su una storia che non c'è modo di raccontare, perché è diversa da tutto ciò che è successo. Anche la memoria cede talvolta a questa tentazione, sfugge all'attendibile e va in cerca di quel che non è stato. Cosí, diventa piú dolorosa che mai.

2. *La madre: luogo di vita e di morte.*

C'è un'unica figura che, nella poesia e nella memoria di Celan, spezza il paesaggio dell'assenza, smentisce l'innominabilità di ciò che è stato. La madre: presenza ricorrente, fonte prima di un rimpianto che strazia. Celan non abbandonerà mai il rimorso di non aver fatto abbastanza per convincere i genitori a lasciare per tempo quella casa che, un giorno, egli stesso avrebbe trovato chiusa dall'esterno. Ma tutto si concentra, da quel momento in poi, sull'assenza di lei. Che è ombra di donna nelle donne che incontrerà, presenza di morte dentro la memoria:

> Albarella, è bianca la tua fronda che guarda nel buio
> Bianchi non si fecero i capelli di mia madre.
> Dente di leone, cosí verde è l'Ucraina.
> Non fece ritorno mia madre ch'era bionda.
> Nube di pioggia, tu indugi alle fonti?

Mia madre piange sommessa per tutti.
Rotonda stella, tu stringi il cappio dorato.
Il cuore di mia madre fu da piombo ferito.
Porta di quercia, chi ti levò dai cardini?
La mia dolce madre non può passare.

[Celan 1998, p. 23, *Albarella* (*Papavero e memoria*)]

La madre di Celan è la sola figura che scalfisce il sipario di oscurità dietro il quale sta tutto ciò che è stato, è l'unico sbiadito chiarore che affiora da laggiú: l'unico ricordo nominabile di quel passato che ha trasfigurato il futuro in un modo tale da non riuscire nemmeno a immaginare come sarebbe potuto essere – se non fosse successo quello che è successo. La madre di Celan sfugge a questa ineluttabilità del caso, è ribelle al silenzio imposto. È anche una fonte primaria di ispirazione, per lui, una remota pietra di paragone. Dietro il rimorso per aver fatto cosí poco, cosicché lei s'è perduta, c'è fors'anche la vaga coscienza che lei è in qualche modo distorto il motivo della sua poesia: voce del rimpianto.

Anche Philip Roth dichiara, e in un modo decisamente piú esplicito, che *I fatti*, la sua sommaria autobiografia, va intesa come un palliativo per la perdita della madre [Roth 1989, p. 14].

Quindi, come in quel paesaggio dell'assenza – seppure concreto e tangibile – che è la poesia di Celan, la madre è l'unica figura presente – seppure nella memoria, cosí nel paesaggio dell'identità, come si racconta dentro l'ebraismo di oggi e per voce nettamente maschile (ma questa è un'altra, speriamo temporanea, storia), la madre è una figura piuttosto cruciale. Innesca la scrittura. La reprime. La comanda.

3. *Yaakov Shabtai e la metempsicosi*.

Shabtai nacque a Tel Aviv nel 1934 e vi morí nel 1981. Da allora la letteratura israeliana fa i conti con il rimpianto, e con la domanda che la sua morte ha imposto: che cosa sarebbe stato della letteratura israeliana se lui fosse rimasto in vita? Se avesse scritto ancora? In parole povere, Shabtai è considerato, dai grandi della scrittura in ebraico oggi, come il proprio maestro. Non uno fra tanti.

Ha lasciato poco, e consapevolmente. Alcuni testi di canzoni. Una commedia teatrale per l'infanzia. Racconti. Un romanzo compiuto – *Inventario* –, dotato di un solo capoverso. Un altro incompiuto ma nell'unico modo in cui lui avrebbe potuto lasciarlo incompiuto: già tutto dettato da se stesso.

È uno scrittore impervio, che va assorbito piú che letto. È la voce dell'Israele metropolitano, telaviviano, con il suo particolare male di vivere, frutto, presumibilmente, della sabbia che sta appena sotto la superficie di tutto, in questa città nuova che ha appena scalfito qualche duna lungo la riva del Mediterraneo. Tel Aviv è il simbolo dell'effimero, ma tenace. Gerusalemme, città di pietra che restituisce la luce ricevuta, è la città del sempre, ma in bilico verso il deserto. Tel Aviv ha il mare, confine fluido eppure stabile. Shabtai è la voce delle sue strade, della sua crisi esistenziale, di ciò che è insoddisfatto ma anche di quelle nostalgie che saziano a volte la fame d'esistenza. È stato uno scrittore meraviglioso.

Il suo romanzo compiuto, che s'intitola *Inventario*, *zikhron devarim* – alla lettera significa «memoria di cose» – è la storia di tre amici. Il tempo è per Shabtai una variabile molto arbitraria, e non potrebbe essere altrimenti per un uomo vissuto poco piú di quarant'anni con addosso un cuore arbitrario, consapevole di essere segnato. Come sempre, nei suoi libri, c'è la morte per prima, ed è quella del padre di uno di essi.

In fine, che in ebraico suona *sof davar*, «fine di cosa», è invece il romanzo costruito ma non ultimato: «Sono state queste parole a indurmi a fare l'impossibile: finire il libro senza il suo autore. Il libro è però tutto suo. Non c'è una sola parola che non sia stata scritta da lui, anche se non sono rimaste tutte le sue parole», scrive Edna, la vedova, nella postfazione [Shabtai 1998, p. 263].

Quali sono le parole?

«Questo è il mio testamento!»

Testamento?

Non certo quello di Leon Modena, per contraddire la morte. Shabtai era troppo in confidenza con la morte, per pensare di poterla contraddire.

Ma non è nemmeno la memoria dei sopravvissuti, che scrivono «per quando non ci saremo piú», per arrendersi, cioè, al tempo futuro.

In fine è un romanzo visionario. Qui, invece di tre amici, c'è un unico protagonista, Meir. La sua esistenza viene scossa dalla diagnosi di un malanno assai banale: una modica ipertensione. Tanto basta a Meir per sentire la morte vicina, vicinissima. E captare la vita come qualcosa di sfuggente. Meir comincia dunque a vagare, nella memoria e nello spazio geografico.

> A quarantadue anni, poco dopo la festa delle Capanne, Meir fu colto dal terrore della morte a seguito della constatazione che essa era parte sostanziale della sua vita la quale, raggiunto il suo apogeo, era ormai in fase calante: la morte si stava rapidamente avvicinando lungo una linea retta e inevitabile, tale che la distanza fra loro due, che solo qualche giorno prima per non parlare dell'estate appena trascorsa gli era parsa come un sogno remoto – quasi infinita –, si era talmente ridotta da poterla agevolmente delimitare, calcolare con il metro della quotidianità, per esempio: quante paia di scarpe si sarebbe ancora comprato [*ibid.*, p. 11].

Mi è difficile immaginare una scrittura piú immedesimata di questa – dalla prima all'ultima incompiuta riga del romanzo. Shabtai scrive nella piena consapevolezza di essere in bilico fra la vita e la morte – le proprie, non quelle del suo protagonista. Meir vive ogni esperienza con un impercettibile ma sempre maggiore distacco dall'esistenza, le sue frustrazioni sfumano via via – si fanno rassegnata passività. Shabtai non era cosí, fino all'ultimo si è tuffato nella scrittura, giorno dopo giorno. Amava Tel Aviv nel profondo. Nutriva una nostalgia lucida per il passato. Shabtai non è Meir. Ma è esattamente la sua esperienza di vita in morte, di morte acquattata dentro la vita.

Posso definirlo un romanzo autobiografico?

No.

È piuttosto un romanzo di sovrapposizione fra la vita e la morte. È un romanzo profetico perché quel che lo scrittore racconta precede, seppure di poco, ciò che avverrà. È un presagio, insomma. Un presagio veritiero, perché Shabtai conosceva benissimo le ridotte misure del futuro che lo attendeva. Letto in questi termini, *In fine* diventa un romanzo completamente diverso: non piú la celebrazione della noia e dell'inettitudine, non piú le frustrazioni della mezza età e una nevrosi ipocondriaca, tutta una fenomenologia che invita il lettore a un approccio distaccato, intriso di inevitabile sarcasmo. Preso cosí com'è, da solo, Meir è un personaggio grottesco.

Ma Meir è imprescindibile dal suo autore. Ne è *l'alter ego* coraggioso, sconcertante. Shabtai narra la propria morte attraverso di lui. Forse non era mai successo prima, in letteratura. Persino Mosè, di cui secondo la tradizione il Pentateuco è autografo, persino Mosè non arriva a tanto. Il racconto della sua morte è, stando al canone del testo sacro, opera di Giosuè, il suo successore al comando delle tribú. L'ultimo capitolo del Deuteronomio, a differenza di tutto ciò che viene prima, è stato affidato a una seconda mano.

Shabtai no: scrive sino in fondo il suo Deuteronomio, con una precisione minuziosa. Sapere questo significa leggere il romanzo in un modo tutto diverso, ovviamente. E poco conta il fatto che lo scrittore l'abbia lasciato in forma «destrutturata», e che sia toccato alla vedova comporne i contorni: la storia è esattamente la sua.

Autobiografia in morte: autotanatia.

Shabtai arriva, insomma, per dirla alla Philip Roth, «là dove non vorresti essere» [Roth 1989, p. 22], e ha un bel dire Seneca che o ci siamo noi o c'è lei, la morte. *In fine* è una sfida a questo assunto: qui ci sono tutti e due. L'autore e la propria morte.

È questo sarebbe scrivere di sé? Shabtai è presente qui solo in morte? L'io si manifesta nella sua estinzione? *In fine* non può essere definito un romanzo autobiografico, piuttosto di completo *transfert*. Shabtai si guarda allo specchio, certo. Traspone nello specchio la propria fine: la sposta lí, come una decalcomania.

Ma c'è pure un implicito tessuto biografico, sul retro di questa visione.

In fine è una teoria del nascere e del morire che riguarda tutti e non soltanto il cuore malato del suo autore. *Toledot*: storia, in ebraico. Le ultime pagine del libro sono vertiginose. Meir agonizza e agonizzando descrive un canale del parto. Shabtai narra la propria morte e rinascita, dentro e fuori da un utero di donna. «È un bel maschietto» sono le ultime parole del libro.

Racconta l'inenarrabile, ciò che è piú inenarrabile ancora della morte, piú irraggiungibile. La nascita, l'inevitabile – e agognato! – susseguirsi di fine e inizio. Che altro sperare, per il dopo, in mancanza di paradisi e inferni, se non questa metempsicosi totale, corpo compreso? Meir/Shabtai/maschietto sente e vede tutto con una presenza formidabile, non posso pensare che nascere (e forse morire) sia diverso da cosí.

La morte diventa una (ri)nascita, che forse era l'unico modo per scendere a patti con la vita, per non arrendersi di fronte alla scrittura con un cuore come il suo. Ogni fine giornata per Shabtai era un traguardo da punto esclamativo. Il traguardo della fine, il punto di partenza di una notte nuova e del giorno che sarebbe venuto dopo. *Toledot*: nascere, generare, morire.

Lo scrittore straccia il mistero del proprio nascere e morire. Tutto avviene dentro un canale del parto. La maternità è il *deus ex machina* della vita e anche della morte.

4. *Amos Oz e la capinera*.

Mia madre si addormentò e dormí questa volta senza incubi e senza insonnia e prima dell'alba vomitò e di nuovo si addormentò vestita e dato che Tzvi e Haya iniziavano ad avere qualche sospetto un po' prima che spuntasse il sole fu chiamata un'ambulanza e due barellieri la presero delicatamente, per non turbare il suo sonno, e anche all'ospedale non volle obbedire e a dispetto dei tentativi per disturbare in un modo o nell'altro quel suo sonno buono lei non badò a niente e nessuno, nemmeno allo specialista da cui aveva imparato che la psiche è il nemico piú tremendo del corpo, e non si svegliò piú quella mattina, nemmeno quando venne la luce del giorno e fra i rami del ficus nel giardino dell'ospedale la capinera Elisa la chiamò stupefatta e riprovò e chiamò e richiamò invano e ancora prova ogni tanto [Oz 2003, p. 627].

Attraverso gli ultimi romanzi di Amos Oz c'è un uccellino che cinguetta ogni tanto, alla finestra. Torna quando non te l'aspetti, ma la sua musica è inconfondibile. Traducendo la sua scrittura, ne ho fatto una capinera benché il suo nome, in ebraico, sia generico e indefinibile. Non so se sia un abuso, ma avevo bisogno anche io di chiamarla, di sentire quella voce. Doveva essere un nome femminile, evocare alcune nostalgie remote. Altre tormentose, incessantemente.

La capinera è figura di morte, per Amos Oz. È la memoria intraducibile del suicidio di sua madre, occultato per decenni nella scrittura e nella parola. È anche il canto della memoria, la voce di lei quando torna alla finestra, nei ricordi. Circa un anno dopo quel gesto, consumato alla vigilia della sua maggiorità religiosa – qual piú categorico rito d'iniziazione –, il quasi quindicenne Amos Klausner lascia Gerusalemme, suo padre, il suo piccolo ma già cosí pesante fardello di passato, prende un nome nuovo – si chiamava Klausner e diventa Oz – e va a vivere in un kibbutz. Non c'è bisogno di raccontare tutto questo: sta scritto in *Una storia di amore e di tenebra*. Andrebbe raccontato, piuttosto, il suo silenzio sulla madre, sino a quel giorno, o quasi.

Lo stesso mare è infatti il prologo dell'affresco autobiografico. La morte di sua madre viene qui adombrata, senza reticenze. Prima, nelle novelle e in qualche racconto, la madre fuggiva, si dava a una specie di clandestinità sentimentale. Qui no: per la prima volta c'è una morte che è materna. E un uccellino che alla finestra, nelle ore piú impensate del giorno, la rammenta.

La madre è il cuore della narrativa oziana, il tessuto della sua autobiografia. Il canale del parto, luogo di nascita e di morte, è la sua scrivania di lavoro, per lo meno in questi ultimi anni e libri. Tutto il grande romanzo con il quale Oz disvela la propria autobiografia è motivato dalla madre: in presenza e in assenza. Per scacciare il dolore, parlarle finalmente a tu per tu. Fare i conti con la sua perdita, elaborarne, a tanti anni di distanza, il lutto. Tirar fuori la rabbia per aver dovuto subire un tale rito d'iniziazione alla vita. Amos Oz è cambiato, dopo aver scritto questo romanzo: è come se fosse piú conciliato con la vita, come se avesse deciso di scendere a patti con la morte. Lo sento nella sua scrittura: c'è una specie di pacatezza, nuova.

L'autobiografia dentro il canale del parto / tomba.

La sincerità con cui Oz racconta i primi anni della propria vita, dal primo ricordo che gli affiora alla memoria (un paio di scarpine nuove!) sino alla capinera che canta alla finestra d'ospedale dove sua madre non c'è piú, è prepotente. Con se stesso, con gli altri. Senza il suicidio di sua madre quel libro non sarebbe mai stato scritto. Eppure Oz sente incessantemente come un'ingiustizia, un torto, quella perdita: non potrebbe essere altrimenti. E il libro ha un filo conduttore preciso, innegabile: perché questo è dovuto succedere a me?

La madre è insomma il destino del piccolo Amos, e dell'Oz che con il tempo divenne scrittore.

L'autobiografia in figura di madre sembra dunque essere consona all'ispirazione d'Israele. Fin troppo facile tentare una metafora storica, del nuovo Stato, un Israele al femminile (*medinah*, «nazione», del resto è una parola donna), che si succede a una tradizione paterna. Potrebbe essere persino un retaggio antico, invece: la madre come chiave per l'identità. La trasmissione genealogica (e storica) dell'ebraismo è affidata al nome che si eredita dal padre. Ma questa è pura forma. La sostanza dell'essere viene dall'utero: è ebreo chi nasce da madre ebrea.

Questa presenza materna nel tessuto autobiografico mi

sembra però piú un distacco che un segno di continuità. La lingua ebraica è materna. La tradizione è paterna. Dio è paterno, mai madre.

Questi sono pensieri distorti, però. Anzi estorti a una vicenda vissuta tale e quale Amos Oz ce la racconta, senza reticenze e senza strati di significato: una madre turbata che si uccide una notte, alla vigilia del suo *bar mitzwah*. Nel romanzo non esiste altro che questa vicenda. È autobiografia pura.

Ma a quanto pare l'intrteccio fra vita e morte non può fare a meno della madre. Per Roth e Celan, Shabtai e Oz.

È lei che permette la metamorfosi (metempsicosi) dall'autobiografia al romanzo, che trasforma questa confessione in una narrazione piena, motivata.

Con questo libro Amos Oz ha davvero rivoluzionato l'autobiografia. Le ha dato una concretezza nuova, una nuova sincerità. E poi, questo incrocio inestricabile di esperienza personale e collettiva: il racconto è anche, insieme al tracciato di un rapporto fra madre e figlio perduto troppo presto (o forse perduto sin dall'inizio, perché questo sembra dirci il vissuto percorso a ritroso), anche la conquista di un'identità nazionale, quella israeliana.

C'è una verità profonda, costante, dentro il libro: quell'immedesimazione fra destini individuali e destino collettivo che tracciò in quegli anni la nascita della coscienza nazionale. Autobiografia del sé e della propria identità: forse non era mai accaduta, una simile immedesimazione nella letteratura ebraica, profondamente connotata, certo, ma altrettanto individualista. E il paradosso è proprio quello di aver gettato sulla pagina una vicenda cosí personale, intima, scabrosa persino – tanto da faticare a parlarne sino a quel momento, da sentirla come un tabú doloroso, lancinante e inesprimibile – e di averla resa non una parabola, no: una verità collettiva. In quella storia siamo noi.

Pensare che, da Mosè in poi, la scrittura del popolo d'Israele è cosí irrimediabilmente singolare. Il sé sono io, nessun altro. Rivendico la mia esclusiva. Anche questo è un aspetto del narcisismo. Guardo solo a me stesso, lo specchio è tutto per me. L'autobiografia di Amos Oz è invece lo scrivere di sé per gli altri: è un'autobiografia corale. Anche se quel sé ha da raccontare la perdita cruenta di una madre suicida. Anche se, con quasi perfetta specularità, raccontando la propria vita intorno alla perdita della madre, si racconta la conquista sofferta di un'identità nazionale. I lettori in Israele hanno «scoperto» Oz in questo libro, ma piú che mai hanno ritrovato se stessi.

Forse, in questo intreccio fra destino individuale, che perde, e destino collettivo, che acquisisce un «sé», c'è tutta l'identità israeliana. Il congedo inevitabile da un passato «eccentrico» e la costruzione di un nuovo territorio dell'esistenza. Per Amos sarà il kibbutz nel quale porta le atmosfere gerosolimitane dell'infanzia. Un territorio ancora gravido di memoria, certo. Ma lontano da quelle strade.

Però, la storia di amore e di tenebra che Oz racconta non è una metafora, bensí una realtà. I due destini vi si intrecciano non per astrazione, non simbolicamente: è tutto tremendamente vero quello che accade in questo libro.

Anche perché l'autore si snuda in un modo nuovo, attraverso il romanzo. Ecco: se l'idea di fare della propria vita, in primissima persona, non un'autobiografia (genere secondario rispetto alla creazione) ma un vero e proprio romanzo, potrebbe apparire come un gesto di estrema considerazione autoreferenziale, nella realtà del testo, in quel suo corpo di parole si svela tutto il contrario. *Una storia di amore e di tenebra* è un libro della condivisione del destino, non dell'esclusiva, è un romanzo che rende partecipe della propria storia personale un intero Paese, che ha un'idea inclusiva dell'identità. È un atto di generosità quasi sconfinata. Il suo confine è tracciato, inevitabilmente, dal dolore ancora vivo, a dispetto dei tanti anni trascorsi. Non tutti coloro che perdono una madre da bambini diventano scrittori, non tutti gli scrittori hanno vissuto la perdita della madre, dice Oz. Eppure, questo libro mi dice qualcosa che Amos Oz tace, e cioè che la sua esperienza di vita si sovrappone non soltanto a quella di tutta la nazione Israele (i cui lettori vi si sono riconosciuti) ma anche alla scrittura. Dopo *Una storia di amore e di tenebra* non si può fare a meno di cercare quell'uomo – lui e non un altro – nei suoi libri, anche se lo scrittore m'invita a fare ben altro. Cerca te stesso, ripete, quando leggi. Non l'autore, ma il lettore deve immedesimarsi nei personaggi e nelle pulsioni. È proprio a questo che serve la letteratura, a specchiarci dentro le parole.

E invece, io non posso fare a meno di pensare a quant'è altruista Oz, nel darsi ai suoi lettori. Ovunque. Altruista: generoso di se stesso. Con i lettori.

5. *Che fa lo scrittore?*

Lo scrittore israeliano è transitivo, un po' come l'autobiografia di Amos Oz che include quella della nazione. Lo scrittore ha un'idea niente affatto autoreferenziale del mestiere, non ci tiene a restare chiuso in se stesso. Non si isola, non è un'isola. Nessun autore israeliano può permettersi di considerarsi un'isola. Forse prima sí ma, da quando s'è costruita l'identità nazionale, l'eremitaggio dell'io è divenuto impossibile. L'individualità non può sottrarsi al confronto, né con il presente né con il passato. Questa è una grande conquista, per lo meno sulla pagina. La rinascita d'Israele ha rimesso tutti in gioco, ma soprattutto ha spazzato via la tentazione di estraneità dal destino ebraico. Quello che un tempo sarebbe diventato l'intellettuale apolide, sradicato per eccellenza, ateo per vocazione, distante persino da se stesso, ormai non può ignorare l'esistenza d'Israele. Sta lí, davanti ai suoi occhi. Persino di George Steiner:

> Le lingue svolazzavano per casa. L'inglese, il francese e il tedesco in camera da pranzo e nel salorotto. Il tedesco «di Potsdam» della mia governante nella stanza dei bambini; l'ungherese in cucina dove, per caso o per progetto, una sfilza di signore magiare – le ricordo voluminose e colleriche – preparava le pietanze preferite. Non ricordo una lingua fondamentale [Steiner 1998, p. 97].

Ma l'ebraico è un rimpianto. L'intellettuale apolide, sradicato davvero, non può rimpiangere nessuna lingua: le conosce tutte.

L'esistenza e la scrittura d'Israele creano un nuovo campo magnetico nell'identità ebraica. Un nuovo intreccio di collettivo e individuale, di intimo e pubblico. Di personalità e responsabilità comune.

Ma torniamo allo scrittore, a quello israeliano e a come si racconta. C'è una nota comune, nell'autodescrizione. Non è, o non è ancora l'enunciazione di una poetica, ma piú semplicemente un modo di raccontare il proprio mestiere. Amos Oz darebbe qualche anno della sua vita per diventare donna soltanto per una settimana, per sentire quello che sente una donna. Per lui, lo scrittore è innanzitutto qualcuno che ha voglia e capacità di mettersi nei panni degli altri. Anche David Grossman la pensa cosí, anzi, la sua teoria dell'essere altro ha una valenza politica piú netta. Mettersi nei panni degli altri per capirli, a maggior ragione se quegli altri sono proprio il tuo nemico.

Lo scrittore come camaleonte dell'esistenza è la diretta conseguenza di questa vocazione transitiva: la concomitanza di destino individuale e collettivo. La fine dell'isolamento ebraico e il rinnovato confronto con una collettività fatta di carne, sangue e terra. Prima, era già un'acrobazia non da poco mettersi e restare (piú o meno incolumi) dentro i propri, di panni. Era un tale virtuosismo, a volte, che diventava degno d'essere raccontato. La scrittura del ghetto, lo scrivere di sé nel ghetto, non poteva e non può che essere autoreferenziale. Singolare e intransitivo.

Mettersi, invece, al posto degli altri. Essere altro da sé: questo è l'intento della narrativa, cosí come enunciato da alcuni scrittori israeliani. In fondo, anche Amos Oz nella sua biografia fa questo: diventa la storia del Paese. Non una metafora, piuttosto una transustanziazione.

Mettersi nei panni degli altri è un modo per guardare e interpretare il mondo, non un accorgimento stilistico: è interessante sentirlo dire da questi scrittori nei contesti piú diversi, e indipendentemente l'uno dall'altro. Come fosse qualcosa di connaturato e istintivo alla scrittura israeliana.

Ma c'è anche un'altra immagine che dello scrittore affiora: «In realtà funziona come per un commerciante: non sa se i clienti verranno o no, ma apre il negozio e affronta la sua giornata lavorativa; allo stesso modo, io considero giornate di lavoro anche quelle in cui non ho scritto una riga», spiega Abraham B. Yehoshua [2003, p. 13]; ma l'immagine della bottega è usata anche da Amos Oz. I clienti sono i personaggi, non i lettori. Lo scrittore pare qui avere una funzione opposta alla precedente: non mettersi nei panni degli altri, piuttosto vestirli con delle storie.

Ma la sostanza è la stessa: lo scrittore come tramite, a uso della storia o di un'identità collettiva che egli rappresenta dentro la propria vita. Lo scrittore sociale, insomma. Anche e a maggior ragione quando parla di sé, quando spiega il proprio mestiere e s'innesta in un presente collettivo che magari non gli piace, in cui non si riconosce abbastanza. Ma che rappresenta il suo inevitabile sfondo nazionale e dissipa la natura erratica della scrittura ebraica in Diaspora.

La storia finisce qui? Lungo una linea tortuosa ma retta, verso un tempo futuro? La scrittura ebraica procede coerente verso una letteratura d'identificazione, foss'anche critica, cancellando lo spaesamento, l'essere altrove da sé del Luftmensch*, dell'individuo «altro» e apolide?*

Non credo. Questa vocazione israeliana al partecipare all'esistenza non è del tutto limpida. La scrittura israeliana è una conformazione geologica, non una superficie piana. Ha un territorio da abitare, un clima da descrivere (ed è fantastica l'attenzione al cielo, quello vero, di questi scrittori. Lo sanno guardare come pochi altri, come meravigliati, inconsciamente, del fatto che sia vero, corporeo, proprio). Ma qualcosa mi dice che dietro la sua inevitabile connotazione nazionale ancora aleggia uno spaesamento antico. Credo di riconoscerlo, perché è anche il mio.

6. *Lo scrittore è ancora errante*.

George Steiner trova la migliore definizione di ebreo (oltre a colui che interpreta l'identità leggendo sempre con in mano una matita, per le note a margine), dopo un «ciononostante»:

> La condizione ebraica è diversa. In modo irriducibile, irritante fino alla pazzia, rappresenta ciò che la fisica moderna chiama una «singolarità», una struttura o un avvenimento fuori dalle norme, extraterritoriale rispetto al calcolo delle probabilità e alle deduzioni del buon senso. Il giudaismo palpita e irradia un'energia come un buco nero nella galassia della storia. I suoi parametri sono quelli della «stranezza», altra nozione chiave della fisica teorica e della cosmologia attuali.
> Perché sono sopravvissuti gli ebrei? [Steiner 1998, p. 61].

A rigore, non esiste un'identità piú stabile di questa. Io so per certo chi erano i miei antenati. Me lo dice il nome che porto e tutto ciò che si porta addosso il mio nome. So persino che cosa facevano i miei antenati, dall'Esodo dall'Egitto in poi, attraverso il deserto, il Tempio di Gerusalemme e oltre. Se il mio nome porta la radice Levi o echeggia queste due sillabe, significa che erano inservienti del culto. Se ho dentro invece qualcosa che assomiglia a *cohen*, sacerdote, *katz* e via di seguito, facevano (e faccio!) parte della casta sacerdotale. Altrimenti, popolo minuto. Non sono una razza, certo che no, ma so di avere predisposizione al diabete e bassa incidenza di tumore al collo dell'utero: queste caratteristiche non sono legate a una collocazione geografica, però. Non è la storia dell'anemia mediterranea. La nostra geografia patologica si estende ai quattro angoli del mondo. Questa tracciabilità del nostro passato sarà magari anche motivo di vanto, modo inequivocabile per distinguersi. È anche un peso, però. Un carico di responsabilità verso questa linea continua, cosí lunga e flebile, cosí tenace e cosí all'insegna del provvisorio. In balia della storia eppure talentuosa nel sopravvivere.

Curioso.

Complicato.

La natura ebraica sta nel suo essere e rappresentare l'eccezione alla regola, mi dice Steiner. Vocazione di sopravvissuto: tutti muoiono intorno a te, tu rimani qui, non si sa bene perché. Prova a domandartelo, allora.

Philip Roth gli fa naturalmente eco. Ancora una volta, è Nathan a rinfacciare al povero autore di una sfortunata autobiografia di «aver l'aria di uno che si sente di dover spiegare il proprio diritto di esistere» [Roth 1989, p. 182].

Leggo questa frase e mi pare tragica ma inevitabile. Sono duemila anni che ricamiamo parole per spiegare il nostro diritto di esistere. O meglio: questa è la lezione. Il vero contributo ebraico all'umanità: la fatica di spiegare il proprio diritto di esistere. Se anche gli altri spendessero un poco di questa fatica, forse saremmo tutti un passo piú avanti, con la testa e con il cuore. Spiegare il proprio diritto di esistere, spiegarlo a se stessi, questa è la vera elezione d'Israele. Significa non dare mai nulla per insensato.

La sopravvivenza non è un enigma, è una questione aperta, ma per tutti, non soltanto per noi. La nostra «singolarità» è in fondo paradigmatica. Non siamo un simbolo, ma l'incarnazione di un'identità che è problematica, né piú né meno di ogni altro stare al mondo, al di là del ciclo biologico al quale apparteniamo. L'ebraismo concettualizza sulla propria pelle la problematicità dell'esistenza.

Come?

Con la questione della propria sopravvivenza, che è un modo per affrontare la morte, in fondo. Laico, come si direbbe oggi.

Almeno da Celan in poi, ma anche con Saba, Leon Modena e arrivando sino a Adamo nudo nel giardino: ha appena compreso che può riprodursi, e dunque è mortale. È un sopravvissuto alla propria consapevolezza. Sono nudo, dunque morirò, dunque sono io.

Il popolo d'Israele è mortale. Per questo è un sopravvissuto. Anche per questo è sopravvissuto: perché conosce la propria mortalità, non la rinnega né la occulta. E in attesa di morire, bada strenuamente alla propria sopravvivenza. Con la fede e l'osservanza. Con lo straniamento. Nonostante il ghetto e duemila anni di disprezzo. Nonostante l'antisemitismo e l'odio. Persino dopo e durante la Shoah.

Il popolo d'Israele è tremendamente attaccato alla vita. Per questo è sopravvissuto. Perché sa che la vita è provvisoria. In questo sta la sua singolarità. La sua natura di «eccezione» inspiegabile: nel suo tenace e lucido, sfiancato ma mai arreso attaccamento alla vita, che viene dalla consapevolezza dell'estinzione.

David Grossman è tormentato da tutto ciò. Israeliano nato in Israele, vorrebbe congedarsi da quel senso di inguaribile provvisorietà proprio dell'ebreo errante, dell'uomo d'aria travolto dalla storia come il petalo sottile di un papavero. Lamenta, con strazio, la mancanza di fiducia esistenziale. Non riesce a pensare a un futuro che vada oltre un pugno d'anni di qui a domani.

Abbiamo tutti una grande paura del futuro. La paura è l'altra faccia della speranza, ma non c'è l'una senza l'altra.

La provvisorietà è il nostro io piú profondo. Il senso di esistere da un tempo antico tanto che non riesci piú nemmeno a contarlo, è sempre irrimediabilmente intriso di effimero. Benché da millenni, siamo di passaggio, né piú né meno di Paul Pesach Celan.

Anche Amos Oz dice cosí: viviamo sul ciglio di un vulcano attivo, qui in Israele. Certo, la contingenza è quella che tutti conosciamo: sopravvivere è un'impresa, morire un niente. Un passo in piú o in meno alla fermata dell'autobus. Israele vive circondata di masse che non ammettono né vogliono la sua esistenza, e questo non può che influire pesantemente sul senso del futuro e del presente di chi vive dentro quei confini. Scrivere di sé in Israele significa tenere conto di questo, ed è per questo che vi si è costruita questa scrittura cosí altruistica, cosí capace di mettersi nei panni degli altri.

Ma i nostri, di panni?

Sono questi: la fragile corazza della provvisorietà. Il velo mobile del qui e ora, ma chissà per quanto. Le scarpe sfondate del cammina cammina, perché sei di passaggio e la montagna sta lí, incombe. Non fermarti, respira corto, come fosse sempre l'ultimo fiato che hai. È scomodo, sí, ma inevitabile. Vedi laggiú in fondo, e neanche tanto lontana: quella è la tua morte. Il canale del parto, la voce ineludibile della storia: nascere, generare, morire. Forse. Del resto, la morte l'abbiamo inventata noi, quando Adamo è andato a nascondersi perché aveva capito che cosa era. Ora ci tocca. Non possiamo rinnegarla. Sopravvivere alla morte: ecco l'ebreo. Tutti compresi, prima e dopo ogni cosa. Siamo tutti quei gas inerti e radi con i quali Primo Levi racconta i suoi, i miei antenati. Sparute particelle sospese:

> Ci sono, nell'aria che respiriamo, i cosidetti gas inerti. Portano curiosi nomi greci di derivazione dotta, che significano «il Nuovo», «l'Inoperoso», «lo Straniero». Sono, appunto, talmente inerti, talmente paghi della loro condizione, che non interferiscono in alcuna reazione chimica, non si combinano con alcun altro elemento, e proprio per questo motivo sono passati inosservati per secoli: solo nel 1962 un chimico di buona volontà, dopo lunghi ed ingegnosi sforzi, è riuscito a costringere lo Straniero (lo xenon) a combinarsi con l'avidissimo, vivacissimo fluoro, e l'impresa è apparsa talmente straordinaria che gli è stato conferito il premio Nobel. Si chiamano anche gas nobili, e qui ci sarebbe da discutere se veramente tutti i nobili siano inerti e tutti gli inerti siano nobili; si chiamano infine anche gas rari, benché uno di loro, l'argon, l'Inoperoso, sia presente nell'aria nella rispettabile proporzione dell'1 per cento: cioè venti o trenta volte piú abbondante dell'anidride carbonica, senza la quale non ci sarebbe traccia di vita su questo pianeta.
>
> Il poco che so dei miei antenati li avvicina a questi gas [Levi 1997, p. 742].

Siamo tutti uomini d'aria, quella è la nostra unica sostanza. Questo soltanto, abbiamo da raccontare.

Una specie di epilogo

Di cosa mai scriviamo quando non scriviamo di noi?

L'identità ebraica, in tutte le sue quasi innumerevoli accezioni, è estroversa. In fondo ama parlare di sé. Parlarne, scriverne, è anche un modo – forse l'unico – per esorcizzarla. Scendere a patti con questa appartenenza non è facile. È invadente ma sottile, capace di improvvisi colpi di scena. Formidabile nell'attizzare nostalgie impossibili.

Soprattutto, non è una soltanto, malgrado una comunanza quasi eterna di destini. Sono tante, come furono persino le due tavole della Legge: parole dettate da Dio in duplice trascrizione. Due per due: la prima copia è andata in frantumi sotto l'ira del profeta. Da allora, la Legge si rispecchia inevitabilmente in quell'originale che nessuno, a parte Mosè, ebbe modo di contemplare: qualcosa ci manca, da allora. Qualcosa resta da colmare, attendere, disperare: le tavole spezzate. La promessa mancata. Il riscatto ancora da venire.

E cosí, malgrado una tracciabilità strabiliante – siamo il nostro passato, lo portiamo addosso visibile e tangibile come parte integrante della nostra quotidianità –, la nostra storia ha il marchio del provvisorio. È in balia del vento. Il futuro sarà magari anche certo, cosí come lo articola la fede in un Dio impronunciabile, ma è soprattutto, sempre e immancabilmente impossibile da realizzare. Remoto oltre misura, oltre ogni campo visivo.

Per questo, forse per altro, l'identità ebraica ha bisogno di parlare di sé. Un po' come Saba. Guardarsi allo specchio, darsi un nome, un colore, è il modo per scendere a patti con quella cosa scomoda e dolorosa che è l'essere ebrei. Una cosa bella finché si vuole, piena di storia e di vocazione, unica nel suo genere. Ma cosí difficile da portare che ogni tanto viene voglia di accompagnare Saba nel suo cammino di beneficenza: aiutare gli ebrei a non sentirsi – e non essere? – piú tali. Prima di tutto: me stessa.

Eppure, so anche che per nulla o quasi al mondo rinuncerei a questa specie di io che mi si narra lungo un passato indefinito, che fomenta intraducibili emozioni. Non è, non necessariamente, una questione di fede. Forse di fedeltà. Piuttosto, come Saba ben sapeva, è una questione di destino. Il destino, anche quando lo si chiama elezione, ti mette fuori gioco. Fra parentesi, per Israele il fatto di essere il «popolo scelto» da Dio non è tanto una prerogativa, niente affatto un privilegio, piuttosto un carico di incombenze e responsabilità. Un regime alimentare restrittivo, per esempio, sarà pure una gioia. È soprattutto un duro mestiere che tocca soltanto a te – perché sei il facchino della Legge divina – e non agli altri.

Il destino ti mette fuori gioco perché decide lui. E cosí, l'unico spazio di libertà, dentro questo destino, resta parlarne. Esprimerlo. Il narcisismo ebraico della parola è l'arma impropria ma soprattutto inadeguata con cui tenere a bada questo destino difficile. Però è l'unica che abbiamo, e in quanto tale è preziosa, insostituibile. In ogni caso, a questo destino, un certo momento della vita, ci si ritrova inevitabilmente inadeguati: capita a Saba e agli altri. Il rapporto con l'identità non è mai conciliato per sempre. Prima o poi ti urta. Ti colma di rimpianti e di rimorsi. Ti rende persino anche felice.

Ma non definitivamente.

L'identità ebraica non conosce alcun definitivamente. Il «sempre» è un'utopia, forse anche un incubo: non sia mai che qualcosa duri per sempre. Questo me l'hanno detto, piú o meno fra le righe, tutti: poeti e storiografi, alchimisti e filologi.

Nessun definitivamente. Nessun mai piú. Tanti chissà e

meno male. Sempre, tutto, piú complicato del previsto. Persino guardarsi allo specchio è una faccenda complicata: quasi quanto esistere.

Bibliografia

Non si tratta di una bibliografia critica e ancor meno esaustiva. È una semplice rassegna di letture, dove si accostano testi e studi.

Saba.

BENUSSI, CRISTINA ET ALII

2003 *Umberto Saba. Sei donne per un poeta*, Ibiskos, Empoli.

CAVAGLION, ALBERTO

2001 *La filosofia del pressappoco. Weininger, sesso, carattere e la cultura del Novecento*, L'ancora del Mediterraneo, Napoli.

2002 *Ebrei senza saperlo*, L'ancora del Mediterraneo, Napoli.

CECCHI, OTTAVIO

1967 *L'aspro vino. Ricordo di Saba a Firenze '43-'44. Con due inediti del poeta*, Scheiwiller, Milano.

COLORNI, EUGENIO

1975 *Scritti*, introduzione di Norberto Bobbio, La Nuova Italia, Firenze (in particolare il ritratto di Saba, pp. 23-29).

DEBENEDETTI, ANTONIO

2002 *Giacomino*, postfazione di Cesare De Michelis, Marsilio, Venezia.

DEBENEDETTI, GIACOMO

1959 *16 Ottobre 1943 - Otto ebrei*, prefazione di Alberto Moravia, in appendice Lettera a Hitler di Louis Golding, il Saggiatore, Milano.

1999 *Saggi*, progetto editoriale e saggio introduttivo di Alfonso Berardinelli, Mondadori, Milano (I Meridiani).

2001*a* *Giacomo Debenedetti e il secolo della critica*, in «Nuovi Argomenti», XV.

2001*b* *Giacomo Debenedetti. L'Arte di Leggere. Atti del convegno - Biella, Palazzo La Marmora febbraio 1996*, a cura di Emilio Jona e Vanni Scheiwiller, Scheiwiller, Milano.

ERBANI FRANCESCO

1996 *Caro Giacomino m'hai reso giustizia. Cinque lettere di Umberto Saba a Giacomo Debenedetti*, in «La Repubblica», 2 giugno 1996.

FRANDINI, PAOLA

2001 *Il teatro della memoria. Giacomo Debenedetti dalle opere e i documenti*, Manni, Lecce.

2007 *Ebreo, tu non esisti! Le vittime delle leggi razziali scrivono a Mussolini*, introduzione di Alain Elkann, Manni, San Cesario di Lecce.

GHIAZZA, SILVANA

2002 *Carlo Levi e Umberto Saba. Storia di un'amicizia*, Dedalo, Bari.

LOPEZ, GUIDO

1972 *I verdi, i viola e gli arancioni*, Mondadori, Milano.

MUTTERLE, ANCO MARZIO

1970 *Ritratti critici di contemporanei. Giacomo Debenedetti*, in «Belfagor», 26, pp. 288-322.

PEDULLÀ, WALTER

1979 *La letteratura del benessere*, Bulzoni, Roma.

2004 *Il Novecento segreto di Giacomo Debenedetti*, Rizzoli, Milano.

PIOVENE, GUIDO

1986 *I Saggi. Volume Primo*, a cura di Luciano Simonelli, Mondadori, Milano (in particolare, *Omaggio a Saba*, pp. 80-94).

SABA, UMBERTO

1920 *Cose leggere e vaganti*, La libreria antica e moderna, Trieste (ristampa anastatica Archinto, Milano 1992).

1956 *Ricordi – Racconti (1010-1947)*, con un discorso di Guido Piovene, Mondadori, Milano.

1959*a* *Epigrafe – Ultime prose*, con due disegni di Renato Guttuso e uno di Carlo, prefazione di Giacomo Debenedetti, il Saggiatore Levi, Milano.

1959*b* *Umberto Saba: lettere a Giacomo Debenedetti*, a cura di Giacomo Debenedetti, in «Nuovi Argomenti», 41 (novembre-dicembre), pp. 1-32.

1983 *La spada d'amore. Lettere scelte 1902-1957*, a cura di Aldo Marcovecchio, presentazione di Giovanni Giudici, Mondadori, Milano.

1988 *Tutte le poesie*, a cura di Arrigo Stara, introduzione di Mario Lavagetto, Mondadori, Milano (I Meridiani).

1991*a* *La crisi di una generazione nel carteggio di Saba (1925-1926). Lettere inedite a Montale, Debenedetti, Prezzolini e Ojetti, a cura di Aglaia Paoletti*, in «Nuova Antologia», 2180, pp. 394-451.

1991*b* *Lettere sulla psicoanalisi. Carteggio con Joachim Flescher 1946-1949. Con gli scritti di Saba sulla psicoanalisi, le lettere di Saba a Edoado Weiss, due lettere di Weiss a Linuccia Saba*, a cura di Arrigo Stara, SE, Milano.

1991*c* *Umberto Saba: gli anni del Canzoniere (1922-1924). Lettere a Piero Gobetti, Giacomo Debenedetti, Giovanni Papini*, a cura di Aglaia Paoletti, in «Nuova Antologia», 2178, pp. 203-41.

1997 *Lettere a Sandro Penna 1929-1940*, a cura di Roberto Deidier, Archinto, Milano.

2001 *Tutte le prose*, a cura di Arrigo Stara, con un saggio introduttivo di Mario Lavagetto, Mondadori, Milano (I Meridiani).

2003 *Ammonizione ed altre poesie*, introduzione di Roberto Deidier, San Marco dei Giustiniani, Genova.

STARA, ARRIGO

1985 *Giacomo Debenedetti: lettere a Umberto Saba 1946-1954*, in «Rassegna della letteratura italiana», 89, pp. 382-93.

VOGHERA, GIORGIO

1980 *Gli anni della psicanalisi*, Studio Tesi, Pordenone.

TORDI, ROSITA

1986 *Il diadema di Thoth. Itinerari per una «diversa» esplorazione del reale nella letteratura italiana del primo Novecento*, Edizioni dell'Ateneo, Roma (contiene una serie di lettere inedite di Umberto Saba a Giacomo Debenedetti, pp. 185-94).

1991 (a cura di), *Il Novecento di Debenedetti. Atti del Convegno Roma 1-2-3 Dicembre 1988*, Fondazione Arnoldo e Alberto Mondadori, Milano.

WEININGER, OTTO

1994 *Ebraismo e odio di sé*, prefazione di Alberto Cavaglion, traduzione e note di Giovanni Sampaolo, Studio Tesi, Pordenone.

STILLITANO, CRISTINA

2006 *Quando Saba chiese al Duce di non considerarlo ebreo*, in «Il Riformista», 30 novembre 2006.

Gli altri.

APPELFELD, AHARON

2001 *Storia di una vita* (1999), traduzione di Ofra Bannet e Raffaella Scardi, La Giuntina, Firenze.

BIALIK, CHAYYIM N.

2003 *La tromba e altri racconti* (1938), traduzione, introduzione e note di Antonio Di Gesú, La Giuntina, Firenze.

CELAN, PAUL

1993 *La verità della poesia. «Il meridiano» e altre prose* (1983), a cura di Giuseppe Bevilacqua, Einaudi, Torino.

1998 *Poesie*, a cura e con un saggio introduttivo di Giuseppe Bevilacqua, Mondadori, Milano (I Meridiani).

2001 *Sotto il tiro di presagi. Poesie inedite 1948-1969* (1997), traduzione e cura di Michele Ranchetti e Jutta Leskien, Einaudi, Torino.

2005 *Cerca di ascoltare anche chi tace. Lettere a Diet Kloos-Barendregt* (2002), a cura di Paul Sars in collaborazione con Laurent Sprooten, traduzione di Carlo Mainoldi, Archinto, Milano.

GINZBURG, NATALIA

1986 *Opere. Raccolte e ordinate dall'Autore*, prefazione di Cesare Garboli, vol. I, Mondadori, Milano (I Meridiani)

1999 *È difficile parlare di sé. Conversazione a piú voci condotta da Marino Sinibaldi*, a cura di Cesare Garboli e Lisa Ginzburg, Einaudi, Torino.

GIUSEPPE FLAVIO

1992 *Autobiografia*, introduzione, traduzione e note di Giorgio Jossa, D'Auria, Napoli.

GOTTFRIED, MARTIN

2006 *Arthur Miller. La biografia* (2003), Cooper, Roma.

GROSSMAN, DAVID

2007 *Con gli occhi del nemico*, traduzione di Elena Loewenthal e Alessandra Shomroni, Mondadori, Milano.

LEON MODENA

2000 *Vita di Jehudà. Autobiografia di Leon Modena rabbino veneziano del XVII secolo*, traduzione di Emanuele Menachem Artom, introduzione di Umberto Fortis, note di Daniel Carpi, a cura di Elena Rossi Artom, Umberto Fortis e Ariel Viterbo, Zamorani, Torino.

LEVI, PRIMO

1997 *Opere I. Se questo è un uomo, La tregua, Storie naturali, Vizio di forma, Il sistema periodico, La chiave a stella, Pagine sparse*, a cura di Marco Belpoliti, introduzione di Daniele Del Giudice, Einaudi, Torino.

LEVINAS, EMMANUEL

2002 *Paul Celan de l'être à l'autre*, Fata Morgana, Cognac.

LOEWENTHAL, ELENA

2007 (a cura di), *Dedica a Amos Oz*, Thesis, Pordenone.

METTER, IZRAIL'

1998 *Ritratto di un secolo. Muchtar, Il quinto angolo, Genealogia, La Grande Casa, Al di là del Lete, Arrivederci*, traduzione e cura di Anna Raffetto, Einaudi, Torino.

MILLER, ARTHUR

1958 *Focus* (1945), traduzione di Bruno Tasso, Sugarco, Milano (successive ristampe Mondadori).

1988 *Svolte* (1987), traduzione di Maria Teresa Marenco e Marco e Dida Paggi, Mondadori, Milano.

MORIN, EDGAR

2006 *Le monde moderne et la question juive*, Seuil, Paris.

MOSELEY, MARCUS

2006 *Being for Myself Alone. Origins of Jewish Autobiography*, Stanford University Press, Stanford.

OZ, AMOS

2000 *Lo stesso mare* (1999), traduzione di Elena Loewenthal, Feltrinelli, Milano.

2003 *Una storia di amore e di tenebra* (2002), traduzione di Elena Loewenthal, Feltrinelli, Milano.

ROTH, PHILIP

1989 *I fatti. Autobiografia di un romanziere* (1988), traduzione di Pier Francesco Paolini, Leonardo, Milano.

2001 *La macchia umana* (2000), traduzione di Vincenzo Mantovani, Einaudi, Torino.

2004 *Chiacchiere di bottega. Uno scrittore, i suoi colleghi e il loro lavoro* (2001), traduzione di Norman Gobetti, Einaudi, Torino.

SHABTAI, YAAKOV

1998 *In fine*, traduzione di Elena Loewenthal, Milano, Feltrinelli (ed. originale 1984)

2006 *Inventario* (1977), traduzione di Sarah Kaminski ed Elena Loewenthal, Feltrinelli, Milano (prima edizione per Theoria, Roma 1994).

SHMUELI, ILANA

2002 *Di' che Gerusalemme è. Su Paul Celan: ottobre 1969 - aprile 1970* (2001), a cura di Jutta Leskien e Michele Ranchetti, Quodlibet, Macerata.

STEINER, GEORGE

1998 *Errata. Una vita sotto esame* (1997), traduzione di Claude Béguin, Garzanti, Milano.

YEHOSHUA, ABRAHAM B.,

2003 *Il lettore allo specchio. Sul romanzo e la scrittura*, a cura di Alessandro Guetta, Einaudi, Torino.

Stampato per conto della Casa editrice Einaudi
presso Mondadori Printing S.p.A., Stabilimento N.S.M., Cles (Trento)
nel mese di ottobre 2007

C.L. 19050

Ristampa	Anno
0 1 2 3 4 5 6	2007 2008 2009 2010